D1727543

So schwirgen die
Sprachen in ihren
verschiedenen Höhen...

Mit herzlichem Dank
für die Einführung
in die „Breitwerden-
stelle"!

Linda Wastua

Linda Wortmann

Nur weil der Wind sich drehte
Roman

Mauer Verlag
Wilfried Kriese
72108 Rottenburg a/N
Buchgestaltung: Wilfried Kriese
Titelbild: Detlef Wortmann
2010
ISBN 978-3-86812-216-9
© Alle Rechte vorbehalten

www.mauerverlag.de

Nur weil der Wind
sich drehte
und nicht damit ich
glaubten könnte an
Liebe hinter den Dingen
                    Johanna Anderka

Nie wieder mit Ronnie schlafen!
Am Wartehäuschen der Buslinie 11

1. Abgefahren

Ich ahne nichts von dem Schrei, der mich fortan nicht zur Ruhe kommen lassen wird.

Zweiundzwanzig Uhr ist durch und ich keuche zur Bushaltestelle gegenüber dem Bahnhof, der Fahrer der ersehnten Linie 11 übersieht mich und fährt los. Hätte er sich bemüht, hätte er mich wahrnehmen müssen. Selbst wenn ich von hinten her auf den Bus zu gekommen wäre, hätte derjenige auf dem Fahrersitz Rück- und Seitenspiegel gehabt, um mich und meinen laufenden Schatten auszumachen. Karl Allmendinger jedenfalls hielt das Lenkrad nicht in Händen. Der hätte mich erspäht bei seiner schwäbischen Genauigkeit. Cassi Psaridis, unsere stets strahlende Steuerfrau, war es auch nicht. Die fühlt, dass Leute zum Bus hin steuern, bevor sie zu erkennen sind hinter Ecken und in Winkeln. Ich habe einfach kein Glück. Der Elfer nimmt nach der Kurve die Gerade in die Augustinerstraße und drückt mir seine Rücklichter erbarmungslos aufs Auge.

Die nächste Abfahrt ist auf dem dunklen Aushang schlecht abzulesen und die Brille mag ich nicht herausfummeln. Außerdem bin ich nicht sicher, ob sie helfen würde.

Verlassen stehe ich da. Meinen halblebenslustigen Pater Georg anzurufen, damit er mich abholt und nach Hause fährt, hat keinen Sinn. Donnerstagabends leitet er die Taizé-Andacht in der Franziskanerkirche. Anschließend steht er für Gespräche zur Verfügung. Er steht für Gespräche mit allen möglichen Leuten zur Verfügung.

Für mich, seine angebliche doch hartnäckig vertuschte Liebe ist er nicht ansprechbar. Was bringt mich auf das Wort halblebenslustig? Just hat er mal wieder mein Auto in seinen Händen, der Mann aus dem Bettelorden. Es gehört zu seinem Charme, mit weicher Miene zielstrebig zu sein. Georg Kurier. Französisch ausgesprochen Küri-é, am Ende betont, erfüllter Doppelsinn.

Für morgen Abend haben wir eine unserer heimlichen Verabredungen.

Um meinen Ärger zu dämpfen, rede ich mir gut zu.
Vera, sieh dich um, guck dir das Ambiente an. Du kannst es mal in einen deiner literarischen Texte einbauen.

Von meinem Standort an der Haltestelle aus schaut man nach vorn im spitzen Winkel auf unseren Uraltbahnhof Erkenstadt-Mitte. Der hiesige Altertumsverein liebkost die gealterte italienische Neu-Renaissance. Das geduckte Gebäude liegt zwar in Sichtweite, ist jedoch von hier aus durch mehrere halbgroßstädtische Hemmschwellen abgeschottet.

Schon fängt das Ungefähre meiner Beschreibungen an. Ständig verheddere ich mich beim Knüpfen eines Netzes aus den zahlreichen Fäden. Da keucht die andere herbei.

„Ja, der Bus ist weg!"

Ich bin froh nicht mehr einsam herumzustehen. Unauffällig, würde ich im Nachhinein sagen, unauffällig taxiere ich meine Leidensgenossin. Sie ist viel jünger als ich, auf Mitte zwanzig schätze ich sie. Ein junges Ding, eine junge Frau, die ebenfalls flucht. Allerdings in anderem Jargon. Während ich grummle, sagt sie „Scheiße" und „Mist" mit einem Nachhall, der sie mir sympathisch macht. Obwohl ich solche Wörter nicht in meinem Wort-

schatz beherbergen möchte. Wir setzen uns gleichzeitig auf die einzige Bank im Plastikunterstand. Ich klappe meinen knallgelben Regenschirm zusammen und lege ihn neben mich. Auch sie legt ihren Schirm ab. Im Rücken haben wir das zu keiner Tageszeit ansehnliche Betonparkhaus mit seinem ausgefransten Riesenplakat, das für etwas wirbt, was spätabends keine Bedeutung mehr für uns hat. Über die erhöhten Bussteige hinweg, die parallel zu unserem Haltestellenstrang liegen, fällt der Blick auf die fünf Stockwerke des neuen Wirtschaftspalastes aus gelbem Klinker und in den knallig erleuchteten Schacht der vereinsamten Fußgängerpassage, die den Einkaufspalast aushöhlt. Blanker Protz, ein die Nacht durchstrahlendes affiges, hochprozentiges Standby.
Schmeißen die ihre Atomstrom-Kilowatt sinnlos heraus.
Die unregelmäßig an der Fassade angebrachten Halogenleuchten tun, als müssten sie die rahmenlosen Fensterrechtecke auslassen. Deren Schwarz verklappt die Szene ins Armselige. Gestalten, meist vereinzelt, huschen über den Platz, manche unter Regenschirmen und schieflagig. Der vom Wind zerpustete Fieselregen ist nicht das abendliche Traumwetter. Ab und zu hupt es aggressiv. Das traktiert meine,n müden Ohren, dass es schmerzt.

Ich überlege, ob ich die fremde Sitznachbarin fragen soll, wohin sie muss, um am Stand ein gemeinsames Taxi zu ordern, das uns nacheinander an unsere Ziele bringt. Für jede von uns käme die Fahrt billiger und wir hätten die Warterei vom Hals. Das Wetter gibt mir den Rest. Hier unterm Dach des Plexiglasgevierts ist es bei aller Ungemütlichkeit am bequemsten. Ich habe keine Kraft mehr aufzustehen und setze die Taxi-Idee in Klammern.

Love me und *Nie wieder mit Ronnie schlafen* haben schwarze Marker der Verzweiflung auf die Seitenwände unseres Unterstandes gekliert. Bei Tageslicht besehen wären die Stoßseufzer eher blauäugig. Ich wende mein verdrießliches Gesicht von *Love me* zu *Nie wieder mit Ronnie schlafen.* Dann schaue ich meine Leidensgenossin offen an. Es ist ein peinliches Verhalten. Bei Müdigkeit kontrolliert man sich nicht in dem Maß, wie es sich gehört. Sie sieht nach gängiger Dutzendware aus, modisch betrachtet voll auf der Reihe. Soweit ich es im Nachtlicht erkenne. Rosa T-Shirt unter dem hellen Blazer. Ich tippe auf Wollgemisch. Farblich ein letzter Hauch von vergangenem Sommer. Darunter eine der Taille entglittene dunkle Hose, deren Farbe sich schlecht einschätzen lässt. Schwarz glänzender Silberlochgürtel und eine metallbeschlagene Umhängetasche. Lauter letzte Schreie. Dazu passen die spitzen Pumps. Bei den Dingern hat man den Eindruck, erst käme der Schuh angelaufen und die Person hinterher. Schulterlange stufig geschnittene Dunkelblondhaare mit eingesträhnten Spätsommerfäden rahmen ein Schminkgesicht ein, das sich im Nachtdämmer den Anschein gibt, der Tag hätte nicht an ihm genagt. Zusammenfassung: Gestylt à la carte.

Schweigend harren wir aus. *Der verflixte Bus.*

Über irgendetwas sollte man miteinander plaudern, um sich keine saftige Abendnervosität einzufangen.

„Entschuldigen Sie, dass ich Sie anspreche. Kommen Sie so spät von der Arbeit?"

„Vom Dienst."

Anfangs zögernd, dann bunt und sprudelnd beginnt sie mir zuzuplaudern. Ich werde die geduldige Zuhörerin abgeben müssen.

„Echt Mist, dass der Bus weg ist, da hängt man zu

nachtschlafender Stunde in der Trostlosigkeit herum. Nein, es stört mich nicht, dass Sie mich ansprechen, so müde bin ich nicht. Normalerweise geht mir Neugierde auf den Geist. Sie ist zu klebrig. Weil man selten echt nach dir fragt. Mal abgesehen von schräger Anmache durch Y-Chromosomenträger. Das ist ein anderes Kapitel."

Einer der Sprüche meiner geschätzten, heiß geliebten Tante Anni drängt sich mir auf: „Neugierig zu sein heißt auch gegen Widerstände in Unbekanntes aufzubrechen."

„Der da drüben vor der Bude soll sein Hupen einstellen, das nervt mich nach dem Stresstag, danke, habe keinen Bedarf an einer Hupsinfonie."

„Darf ich fragen, was Sie beruflich machen?"

„Ich? Bis ich, sag ich mal, heute Abend hier am Bahnhof landete, war es kein schnurgerader Weg."

„Das interessiert mich."

„Wollen Sie es echt hören? Das überbrückt die Warterei. Ablenkung durch Plaudern ist bei dem miesen Wetter auch was wert, oder?" Sie lacht. Mitten in den Satz hinein tupft sie ein verhauchtes Abendgelächter. Ich mag es.

„Endlich ist der nervige Huper mit seiner Karre abgezischt. Stimmt, ich komme spät nach Hause. Wir hatten offenen Informationsabend und eine Kollegin hat mich auf dem Heimweg bis hierher mitgenommen. Mein Rappelford ist in der Werkstatt."

Pause. Ich lasse meine Augen tingeln, bis die Fremde fortfährt:

„Neinnein. Ich bin noch nichts. Weil ich mich nach der Schule ganz zwanglos umgesehen habe. Verstehen Sie? Gegammelt. Dabei ist Gammeln nur die halbe Miete und mit Draufankommenlassen trittst du auf der Stelle.

Und das bisschen Zeit verrauscht in einem Tempo, dass du mit den Kalendern nicht Schritt hältst. Du trittst auf der Stelle – und deine Zeit verrauscht. Irre, echt cool. Stillstand in der Bewegung."

Ich hoffe, dass sie an mich heranrutscht und mehr von sich preisgibt. Nähe wäre gut gegen die Kälte und gegen den Abendfrust. Nur gelegentlich dreht sich die andere zu mir herüber. Ihre Sätze verknüpft sie gern mit *und*, sicher fürchtet sie, bei zu langem Zögern drängen sich meine Bemerkungen dazwischen. Es passt ins Paket meiner Erfahrungen, dass fremde Menschen, die du unterwegs triffst, sich bereitwillig bis in vertrauliche Details ausplaudern, Hauptsache, du hörst ihnen zu. Ein kleiner Sprechanstoß räumt Schotter und Geröll aus dem Weg und die Sätze quellen heraus. Das ist ein gutes Futter für meinen Schreibdrang. Niemand wird nachprüfen, ob auf Tatsachen beruht, was die Fremde mir mitteilt und was ich in meiner Lust womöglich schriftlich daraus mache. Angepasst an den Abfahrtstakt des Linienbusses gleiten wir beiden Frauen auf den Flügeln einer *realen* Fantasie dahin, um uns in Kürze aus den Augen zu verlieren.

Neues Warten. Atempause. Luftholen.

„Ferienaushilfe im Almstüberl mit Panorama Jungfrauenjoch und Drumherum", werde ich in die Schweiz gerissen. „Und das hat mich angemacht, Dirndl, Schwyzerdütsch und international. Traumjob für eine aus gemäßigter Hügellandschaft. Wenigstens für eine Weile. Und dann habe ich mir den Hintern platt und die Beine dick gesessen an den Computern der Firma *Now and Here*."

Unseren jungen Leuten steht heute alles offen, bei uns damals …

„Und wo war dieses *Here?*"

„In Zürich. Ebenfalls international. Auftragsgemäß

14

habe ich reihenweise Unsinniges erstellt. Aus meiner Sicht. Und offiziell nannte es sich *Texte und Bilder bearbeiten*. Und hauptsächlich hatte ich Grafiken zu entwickeln. Entwickeln, man muss immerzu entwickeln und angeblich auch sich selbst. Du bist eingerollt und verschlungen. Man fängt lediglich am richtigen Ende an aufzuspulen und du funktionierst. Hahaha. Und der Job hat mich echt nicht vom Hocker gerissen. Bearbeiten, zur Kontrolle ausdrucken, wegmailen. Gut bezahlter Schnickschnack."

Mich fröstelt es im Rücken, ich bin zu leicht angezogen. Das ungemütliche Wetter drückt nach unten. Drüben kommt ein Bus an. Schade, es ist nicht unserer.

„Verdient habe ich super. Das Salär war in Ordnung und ich habe möglichst nur an einem Job geklebt, bis ich genug in der Tasche oder auf dem Konto hatte", holt sie mich zurück. Ein Funken von Neid wallt in mir auf.

„Arbeit aus Spaß?", klingt es ironisch. „Denkste. Mittel zum Zweck. War nicht ganz uninteressant. Und man lernt bei allem was. Nicht unbedingt das, was man wollte. Oder sollte. Waren ein paar Monatsgehälter zusammen: Mach mal Pause. Auf Gran Canaria im Hotel Miranda Betten bezogen und die Freizeit am Strand und in Clubs verbracht. Oder im Zappelbunker, ich meine, in der Disco. Ein Haufen netter Summer dort. Und natürlich am Rand jede Menge Arschlöcher. Als Frau musst du echt zu dir selber stehen."

Der Bus, der nicht unserer war, fährt ab. Mich schmerzt das Geräusch der sich schließenden Türen. Die Frau fesselt mich mit ihren Sätzen und lenkt mich von der Sehnsucht ab, mich ins Warme und Trockene zu verkriechen.

„Im E-Commerce habe ich Haushaltsgeräte verkauft.

Dreisprachig, Firmensitz in Rimini. Und Lotterielose am Telefon verhökert. Für die *Multifax-Lotterie Deutschland*. Pipifax-Lotterie haben wir gespottet. Und fragen Sie nicht, auf welchem Weg ich da draufgestoßen bin. Mensch, sind die Leute schlicht. Die glauben ans simple Glück. Spielen Sie im Lotto?"

„Früher mal. Natürlich nichts gewonnen."

„Ein Freund von mir ist Psychiater und muss Leute entmündigen, die nicht geschäftsfähig sind. Sagen wir mal, die geldmäßig ein kleines Hoppla haben. Sie wissen, was ich meine? Im Grunde müsste man jedem Lotteriespieler wegen Unzurechnungsfähigkeit einen amtlichen Betreuer zur Seite stellen, sagt der. Von Staats wegen, unsere Lotterie ist ja in staatlichen Händen. Es ist grundsätzlich menschenrechtlich und juristisch zu argumentieren in einer Demokratie."

Die Frische, in die sich die Fremde hineinplappert, tut mir gut und ist ein Gegenprogramm zu meiner Trübsal.

„Nach `ner Weile hatte ich die fliegenden Kegler aus Deutschland an ihren Bierflaschen satt und das Karaokegegröle. Abwechslung war geil.

Zwanzig Minuten bis zum nächsten Bus, schätze ich. Sinnigerweise haben die keine Beleuchtung am Fahrplanaushang. Und `ne Leuchtdiode am Schlüsselbund, das wär`s. Wo war ich stehen geblieben?"

Mir ist rätselhaft, was eine Leuchtdiode ist, gewiss etwas äußerst Praktisches in unserer Situation.

„Sie haben … ", stammele ich.

„Ich habe prinzipiell die Portion Arbeit gebongt, nur die, dass das Money zum Verleben langte. Auf die Art flog ich nach Thailand, Bali, Kambodscha, Antalya, Mallorca, Florida und und und … Was halt billig und *en vogue* war. Gran Canaria habe ich erwähnt, oder? Traumhaft. Ist das kalt heute!" Sie bibbert, schlingt ihren Blazer fest um sich und hält die Arme verschränkt. Dann löst sie sie und verrührt die Sätze mit den Händen, ein Schattenspiel, das den Globus dreht und wendet, heranzieht und wegstößt. Ich betrachte ihr Gesicht von der Seite. Die schwankenden Bogenlampen belegen es mit den Wechseln eines Hologramms.

„Als ich aus der Schule kam, kannte ich die Allerweltsziele bloß vom Hörensagen und vom Fernsehen. Und meine Eltern verreisen ungern ins Ausland. Die latschen lieber im nahen Grünen vor der Haustür rum. Alpines Ödland nennt es mein Vater, sobald es mal höher raufgeht."

Sie wendet sich mir zu, wir schauen uns an und lachen.

„Mit *last minute* war es spitze. Lauter *last minutes*. Jeder Tag hatte was von *last minute* an sich. Was kam, kam. Und ich wollte nichts versäumen. Und mich auf keinen Fall festlegen. Ins Blaue rein leben wurde meine Lebenstechnik. Glückliche *first minutes*."

Über ihr Wortspiel amüsiere ich mich, lockere meinen Rücken und rutsche ein paar Zentimeter näher an sie heran bis in den Duftkreis ihres Feierabenddeos. *Body Power Miracle, für das die Werbung reichlich sprüht.*

„Am liebsten organisierte ich mir ein Single-Dasein. Boyfriend, girlfriend? Allesamt flüchtige Erscheinungen. Man tritt auf und man verschwindet nach Lust und Laune. Du knüpfst Bekanntschaften und entziehst dich ihnen. Stellst dich total auf Durchzug ein. Du wachst morgens auf und grübelst, wo du dich befindest, ob du Urlaub hast oder auf dem Weg ins Erholsame bist, mal welchen nehmen solltest und wovon du lebst. Du schaust neben dich, ob du alleine schläfst oder jemand an deiner Seite kuschelt. Du hastest von einer Liaison zur andern und in solchen Situationen geht dir eine Laterne auf, dass du ziemlich wenig benötigst. Außer Unterkunft, Verpflegung, Normalklamotten und einem Exklusiv-Outfit für alle Fälle. Und Gemochtwerden, das liegt auf der Ziellinie, oder?"

„Ja", seufze ich und denke an Alfonso Marten, den Teilchenphysiker, der mich verließ, und an Georg Kurier, den katholischen Geistlichen, dessen Schatten ich jetzt bin. Morgen werde ich endlich wieder mit ihm zusammen sein.

„Nichts mit Liaison?", frage ich mit derselben Direktheit, mit der ich überschwemmt werde.

„Es hat sich was angesponnen. Mein Neuer ist auch dauernd auf Achse, gerade weiß ich mal wieder nicht, wo er sich rumtreibt. Ich habe den Dreh nicht raus, eine dauerhafte Bindung zu organisieren. Nur zum Zeitvertreib mag ich nicht mehr."

Aha. Also doch.

„Meiner Nichte geht es ähnlich."

„Eine Nichte von Ihnen? Ich wurde bewundert und beneidet. Kam groß raus mit meinem Geprahle. Zu Hause und bei alten Freundinnen, falls ich da mal aufkreuzte, schaffte ich es im Handumdrehen mich interessant zu machen. Das bläht dich richtig zur heißen Nummer auf. Und du verdrängst, dass du ein Hohli bist." Sie plaudert wie für sich. „Im Hinterkopf dröhnt dir die Angst, dass dein Hochglanz eines Tages verblasst." Sie schaut mich an und erwartet Bestätigung: „Das klingt gut, finden Sie nicht? Manchmal klingt gut, was ich sage. Dann denke ich, es wäre von jemandem anderen. Kennen Sie das?"

Ihre hohe füllige Stimme fällt mir auf, und dass sie gern zum Satzende hin betont. Unbewusst ein Fragezeichen hinter ihre Sätze setzt.

„Ich glaube, meine Verwandte liebt dieses Leben", sage ich und tippe bei der Sprechmelodie meiner Sitznachbarin aufs Badische.

„Das Floaten hat seinen Charme, bis es vom Ältlichen überspült wird. Und wenn du um die Dreißig herum oder drüber bist, bekommst du einen Koller. Grenzenlose Freiheit hämmert eines Tages auf dich ein. Du stehst ganz schön quer in der Trift und siehst alt aus mit deiner Unabhängigkeit. Deine Zukunft hast du planlos verschoben. Von der Sorte Lebensgestalter sind mir genug über den Weg gelaufen. Anfangs haben sie mir imponiert. Nach und nach zerbröselten ihre Innenschichten durch zu viele Weichmacher."

Da beneide ich sie um ihre flotten Sprüche. Meine gestelzte Sprache …

Ein Bus trifft ein, wieder ist es nicht unserer. Mir wird durchdringend kalt. Ich fürchte Husten, Schnupfen, Heiserkeit, dieses elende Trio und krame erfolgreich nach einem Taschentuch.

„Irgendwann hatte sich das Herumschwirren nach dem Motto *Mal sehen, was sich naschen lässt* erschöpft. ´ne Kreuzung aus Schmetterling und Eintagsfliege war ich. Nie wissen, wohin es dich treibt und möglichst kurz nippen. Hoffen, dass was Tolles im Leben auf dich wartet, und einer Fata Morgana nach der anderen aufsitzen. Schöne Tage hast du oft – und schöne Nächte. Anschließend hockst du im Leeren. Hier zieht`s verdammt." Pause. „Im Drehkreuz Singapur habe ich mich auf jemanden eingelassen im Viersternebett. Flugbekanntschaft. Das ganz große Glück hielt ich nackt in Händen. Ein schöner Reicher, ein reicher Schöner. Ich war auf dem Rückweg von Kambodscha. Seam Reep, Angkor Wat, Phnom Penh. Musste in Singapur umsteigen. Er war Australier. Geschäftsmann im diplomatischen Dienst, sagte er. Ich dachte werweißwas Hohes und nach drei Nächten und zwei Tagen war dieser Traum von Mann samt Diplomatenköfferchen vor dem Frühstück ganz undiplomatisch mit Billiglinie verflogen. Ohne zu zahlen. Das klebte an mir. Nicht mal die hinterlassene Visitenkarte mit Adresse, Telefon und Sonstigem war echt. Vonwegen Ronnie Smith. Scheiße. Da habe ich Kassensturz gemacht und Zwischenbilanz gezogen. Und zum Glück hatte das Abenteuer keine schlimmeren Folgen. Außer dass ich blank war."

Singapur: Kuscheln in einer Nussschale, fällt mir der Titel eines Reiseberichtes in unserem Verlag ein.

„Und dann? Was haben Sie gemacht?"

„Gemacht? Ich floh nach Hause unters schützende Dach meiner Eltern. Dass ich nicht lache. Endstation Sehnsucht Erkenstadt. Bewerbungen ins Blaue geschrieben. Ich meine ernsthafte unter beruflichem Aspekt. Ich hatte keinen Schimmer, in welche Richtung ich mich orientieren sollte. *Der Weg kommt mit dem Gehen* und lauter so ein Quark trommelte mir aufs Fell. Und bis auf eindeutig zweideutige Angebote kriegte ich knallharte Absagen. Oder meine Bettelgesuche verloren sich trotz des beigefügten Rückportos im Nirwana. Oder es gab Computerklicks – und weg bist du samt deiner virtuellen Chance. Meckermann macht`s unmöglich." Den letzten Satz singt sie. „Da bekam ich Schiss. Ich dachte, das

Streunen sei mir eingebrannt und ich käme nie mehr runter von der Sause und nicht ins Ernsthafte rein. Du übst dich in panischer Geduld, sparst hinten und vorn und bettelst diskret bei Mami und Papi. Das Geschwätz, dass das Richtige zum richtigen Zeitpunkt kommt, raubt dir den letzten Nerv. Derart gottergeben, daran zu glauben, bin ich nicht. Und Sie?", beendet sie ihre Geschichte mit einem Schnitt, „was machen Sie?"

„Ich arbeite im *Windwechsel-Verlag*, der bekannt ist für seine Reiseliteratur. Sie sollten Ihre Erlebnisse aufschreiben. Wir könnten …", will ich sagen.

Alles bleibt von hier aus im Dunkeln.
    Angabe gegenüber der Polizei

2. Störfall

An dieser Stelle unseres beinahe vertraulichen Nebeneinanders passiert es. Der Schrei, ein männlicher Schrei, durchschneidet die Trübnis und verstärkt die nächtliche Trostlosigkeit. Nicht „Hilfe", nicht „Au", nur ein Schrei, der sich dehnt und dehnt und mitten in seiner schrillen Höhe abbricht, als habe jemand die Kehle scharf durchtrennt, aus der er kam. *Sie* schaut orientierungslos umher. Durch mein eindrückliches Betrachten der Szenerie vorhin gelingt mir die rasche Ortung. Ich erkenne einen dunklen Haufen am Ende des letzten Bussteiges, getunkt ins Streulicht eines Scheinwerfers am Backsteingebäude im Hintergrund.

„Dort", deute ich hinüber und verschanze mich in meinem Schrecken.

Sie streicht sich die Haare hinters Ohr und ihre Stimme verdunkelt sich: „Ich gehe rüber."

Bis ich begreife, ist sie aufgesprungen und läuft mit festen Schritten los. Den Körper hält sie aufrecht, was ich aus dem Schatten auf dem Asphalt schließe. Unter dem Arm klemmt wohl ihre Tasche. Den Schirm hat sie dagelassen. Ich wäre nicht losgegangen. Automatisch ziehe ich mein Köfferchen heran und hänge meine Handtasche um, was mir den Atem zusätzlich beengt. In einer Entfernung, die mit den Scheinwerferschwenks der um die Kurve biegenden Autos zusammenschnurrt oder sich dehnt, errate ich schwarze stehende Figuren und liegende dunkle Haufen. Nichts ist richtig zu erfassen und ich wage kaum hinzugucken aus Angst um die naive junge Frau. Ich meine, Tritte auf einen Hohlkörper zu hören und ein Winseln, in dem die Wörter verröcheln. Dann das hohe Kommando der Frau:

„Stopp! Hört auf, sage ich!"

Drei Schattentypen, die davonrasen. Was liegen bleibt, muss ein Mensch sein. Ich stehe auf, möchte nicht länger sitzen. Die schicke junge Frau, die eben neben mir saß, winkt mit ihrem ganzen Körper und erhobenen Armen, ein aufgeregt wedelndes Notsignal. Als ein Streifenwagen aufkreuzt, springt sie dem in die Bahn. Ich nehme es an, beschwören kann man das hinterher nicht. Das Fahrzeug quietscht sich in den Stand. Figuren springen heraus. Sie stehen, peilen, bücken sich, Arme, Hände tun etwas. Das Blaulicht des Wagens kreiselt lautlos und malt Halbringe über die von mir aus schwer einsehbare Szene. Nach und nach erfasse ich mehr. Jedenfalls bilde ich es mir ein. Drei, vier, drei, nein, doch vier stehende Gestalten werden unterscheidbar. Der Niedergetretene muss aufgestanden sein.

Was mache ich, wenn mein Bus kommt? Hier bleiben und warten? Augen zu und weg?

„Haben Sie etwas beobachtet, ist Ihnen dort drüben etwas aufgefallen?", fragt ein Polizist neben mir. Ich habe keine Ahnung, woher er gekommen ist.

„Nichts Exaktes", antworte ich und möchte nicht in Unsägliches verwickelt werden. „Alles liegt von hier aus im Dunkeln", behaupte ich und winke ab.

Er notiert sich das und nimmt meine Adresse auf. Meinen Ausweis möchte er nicht sehen, er glaubt mir einfach. Geräuschlos wie er gekommen ist, tritt er den Rückzug an und hält bei jedem Schritt Ausschau.

Heute frage ich mich zerknirscht, ob mich meine Müdigkeit so feige gemacht hatte.

Da hört man den Notarztwagen heranheulen mit einer Lautstärke, die sich wellenförmig wandelt, je nachdem, ob Gebäude und Straßenzeilen im Weg stehen oder Schneisen dem Getöse freie Bahn lassen.

Nachdem sie das Opfer eingeladen haben, kommt die Frau zurück. „Die Typen haben einen geistig behinderten jungen Mann zusammengeschlagen." Sie klingt kraftlos und scheint eine andere Person zu sein als vorhin. Ans Ende der Mitteilung hängt sie diesmal kein Fragezeichen. Sie hält sichtlich Abstand von mir. Ich erinnere sie an ihren Schirm, den sie wortlos an sich nimmt.

Der ersehnte Bus schleicht heran und rollt seine letzten Meter ab. Zu früh, finde ich. Unser Gespräch war nicht bis ans Ende gelangt. Wie hätte sich das Ende angehört? Nun hängt Schweigen zwischen uns. In dem Moment, in dem sich die Frau nach *mir* erkundigte, hatte der Überfall unsere Annäherungen durchtrennt.

Nacheinander steigen wir über die gummibezogenen Trittstufen ein, ich voran mit dem Gepäck. Abends darf man nur die Tür vorne beim Fahrer benutzen. Filos Trianta am Lenkrad begrüßt jeden Fahrgast einzeln, indem er einen guten Abend wünscht oder *Grüß Gott* sagt. Drinnen setzt *sie* sich entfernt von mir in den hinteren Busteil. Ich, die dankbare Zuhörerin von vorhin, habe ausgedient. Ehrlich gesagt kränkt mich das und macht den Bus in meinen Augen schmerzhaft leer. Oder *sie* stand unter Schock. Diese Möglichkeit kommt mir später.

Knapp ein Dutzend anderer Fahrgäste steigt zu, die meisten nehmen den Einstieg in Zeitlupe. Darunter

Frauen verschiedenen Alters, schwach auf den Beinen, matt wie ich, den Niederschlag der Tagesmühen auf der Haut. Putzpersonal, Verkaufspersonal, Kontrollpersonal, Aufsichtspersonal. Uhren werden kontrolliert. Schweigsame Abendpassagiere sehnen die Abfahrt herbei.

Eine Viertelstunde später steuern wir die Haltestelle Bergstraße an. Die Gesprächspartnerin von vorhin kommt an meinen Sitz und hält sich im Gang an der Stange fest. Sie beugt sich zu meinem Fensterplatz und ihr süßliches *Body Power Miracle* hängt über mir. Da nehme ich sie wahr.

„Drücken Sie mir die Daumen, dass ich durchhalte. Einmal im Leben möchte ich durchhalten!", sagt sie leise und ihre Zähne setzen weiße Blitze in die Schummerbeleuchtung. Mit einem „Tschüs!" verabschiedet sie sich in Richtung Tür. Schlieren aus nasser Nachtschwärze torkeln von Lichtrissen zerfetzt über die Scheiben. Im Stillstand bremst der Bus das Gewirbel aus. Die Tür öffnet sich mit einem Druckluftseufzen und schwebt mit einem ebensolchen hinter den Ausgestiegenen zu.

Endlich in der Birkenstraße schleppe ich mich über die Stufen durch meinen Gartenwald hinauf. Von Bäumen, Hecken, Büschen und ihren Schatten drohend begleitet, schützend begleitet. Der Regen hat aufgehört. Ich taste nach dem an einem Baumstumpf befestigten Schalter. Ein Fingerdruck, und das Licht der drei Hauslaternen wirft seine Flecken über die Stufenreihen und die Absätze dazwischen. Hell und Dunkel drängeln sich an der Hauswand entlang. Lichttupfer kleben in der Nässe auf Ästen und Zweigen und zittern mit ihnen. Unter dem Vordach stelle ich den Schirm ab, fummele den Schlüssel heraus, schließe die Haustür auf und mache die Beleuchtung im Treppenhaus an. Da begreife ich, dass ich es geschafft habe. Das zwischen Alfonso und mir heftig umkämpfte Blau der Wände strömt Beruhigung aus. Das hilft mir, den Geruch nach abgestandenem Tag zu übergehen. Es muss ein Windstoß gewesen sein, der die Haustür ins Schloss fallen lässt. Ich schließe meine Wohnungstür auf, ziehe das Rollköfferchen nach, stelle es neben der Kommode in der Diele ab und drücke die Tür von innen zu. Hier ist es still. Die Handtasche lege ich ab, streife die nassen braunen Pumps von den Füßen und hänge den karierten Popelinemantel an die Garderobe. Der rote Sekundenzeiger der Wanduhr zuckt die vorletzte Stunde vor Mitternacht zu Ende. Mit beiden Händen fahre ich durch mein feuchtes Kraushaar und schrecke zusammen: Mein Köfferchen kippt mit dumpfem Schlag zur Seite. Das Erlebnis am Bahnhofsvorplatz lässt mich nicht los.

Beunruhigt tappe ich von Zimmer zu Zimmer, drücke auf Lichtschalter und lasse die Rollläden herabsausen. Ihre Schwere setzt hörbare Zeichen nach drinnen und draußen.

Die digitale Zeit wird zerrafft,
man lebt wieder in der analogen.
                                    Jenny Hard

3. Schwarzwald-Datei

Die Szene vor unserem Bahnhof drängt sich in den Vordergrund. Ein auf dem Sprung befindliches Ungeheuer. Dahinter droht der Literaturkongress zu entrücken. Meinen Erinnerungen an ihn will ich auf den Fersen bleiben. Um ein Taxi zu ordern, war ich vorhin zu erschöpft gewesen. Beim Herablassen der Rollläden sehnte ich mich nach Schlaf − und nun *das*.

Ich liege im Bett, halte mein Notizbuch in Händen und hätte gern Georg einmal hier neben mir. Die Kopfstütze gibt mir Halt, die Deckenleuchte lasse ich an und verdränge, dass ich in ein paar Stunden bereuen werde, nicht ausgeschlafen zu sein.

Alfonso: „Energie ist nichts an sich. Sie verwirklicht sich erst in der Tätigkeit."

Alfonsos unversiegbarer Strom von Sprüchen und Widersprüchen eröffnete mir Räume gegen die Enge. Meinen verstorbenen Mann sehe ich vor mir, er lächelt mich an, zieht mich mit seinen zwischen Weichheit und Kraft pendelnden Physikerhänden an sich und streicht mir einen seiner Sprüche über den Rücken. Mit Lebensweisheiten ist es wie mit Gebeten: Sie verschaffen Standhaftigkeit. Die werden ich und Georg, meine neue Liebe, brauchen.

Ich schlage das großformatige Notizbuch auf. Georg überreichte es mir im Juli vor unserer gemeinsamen Reise nach Rom. Verstohlen schlenderten wir Hand in Hand durch den Stadtpark, entfernt genug vom katholischen Stift, Georgs Zuhause. Wir setzten uns auf die Bank unter einem Baum, dessen Blätterdach uns blattbewehrt abschirmte gegen Inaugenscheinnahme, gleich, aus welchem Blickwinkel, und das Nachmittagslicht tanzte mit dem Wind durch jede Lücke im Blattwerk, die zwischen uns und dem Himmel offen blieb.

Im Tagebuch könne ich von heute an meine dem Leben abgelauschten Tageslosungen festhalten. Die gregorianischen Schwingungen in Georgs Stimme gaben den Ersatz für eine Liebeserklärung ab. Er ließ meine Hand los und streichelte den schwarzen Kunstledereinband, auf dem ein Sonnenflecken flimmerte. Mit dem Gefühl, dass sich Liebe und Gehorsam gern verbinden, habe ich von da an Seite um Seite der priesterlichen Liebesgabe zu meinem Notizterrain gemacht. Szenen, die mir zustoßen, und Geschichten, in die ich stolpere, halte ich darin fest.

Gestern brach ich frühmorgens nach Freudenstadt auf und eben kehrte ich von dort zurück. Dass ich meine Aufschriebe teilweise der Rückfahrt mit dem Zug verdanke, bezeugt die verschüttelte Handschrift. An manchen Stellen muss ich mich anstrengen das Gekritzel zum Leben zu erwecken. Intuitiv erweitere ich Stichwörter und Halbsätze beim Lesen und blase sie wie Ballons auf in der Hoffnung, dass sie mir nicht zerplatzen. *Intuitiv* war eins der Wörter gewesen, die Alfonso eingeführt und zwischen uns installiert hatte.

Der Drang nachzuerleben, was ich gesehen, gehört und erlebt habe, und es mit dem zu vergleichen, was ich gern gesehen, gehört und erlebt hätte, legt sich über mich.

Eine Folie, die gleichzeitig die Durchsicht zulässt und das Erlebte abschottet. Manche Geschehnisse verflachen, einzelne Höhepunkte steigern sich. In der Rückschau dehnt oder verkürzt sich Zeit und verliert ihr objektives Maß.

Alfonso: „Falls es ein objektives Zeitmaß je gibt."

Da vertiefe ich mich in meine Notizen:

* * *

Mittwoch, 2. und Donnerstag, 3. November 2003, Herbsttagung des Literatenverbandes *Wortbrandung* in der Stadthalle von Freudenstadt im Schwarzwald. *Moderne Lyrik – eine Kunst, die gern ins Offene flattert,* lautete der Arbeitstitel. Wegen einer Planungspanne war das Treffen kurzfristig um zwei Tage vorverlegt und gekürzt worden. Das Ende wurde heute, am Donnerstag, nach dem Abendessen angesetzt. Ab morgen bis übers Wochenende liegt die Halle in den Händen von Orchideenzüchtern.

Wir sitzen im Tagungssaal. Das großformatige Acrylbild an der Stirnwand erfasse ich von meinem Platz bei einer leichten Körperdrehung nach links. Ein vereistes Flüsschen quält sich am unteren Bildrand quer durch den verschneiten Wald, und nirgends ist Gleichmaß. Nicht im Weiß mit seinen Eintönungen ins Gelbliche, ins Braune und Graue bis zu scharfen schwarzen Einkerbungen und nicht an den Ufern. Bäume mit ihren Winterästen zerteilen den Hintergrund in bizarre Fetzen. Ein grauschwarzer Zitterstrich durchschneidet die Fläche den Hügel abwärts und macht sie zu einem sorglos zerrissenen Blatt Papier. Vor das Bild haben sie den Rednertisch geschoben. Mitten hinein in die gemalte Winterlandschaft platzt der reale Blumenschmuck, ein Strauß, in dem zahlreiche Knospen aus der Herbstblumenfamilie auf ihren Aufbruch warten. Auch Literatur wartet stets darauf, dass Verschlossenes aufbricht. Zwischen das runde Blumige hat die Floristin gespreiztes Grün, Spitzgrün, gesteckt. Sie weiß um die Gefahr heimtückisch verletzender Spitzen bei Veranstaltungen dieser Art.

An der mir gegenüberliegenden Seite der Hufeisenanordnung aus braunen Holztischen und den Stahlrohrstühlen mit schwarzen Kunstlederpolstern beobachte ich eine plaudernde In-Gruppe. In-Sein tut gut. Die schieben sich ihre Verbindungen zum literarischen Karussell untereinander zu, da kann man Gift drauf nehmen. Ausgeschlossensein fühlt sich elend an. Ich fühlte mich ausgeschlossen. Nicht in die Falle der geheuchelten Zustimmung tappen. Man muss tapfer sein beim Lächeln und Nicken. Vorgegaukelte Gemeinsamkeiten verlieren sich hinter vorgehaltenen Händen. Blinde Flecken werden zu schwarzen Flecken und die lassen sich nicht länger übertünchen. Wunden brechen auf. Der Schmerz der Vereinsamung betupft unsere dünnen Häute. Jeder hier hat seine eigene Haut und will sie retten. Künstler sind verwundbar in ihrer Ich-Bezogenheit.

Man warte, kommt es im Saal von vorne und murmelt sich von Platz zu Platz, man warte auf die Eine, die sich angesagt hat und mit ihrer Lesung zu Beginn vorgesehen ist. Es geht halblaut von Mündern über Ohren in neue Münder. Um fünf Uhr in der Frühe sei die Kollegin mit der Bahn losgefahren und jetzt fehlen ihre Wörter hier zur rechten Zeit. Da bleiben Dichterlesungen mit den Fernzügen auf der Strecke. Manche Autorinnen und Autoren führen ihre Lesungen vorsichtshalber gleich in den Waggons durch, flüstert mir Erika Krämer, die neben mir sitzt, spöttisch zu.

Jenny Hard, die Ersehnte, Erwartete trifft ein und erobert die Aufmerksamkeit. Heute erscheint sie in Schwarzpulli und langer enger Lederhose und natürlich mit ihrem modischen braunen Label-Rucksack, der eins ihrer Markenzeichen ist. Ich taxiere die sich selbstbewusst gebende Jenny. Ihre Gesichtszüge wirken diszipliniert bis zu einem Hauch von Härte. Die Haut der Lyrikerin ist seit dem Vorjahr sichtbar älter geworden, stelle ich schadenfroh fest und verdränge das eigene Jahr, das sich mir aufgelagert hat. Die große, schlanke Dame sieht über die Anwesenden hinweg, bis sie die In-Gruppe entdeckt, deren stabilen Kern sie bildet. Dort hat man ihr einen Stuhl freigehalten. Sie legt den Rucksack ab, lässt sich nieder und lächelt zu mir herüber. Überrascht erwidere ich ihr Lächeln. Unser sich halbaristokratisch gebender Vorsitzender eröffnet die Veranstaltung. Jenny erhebt sich anschließend, nimmt am Tisch mit der Vase Platz und beginnt damit, ihre von den Veranstaltern ausgewählten Gedichte zu verlesen. Es zeigt sich, dass ihre Sprache seit dem letzten Treffen jünger, den Vorgaben der Gegenwart entsprechend enger, kürzer, kühler geworden ist. Ich beneide die Kollegin um ihren Zeitgeist, der die Wörter angemessen durchpflügt. Sie schleudert ihren Zopf vom Rücken über die linke Schulter und rückt ihn über ihre Brust. Haariges Blond auf wolligem Schwarz, ein gezielter Hingucker. Kokett richtet sie die Bewegungen ihres Oberkörpers auf die Präsentation des Zopfes aus, der ihr bis über die Taille fällt. Ich verfange mich auf dem

Geflecht und bemerke sich abspreizende Blondhärchen. Vom Zopf streife ich auf den Pulli, der sichtbare Fäserchen, wollige, von sich streckt. Alles verfließt zu einem Weichhaarstachelbild. Weich und stachelig, jetzt, wo ich Jenny besser kenne und mich mit ihr duze, drängt es mich, die ganze Person so zwiespältig zu umschreiben.

Beim Vortragen bewegt sie ihren Oberkörper im Kreis und erinnert mich an Pianistinnen oder Sängerinnen. Sie scheint ihre Sprachbilder aus dem offenen Fenster eines vorbeirauschenden Zuges zu schwingen, eines Schnellzuges mit Zuschlag. Grün, Braun und Gelb in der Vase vor ihr setzen ein dezentes Zittern ans Ende der ins Gleichmäßige schwebenden Stimmbögen.

In herangezoomten Stunden
markierte Momente werden
im Speicher der Datenbänke
des Todes bewahrt,
ehe die Zeit sie löscht.

Die Jury: „Jenny Hard benutzt kühne Assoziationen aus dem virtuellen Code. Sie durchwühlt die Sprache inbrünstig, um Unbelebtes zu beleben. Sie gerät in Zonen, die uns beim ersten Hören, beim ersten Lesen eher unpoetisch anmuten. Von der technisch geprägten Betrachtung der Außenseite der Dinge und Abläufe macht die Lyrikerin den Schritt hin zum empfindsamen *Insider*."
Mir fehlt der Schlüssel zum Betreiben dieser Kunst.

In der Pause machte ich die Erfahrung, dass die Herren Krögel und der andere, dessen Name mir nicht einfällt, sich nicht an mich und meine auf früheren Treffen vorgetragenen Texte erinnerten. Juri Krögel, der Introvertierte in der abgeschabten Lederjacke mit seiner nach innen gelenkten Schau. Lässiges Blättern in den ausgelegten Büchern und Büchlein auf den Tischen im Saal und in der Eingangshalle mit ihrem Übergang in den Kurgarten. Ein Blättern, das ernsthaftes Interesse an den Texten der Konkurrenz heuchelt. Das Gewirk aus Schöntuerei und Berechnung beginnt zu wuchern. Händeschütteln, vorgetäuschte Verbundenheit: Ich bin ein Schatten in diesem Kollektiv der Einzelgänger. Da keine Preise bei der *Wortbrandung* verliehen werden, belastet der Wettbewerb unsere Beziehungen nicht zusätzlich.

Vorträge und Arbeitsgruppen reihen sich aneinander.

Ein vieldeutiger Sprachmanierismus wabert im Raum und tarnt sich als eine zum Greifen nahe mystische Realität, als sei die das wahre Leben. Der abgeschabte Krögel trifft meinen Geschmack mit seinen Übungstexten am besten:

Wenn mein MP3-Player
den Rhythmus meines Liebesherzens
in den Frequenzbereich
für Ewigkeiten transformiert,
wünsche ich mir,
die Taste für das „Delete"
nie zu finden.

Bei Juri zeigt sich das Vordringen ins Innere ohne den gefühlvollen Schaum der schönen alten Worte. Seine Bilder, die zwischen Nähe und Ferne vermitteln, ergreifen mich.

Am Abend bot sich gemütliches Zusammenrücken im *Ochsen*, in der *Krone* oder sonst einer gastlichen Lokalität an. Wir diskutierten im *Grünen Kranz* bis nach Mitternacht: Juri Krögel, dem ich endlich näher kam, Erika, die ich lange kenne, Jenny, über die ich mich wunderte, dass sie sich zu uns begab und Freundschaft mit mir schloss, und ich. Juri mit dem schmalen Schädel, dem verspannten, zu jungen länglichen Gesicht, der unbeweglichen Oberlippe, der nach oben gestupsten Nase, den quer gestellten Augenbrauen, dem halblangen Modehaarschnitt mit seiner Mischung aus liegenden und stehenden gegelten Haarpulks. Juri, der in seinen Texten inbrünstig sein Eigenleben am Rande der Gesellschaft verarbeitet. Er saß neben mir und sandte Signale der inneren Unruhe

34

vom Kopf bis zu den Füßen aus. Die Hände wischten über die Stirn, rieben Unsichtbares aus den Augen oder tippten gekrümmt über den Tisch. Hochgerutschte graue Hosenbeine entblößten bleiche Beinhaut. Die Füße tasteten den Boden ab, unentwegt auf der Suche nach dem richtigen Pfad. Gut, Juri ist ein Beispiel für Ichbezogenheit mit seinen Texten, deren Schichten verfließen.

Dagegen steht Jenny, die heftig und kräftig über technisierte Normwelten schreibt und das Wort *ich* so zwanghaft umschifft, dass man sich nach ihm sehnt. Das Gegenteil ist Erika, in deren Gedanken sich das Wort *ich* suhlt.
Heutzutage gängige Normgedichte, sagte Jenny, erinnerten sie an die Aquarelle gelangweilter Damen früherer Epochen. „Zu viel Gefühl", klagte sie, „zu viel Gefühl."
Und ich, ewig in Wartestellung, hatte nichts zu bieten. Wer sich nicht zu tief ins Innere versenkt, muss nicht fürchten, dass ein erloschen geglaubter Vulkan aus ihm ausbricht.
Als weinerlichen Sack stellten wir Juri nach anderthalb Litern Rotem vor seiner Tür im *Grünen Kranz* ab. Erika wollte mir eine tiefenpsychologische Erklärung für diesen Ausfall nachliefern, eine vorgeburtliche wahrscheinlich. Ich hatte kein Ohr mehr für Erklärungen von Fällen. Gute Nacht und ab aus der Falle in die Falle. Den Jargon sollte ich mir nicht angewöhnen. Es bricht manchmal aus mir heraus.

In den zweiten Tag zwängten sich Arbeitsgruppen, Schreibübungen und Lesungen mit anschließender Diskussion. Bei Erika Krämer mit ihrem Dutzend anerkannter Werke wird jedes Tagesereignis zum schmerzlichen Nachruf auf

Verpasstes und Schiefgelaufenes. Von morgens bis tief in die Nacht schreibt sie sich Kindheit und Jugend vom Leib. Unermüdlich forscht sie nach einem Schlüssel zu sich. Was sie ausgräbt, führt zu Schuldzuweisungen und Anklagen gegen ihre Mutter. Beim Mittagessen – Spätzle, Gulasch und gemischter Salat – erzählte mir die siebzigjährige Erika, sie sei entsetzlich chaotisch. Oft suche sie stundenlang vergeblich nach ihren Skriptseiten und Textfetzen in den Stapeln der Auslegewaren. Eine ziemlich herablassende Bezeichnung für ihre papierenen Werkstücke. An diesem Eingeschweißtsein ins Unordentliche sei ihre Mutter schuld. Die habe Klein-Erika zur Pedanterie erzogen. Hätte die Mutter nicht streng auf Ordnung gedrungen, würde die Tochter sich heute nicht der Unordnung ausliefern, schmollt Erika der längst Verstorbenen nach. Und F.K., wie wir den international renommierten, der Psychoanalyse entsprungenen Literaturtheoretiker abkürzen, trug seine Thesen über die Verwurzelung aller Texte in den Kindheitsmustern der Autorin, des Autors unwidersprochen vor.

* * *

Ich habe gut reden, sage ich mir, lege meine Notizen beiseite und knipse das Licht aus. Bis auf meinen Bruder und dessen Familie habe ich keine Verwandten mehr. Jetzt lebe ich, jetzt, hämmere ich mir täglich ein und weine meiner Vergangenheit nicht nach.

Mein Hobby, das leidenschaftliche Schreiben, rührt Bilder auf, die mit Wörtern und Sätzen ineinanderlaufen, sich verknoten, sich drehen, kreiseln und unentwegt neu überlagert werden. Ich strenge mich an, die Turbulenzen, die das Leben mir zutreibt, zu bändigen, aufs Papier zu zwingen und sie dort zur Reglosigkeit zu verbannen. Bis sie auferstehen, halb unbewusst und in einer neuen, beim Lesen geformten Gestalt.

Die Kreuz-und-Querfahrten der mutigen Frau vorhin am Bahnhof werde ich zur Grundlage meines nächsten größeren Textes machen. Mit diesem Vorsatz beschließe ich den Tag. Nein, es ist schon morgen. Der Uhrzeiger hat die Grenze überschritten. Da rappelt es hörbar auf dem Schuppen des Nachbarn: Siebenschläfer.

Ich wollte, ich wäre ein Siebenschläfer und könnte in Tiefschlaf versinken.

Ich weiß nicht genau, wo ich beginnen soll. Es ist schwer.
Philippe Claudel: Die grauen Seelen

4. Neue Schreibperspektiven

Vera Marten sei die bekannteste lokale Schriftstellerin für Kurzgeschichten, hatte der *Erkenstädter Bote* verkündet und ich war stolz darauf gewesen. Nun, sozusagen über Nacht, werde ich von einem neuen Stoff umgarnt. Das Szenario am Bahnhof wird der Ausgangspunkt sein. Unter diesem Aspekt bin ich dankbar, dass der Elfer-Bus vor meinen Augen abfuhr.

Bevor das Tageslicht über den östlichen Horizont quillt, entschließe ich mich aufzustehen. Nach dem wenig erholsamen Schlafpäckchen werfe ich die Bettdecke von mir. Die Grundtönungen meiner Bettbezüge bewegen sich passend zum ganzen Raum in ausgeglichenem Grün. Farbpsychologisch ringen Aufbruch und schläfriges Absinken miteinander. Alfonso beklagte sich nie über meine Farbwahl. Hatte er sie überhaupt verinnerlicht wahrgenommen? Der Konfliktherd war allein das Blau im Hausflur gewesen.

Ehe ich ins Bad gehe, rumpele ich den Rollladen meines Schlafzimmerfensters hoch und schaue aus dem Fenster. In den Straßen lastet die Nacht. Grauweiße Schwaden umkreisen die Straßenlaternen. Der dunkle Himmel liegt im Osten über dem Lichterstreifen der Bundesstraße im Tal, der im Nebel zerrinnt. Durch den gekippten Fensterflügel dringt ein Rauschen herauf, das ansteigt und abschwillt, ohne Tag und Nacht zu kennen.
Keine klare Nacht, das prophezeit keinen klaren Tag.

Unten am Wendeplatz bremst sich ein Lieferwagen zwanghaft leise in den Stand. Die Bündel für die Zeitungszusteller werden ausgepackt, der Wagen fährt davon. Zwei Personen nehmen von den Packen und gehen in entgegengesetzte Richtungen los, ihr Auf und Ab über Treppen und Stufen beginnt. Wo ich hinsehe, verlaufe ich mich in verschwommenen Konturen. Weiter tut sich nichts. Vögel, Hunde und Katzen schweigen sich aus.

Nach gängiger Wechseldusche – heiß, kalt, heiß, kalt – verpasse ich mir ein schnelles Alltags-Make-up aus Augenfaltencreme und einer nährenden Tagescreme. Darüber reibe ich eine Allerweltstönung. Eine Nuance zu dunkel, hätten Fachfrauen gewarnt, ein auf den Teint schlecht abgestimmtes zu dunkles Make-up mache alt. Ich bin fünfzig, und ich liebe die Tönung. Den zwei Strichen über meine Augenbrauen folgt ein kritischer Blick auf die verblassten Wimpern. Eine Frühauferstandene, schlüpfe ich in meinen gut sitzenden Hosenanzug, der leicht zu übersehen ist in seiner gedämpften Einfarbigkeit zwischen Blau und Grün.

Auf den paar Schritten ins Schreibzimmer, von mir zärtlich Atelier genannt, gähne ich den Rest von Schlaftrunkenheit ungeniert in alle Richtungen. Vor dem Haus höre ich es klappern, die Zeitung wird in die Röhre geschoben. In der Nachbarschaft schläft man fest, täuscht es zumindest vor.

Bis auf Friedrich Ahlers, Endfünfziger, meinen rundlichen Mieter im Souterrain. Gnadenlos ächzen sich seine zwei Rollläden in den Tag, ein Signal für die Nachbarschaft: Achtung, ihr Schlafmützen, es ist fünf Uhr, Kumpel Ahlers ist auf den Beinen! Man ist tolerant im Viertel, nie hat sich jemand hörbar über das frühmorgendliche Rattern beklagt. Im Gegensatz zu den Schlägen der Turmuhr der dreihundert Meter entfernten Kirche.

Ahlers, der Mann mit seiner berufslebenslänglichen Frühschicht, die er sich ausbedungen hat als Waschmaschinenmonteur am Fließband. Die ist ihm so in Fleisch und Blut übergegangen, dass er selbst an arbeitsfreien Tagen der Gewohnheitswachheit erliegt, um nicht zur Strafe für zu langes Eingebettetsein *rammdösig* zu werden. Der Ausdruck verrät Herkunft aus dem Norden der Republik.

Ahlers wird „rammdösig" vom Schlafen, das muss man sich mal vorstellen, nicht von der Arbeit am Fließband. Um sechs Uhr in der Frühe laufen die Bänder in der weltbekannten Firma, die sich zu den Global-Play-Gewinnern zählt, zur Herstellung von Haushaltsgeräten an. Die Frühschicht, eine Schicht von dreien, setzt ein. Die Waschmaschinenmonteure beispielsweise bewegen die metallenen Seitenwände nach oben, kontrollieren sie und legen sie zu Käfigen auf dem Band zusammen. Hundertzwanzig Käfige bewältigen sie in der Stunde. Vorderwand, Rückwand. Zwei Seitenwände. Zwanzig Kilogramm wiegt ein Ganzes, mal 120, das mache zwei Tonnen 400 Kilogramm stündlich mechanisch zu stemmendes Gewicht. Ich glaube es, ohne es je nachgerechnet zu haben. Der Arbeitsbericht pflegt sich fortzupflanzen: Stück für Stück aus dem Fließband rausnehmen, hochheben, hinhängen. Keine Lücke auf dem Band darf es geben, im Handumdrehen fassen alle Mann zu. Das Gebilde torkelt in die Spritzstraße rein, die Teile werden spritzlackiert, kommen rüber zum Zusammensetzen, je

40

zwei Bodenteile werden pressgefügt. Sonst plappert er nicht allzu viel von sich aus, der Waschmaschinenherstellungsautomat mit dem rollenden Nordlicht-R und dem weichen S.

Ob R und S nicht eine besondere Sinnlichkeit durch den Mund verraten?

Ich sollte mich auf mein Schreiben konzentrieren und mich nicht durch Herumfummeln an Ecken und Kanten ablenken. *Ich sehe nichts, was noch zu sehen wäre.* Das wäre die Maxime für konsequentes Vorankommen.

Alfonso tröstete mich: „Es gibt nichts Sachbezogenes ohne das Mitschwingen anderer Schichten."

Alfonso, du musstest aufgeben, bevor du Gelegenheit hattest, dich mit dem mystisch versierten Theologen Georg Kurier ins Benehmen zu setzen. Ihr hättet es zu einer Schnittmenge gebracht bei euren Erklärungen für Unwesentliches und Wesentliches, für Endlichkeit und Unendlichkeit. Der Physiker, der um die Erkenntnis des Wesens der Materie ringt, und der Theologe, für den Materielles angeblich nicht zählt, treffen sich in der Entstehungs- und Verheißungsmystik. Oder sie bewegen sich auseinander von Endlichkeit zu Ewigkeit.

Die eingelegten Gänge
gekuppelt
an den Motor des Lebens,
der läuft und läuft
und das Auskuppeln fürchtet,
den Übergang zum ewigen Leerlauf.

Jenny

Ich entschließe mich mir einen Instant-Kaffee zu bereiten und wittere die Gefahr, mich mit dem fülligen Genuss abzulenken. Jeder meiner Handgriffe wird von einer Spezialmischung aus Abtrünnigkeit und Gier getränkt. Über den Schleichweg der Kaffeelösung wird mein neues Textgebilde ein paar belebende Flecken abbekommen. Im Atelier suche ich umständlich Halt an der Laptoptastatur. Beim Hochbooten und anschließend beim Versuch, die Textverarbeitung zu öffnen, tippe ich oft daneben, bis es klappt. Wäre Alfonso hier, würde ich ihn anflehen mir zu einer ruhigen Hand und einem langen Atem zu verhelfen.

Die dampfende Brühe als Gehilfe an der Seite, den ersten Schluck lüstern im Mund, milchig und gesüßt, träume ich davon, es zu einem Roman zu bringen. Nach dem Leeren der Tasse bis auf den Grund verpasse ich meinem kreativen Gerüst den Arbeitstitel *Auf den Spuren einer Flatterfrau*.

Da ich nicht wie meine geplante Hauptfigur auf den Wogen größerer eigener Reiseerfahrungen schwimme, werde ich aus dem Fundus meines Arbeitgebers zehren. Für mich ist Reisen unbequem geworden, ich hänge an Gewohnheiten und Übersichtlichkeit und fürchte Chaos und heftige Wechsel.

Darin bin ich ein spätes Opfer Alfonsos, der selten Pausen für Erholungsreisen aus seiner besessenen Forschertätigkeit herausschlug. Er bestimmte unsere Ziele und nahm mich am liebsten in seinem Schlepptau mit zu Kongressen oder Seminaren. Ich erinnere mich an die Spitzenlabors seines Fachgebietes, das CERN an der französisch-schweizerischen Grenze nahe Genf, das DESY in Hamburg, das SLAC nahe Palo Alto in den USA. Das Fermilab bei Chicago oder das Brookhaven International

Laboratory auf Long Island. Die Aufenthalte und manche Begleitprogramme entsprachen oft nicht meinem Geschmack und ich sehnte mich zurück ins Heimische. Eines Tages hatte ich dieses Anhängsel-Dasein satt und organisierte mir eine feste Arbeitsstelle. Nach Alfonsos Tod hätte ich mir eine gewisse Reiseeigenständigkeit aufbauen sollen. Gegenwärtig bemühe ich mich darum.

Das Ergebnis sind zehn Tage einsamer Nordseeurlaub. Doch der Höhepunkt für mich war die ungewöhnliche Romreise mit Georg. im vergangenen Juli. Nicht ohne Herzklopfen brach ich auf. Es wurden zwei aufregende Wochen, bei denen wir uns annäherten und uns voneinander entfernten, ein tägliches Wellenspiel, von dem ich nie wusste, wie es zur Nacht hin ausgehen würde.
Und gerade erlebte ich die Zweitagereise in den Schwarzwald.

Meine streunenden Gedanken fange ich ein und beginne zu schreiben: Die geplante Romanfigur ist skeptisch gegenüber ihren Eltern und begierig auf andere Länder. Sie driftet in unterschiedliche Tätigkeiten ab und sehnt sich nach Verwurzelung an einem festen Ort. Sie ist in aufwändiges Äußeres vernarrt und muss vor den Eltern buckeln, um finanziell über die Runden zu kommen. Sie sieht sich gern im Mittelpunkt und greift in bedrohlichen Situationen mutig ein.
Ich sammle Widersprüche, die die Person interessant machen und weiß nicht, ob es wirklich Widersprüche sind.
Alfonso: „Das Zwiespältige verbirgt sich hinter dem ins Alltägliche gelifteten Pokerface."

Gegen acht Uhr mache ich mich in Schuhen mit Übergang zu Gesundheitstretern und meinem Popelinemantel, der gut zum feuchten Wetter passt, aber ein bisschen zu dünn ist, ins Büro nach Massingen auf.

Die Seiten des Lebens vertackert,
nicht zu lösen die eine
von der anderen ohne Schmerz.
Juri Krögel

5. Büropatchwork

Es ist ein nebliger, trüber Novembertag und laut Vorhersage wird er neblig und trüb bleiben. Die Stadt schüttelt sich aus der Schlaftrunkenheit, lässt sich von einer angegrauten Hülle aus fahlem Morgenlicht umwickeln und der letzte Arbeitstag der Woche nimmt mich in seine Fänge.

Zwischen schweigsamen Morgenmuffeln sitze ich im Bus. Anschließend in der S-Bahn werde ich bedrängt von duftenden jugendlichen Gelhaarigen und von Männern und Frauen, die aussehen, als treiben sie auf die Verrentung zu. Dazwischen wippen die vor sich hin, die zwanghaft Power und Dynamik aussenden und jeder Ruhehaltung ausweichen. Solche Dynamiker kümmert es nicht, dass sie im morgendlichen Mainstream wenig gefragt sind. Statt der erstrebten Bewunderung werden Neid und Abwehr aus der Umgebung gegen sie ausgedünstet. Auch die an Koffer oder Reisetaschen Gebundenen mag man in diesem Morgenandrang nicht gern. Sie sitzen und stehen überall im Weg.

Ich erhasche eine Sitzlücke und hole mein Notizbuch heraus. Es erinnert mich an Georgs weiche Haut. Die junge Frau von gestern Abend habe ich vor Augen und trage Stichwörter, Beobachtungen und Redewendungen für den Ausbau meines Projektes ein. Den Schrei vergesse ich nicht.

Am Hauptbahnhof steige ich um in Richtung Gewerbegebiet Massingen, in das unsere Landeshauptstadt übergangslos ausfranst. Nach einer knappen Stunde bin ich am Ziel.

Mein Arbeitgeber, der Verlag *Windwechsel*, ist bekannt für seine Reiseliteratur, besonders seine Reiseführer und das populäre Magazin *HIN UND WEG*, das monatlich erscheint. Natürlich war ich stolz die Stelle zu ergattern. Unbefriedigendes Herumrudern in der Germanistikbranche und allerlei Hilfstätigkeiten lagen hinter mir. Seit einem Jahrzehnt, lange vor Alfonsos Tod, arbeite ich als Lektorin beim *Windwechsel*. Dank fortschreitender Kommunikationstechnik konnte ich diese Arbeit zuverlässig ausüben, selbst wenn ich mit Alfonso unterwegs war.

In der Firma mauserte ich mich zum Mädchen für allerlei. Es sind nicht nur Texte durchzusehen und den vorgegebenen Schnittmustern anzupassen. Daneben muss ich auf die Konkurrenz im In- und Ausland wachsame Augen werfen und natürlich unsere Neuerscheinungen mit organisieren, die Aufmachung der Bücher und der Magazine absprechen und begutachten. Eduard Sprangmann, unser Büro- und Kalkulationsboss, unterstützt mich unaufdringlich und verlässlich. Er tritt nie zu laut auf, ist väterlich-freundlich und zugleich zielstrebig. Mein Tätigkeitsfeld verläuft sich außerdem ins Telefonieren, Mailen und Faxen, in Geschäftspost und Pflege persönlicher Kontakte. Dazu gehört es, Kaffee zu kochen, falls es sonst niemand tut. Zu oft tut es sonst niemand. Rosemarie Hauenstein, die verlangte, dass die Maschinen für Kaffee und Tee auf eine Edelkonsole in die Flurecke gestellt wurden, ist sich zu fein dafür. Sie raspeln ihr Kollegensüßholz, mein Kaffee sei der beste, da schaffen sie sich mit nobler Geste die Mühe vom Leib.

Bei all dem habe ich wach zu bleiben fürs Kerngeschäft, das heißt, für den Eingang von Manuskripten zu sorgen, die für eine Veröffentlichung taugen. Zustimmung oder Ablehnung unserer Chefin hängen wie ein Damoklesschwert über dem, was ich tue oder einfädele. Die Aufbereitung der Beiträge zwingt mich, mich mit unterschiedlichsten Wirklichkeiten zu befassen. Schilderungen und beigefügte Fotos schwirren in mir herum, als hätte ich die Winkel und Ebenen, die goldenen, silbernen, braunen und grauen Dreiecke in allen Erdteilen selbst besucht und das Geschilderte durchlebt, durchlitten und überstanden:

Durch die schottischen Highlands … Bhutan: Ein Königreich im Wandel … Australien – Koala-Klinik für pelzige Patienten … Trommeln in der Prärie … Wenn die Mitternachtssonne den Norden erhellt … Cameguin – Zu Fuß durch die philippinische Trauminsel … Ein Besuch im Elefanten-Camp Mae Chiang … Die Malediven – Tausend und eine Insel … Singapur: Abenteuer in einer Nussschale.

Die Singapur-Geschichte der Flatterfrau *Nie wieder mit Ronnie schlafen* hätte in unserem Magazin, das sich seriösabenteuerlich zu geben hat, keinen Platz gefunden, *chance passée.*

Auf Papier gebannte Reisegier unserer Autorinnen und Autoren nimmt mir die Mühsal eigener Aufbrüche ab, was mich in schwermütigen Phasen beschämt. Ob du mit dem Reisen auf ein Ziel zugehen willst oder ob du auf der Flucht vor etwas bist, ob es dir um Neues geht, das vor dir liegt, oder ob du Altes vergessen und hinter dir lassen möchtest: Dein Dasein läuft als Schatten neben dir her. Reisebesessene, die uns ihre Manuskripte anbieten, kreisen um die unterschwelligen Dauerthemen Flucht und Rückkehr. Ein Leben lang reisen. Das Leben als Reise begreifen. Eigene und fremde Grenzen ausloten. Herrschaftsgebiete aller Arten überschreiten. Heimat abschütteln und Heimweh haben. In Neuland aufbrechen und in einer Tiefe ankern, die man vorher nicht fühlt. Ungewohntes einatmen, essen, hören, spüren und zu spüren bekommen. Sich in die Waagschale werfen. Etwas im Gepäck in die Fremde mitnehmen, das den Menschen dort fremd ist, sie anzieht und sie bereichert, wenn sie sich öffnen.

Weil mir persönlich meine Gegenwart so gegenwärtig ist, sehne ich mich nicht nach Neuem, habe ich mir eingeredet.

Beim Sortieren und Ablegen von Papieren, dem Hin und Her zwischen Karteien, Dateien und frisch eingetroffener Post entdecke ich einen an mich adressierten DIN-A4-Umschlag. Auf der Vorderseite links quer schlägt mir der zentimeterhohe und deshalb aggressive Absender-Aufdruck InterNETZa entgegen. Das Wortgemisch bezeichnet die jährlich stattfindende überregionale Industriemesse im Ausstellungsgelände Erkenstadt. Ich öffne die Sendung und ziehe ein massenkopiertes Anschreiben heraus:

Sehr geehrte(r) Autor(in) …

Da ahne ich nicht, dass dieses schlichte Aufreißen Folgen für mein künftiges Leben haben wird. Der Brief ist mit den Signaturen von Oberbürgermeister, Kulturbürgermeister und der Ausstellungsleitung in Erkenstadt versehen. Er reiht eine Kette aus Danksagungen auf, die mit der Einladung an mich enden, die Lesung anlässlich der Ausstellung im kommenden Herbst wiederum mit einem Beitrag zu bereichern. Das Motto werde zeitig mitgeteilt. Die angenommenen Beiträge werden auf Wunsch in ganzer Länge veröffentlicht, falls zum mündlichen Vortrag eine Kürzung erforderlich sei. Im letzten Absatz des Serienbriefes ist mein Name individuell automatisiert eingefügt. Diese Serienrückmeldung erfüllt mich mit einem Gefühl, das ich Glück nenne. Dass man gedruckte persönliche Nennung und Serienbrief vereinigt, ist eines der Wunder des Digitalismus. Digitalismus — das Wort muss ein Sammelname für eine technische Transzendenz sein. Das hätte ich gern mit Alfonso diskutiert.

Der wolkentrübe Tag, an dem kein Durchkommen für gebündelte Sonnenstrahlen ist, ist durch das neue Angebot gerettet, sage ich mir. Nichts wird ihn mir ernsthaft aus dem Gleichgewicht bringen.

Nach dem Brief kommt ein Hochglanzmagazin zum Vorschein. Sofort verströmt es seinen Chemieduft in den Raum. Sein Äußeres gibt sich modisch aufdringlich. Über einen Hintergrund aus verwaschenen Tupfern in gelbbraungraugrünblauen Augenfarben zucken quirlige drahtige Linien vorwiegend in Rot, Grün und Lila, und dazwischen quetschen sich Sternenblitze. Die dicken schwarzen Buchstaben, die sich darüber legen, fahre ich mit den Fingern ab: *VerRücktes*. Es handelt sich um den Nachdruck, den Nachklang der Lesung vor einem Monat. Auf der Rückseite des Heftes springen die Logos der Sponsoren ins Auge, einer Buchhandlung, eines Busunternehmens und einer örtlichen Installationsfirma. Schuldbewusst, die Arbeit um mich herum stapelt sich, überfliege ich das

Inhaltsverzeichnis und blättere mit aufsteigender Wärme in den Schläfen zu meiner Geschichte.

Narzisstisch, ich bin so narzisstisch, am liebsten drehe ich mich um mich selbst.

Man muss dem Kick widerstehen. Ich widerstehe dem Kick und lese nicht. Für persönliche Träumereien gibt es keine Bürominuten zu stehlen. Ich lauere darauf, mich auf Tauchstation, das heißt ins Wochenende zu begeben. Mit einer Mischung aus Bravheit und Vernunft reiße ich mich zusammen, am Abend bin ich ja mit Georg verabredet, endlich sehe ich ihn wieder, ich sollte mich sputen. Brav stecke ich das Heft zum Lesen auf der Heimfahrt ins Kuvert und nehme den Brieföffner für die nächste Sendung in die Hand. Prompt wedelt die Chefin herein.

Frau Obermüller, zur wichtigsten Figur auf der Etage aufgepumpt, diesmal mit engem roten Oberteil zum schwarzen wadenlangen Rock, treibt es durch die Räume. Die dunkelbraunen Augen versprühen Aktivität. Wir sind, was das betrifft, heute Morgen in gewissem Einklang miteinander, aber ich, schätze ich, trage mehr Spuren der aufgewühlten Nacht durch alles Make-up hindurch auf der Haut. Frau Obermüller ist groß, hager und gepflegt. Ihr rotstichiges, eher dunkles Langhaar trägt sie raffiniert aufgesteckt. Oft verheddere ich mich in der Beurteilung, ob die Frisur altbacken oder elegant ist. Je nach meinem eigenen Gemütszustand schreibe ich ihr das eine oder das andere zu. An diesem Morgen entscheide ich mich für Eleganz. Durch ihr Äußeres katapultiert sich die Chefin in eine gewisse Alterslosigkeit. Bei der ganzen Frau tappt man in Zwiespältiges. Ihr Privatleben war und ist, folgt man den Gerüchten, die höchstens geflüstert werden, eng mit dem ihrer Mutter verbunden. Sie bewohnen die Familienvilla auf dem stadtnahen Waldberg. Marianne Obermüller muss einen Bruder haben. Der sei Jurist und habe mit der Firma nichts am Hut. Jemand tuschelte von einem zerbrochenen Liebesverhältnis seiner Schwester, von dem ein Kind, wohl ein Mädchen, übrig geblieben sei. Man habe es irgendwohin freigegeben. Das Gerücht liegt über der Führungsperson und niemand traut sich offen oder hintenherum zu fragen, um mehr herauszubekommen. Für uns Angestellte spielt das Privatleben der Obermüllers keine Rolle. Von jeher war es ein Tabu für Büroklatsch.

Die Chefin bleibt vor dem Schreibtisch stehen und startet ihr Tagesverhör.

„Sind Sie mit München einig geworden?"

„Sie übernehmen *Vom Monsunwald bis zu den Steinernen Tempeln* zum Nachdruck."

„Haben Sie *Sonnenflirren auf dem Rio de la Plata* gekürzt und überarbeitet?"

„Ja. Es liegt bei Frau Hauenstein."

„Wieweit sind die Verhandlungen mit Müller-Beckstein?"

„Er meldet sich, sobald die Fotos vorliegen."

„Auf wann haben Sie Sakina Bano bestellt?"

„Sie kommt gleich, um elf."

„Machen Sie einen Mitschnitt von dem Gespräch, überarbeiten Sie das Interview und senden Sie mir die vorgeschlagene Druckfassung spätestens bis Dienstag auf meinen PC."

Ich habe verstanden. Keine langen Erklärungen. Die will die Chefin weder abgeben noch hören. Sie liebt umstandslose Hinweise. Frage gestellt, Antwort bekommen.

Abgehakt. *Minimal art* verkörpert sich in den Szenen. Nie vergisst die Chefin, ihre Auftritte mit mindestens einer Anweisung zu beenden. Die Masche hat sie dem Seniorchef, ihrem Vater, abgeschaut.

Unversehens macht sie sich davon. Das Zuschlagen der Tür hört sich an, als sei sie ihr zu früh aus der Hand geglitten. Ich blicke fragend nach, wüsste aber nicht, was für eine Frage zu stellen wäre.

Die nicht ganz ausgeglichene Chefin hatte ihre Ermahnungen an mich ins Unerbittliche gesteigert und entfleuchte gleich im Anschluss daran ins Wochenende.

Unsere Überstunden werden generell nicht bezahlt. Basta. Vergütet klänge besser. Mit der Bohnenstange Obermüller legt sich niemand gern an. Entsprechend ist das Klima in der Firma. Für meinen Job will ich zur Verfügung stehen, um meinen Lebensunterhalt zu sichern. Die Arbeit mache ich nach besten Kräften. Obermüllers Aufträge erledige ich im Allgemeinen widerspruchslos und klaglos, höchstens mal nervös. Auf keinen Fall will ich mich der kühlen Kommandozentrale, die ihr Engagement für den wohlbestallten Laden in unumstößliche Entschiedenheit verpackt, mit Haut und Haaren hingeben. Meine kämpferischen Jahre liegen hinter mir. Nunmehr strenge ich mich an, mir Energie für mein persönliches Leben zu bewahren.

Nie zuviel persönliche Anteilnahme im Verlag zu zeigen war die Obermüller-Parole von jeher, hört man hinter vorgehaltener Hand. Vor die Herzkammer ist ein Schild genagelt: Bitte nicht unnötig behelligen. Dennoch oder deshalb läuft die Firma gut. Noch jung, habe sich die Tochter in den Verlag ihres Vaters eingearbeitet.

Kurz nachdem ich durch Zufall in die Stelle einer ausgeschiedenen Lektorin hineingerutscht war, war der gar nicht so alte Obermüller in einer Verhandlung mit der Druckerei tot zusammengebrochen. Diagnose: Arbeitswut. Ich war gut mit ihm ausgekommen.

Seine Tochter breitete sich im Chefzimmer aus und hielt es künftig auf dem neuesten technischen und modischen Stand, bevorzugt mit original italienischem Flair. Von einem Tag auf den anderen kultivierte sie Unnahbarkeit und führte das Siezen generell ein, auch wo längst ein Du den Alltag poliert hatte.

Es passt in diesen Rahmen, dass ungezwungenes Beisammensein nicht gern gesehen wird, bei dem gelöste Zungen Klatsch verbreiten könnten. Man arbeitet und verzieht sich anschließend in verschiedene Himmelsrichtungen. Man erhält sein Gehalt und ab und an einen Zuschlag aus der Firmenschatulle ohne gewerkschaftliche Eingriffe in den Zwölf-Personen-Betrieb, die Putzfrau Melina eingeschlossen.

„Seid froh, dass wir genug zu tun haben", winkt die Dame gelegentliche Klagen ab, „andere stehen auf der Straße und würden sich die Finger nach einem bequemen und interessanten Job wie eurem schlecken."

Zu Weihnachten und am 30. Juni, dem Tag vor den dreiwöchigen Betriebsferien, wird alljährlich zum gemeinsamen Essen in eins der Nobelrestaurants im Umkreis eingeladen. Das letzte Mal war es das renommierte *Blaue Licht*. Nach dem Dessert kam es wie eh und je zum raffiniert eingefädelten Aufbruch aller.

Machen Sie einen Mitschnitt von dem Gespräch, überarbeiten Sie das Interview und senden Sie mir die vorgeschlagene Druckfassung

spätestens bis Dienstag auf meinen PC. Ich werde den Auf-
forderungen folgen und Frau Obermüllers Reaktionen
widerspruchslos hinnehmen:

„So möchte ich es haben – so nicht."

An den Stil habe ich mich gewöhnt und fühle mich
nicht mehr persönlich betroffen.

Stromaufwärts
an Ufern entlang
wirft das Erinnern
Schatten.
  Johanna Anderka

6. Balanceakt

Unser Verlag hat beträchtlichen Aufwind bekommen. Das verdanken wir zum guten Teil unserer pakistanischen Autorin Sakina Bano. Ihr Buch *Im Meer der Berge* mauserte sich zum Bestseller. Vor einem Jahr folgte *Der Sturz,* der sich ebenfalls gut verkauft. Wir schafften es ins Weihnachtsgeschäft damit. Heute hat sich die Autorin nach ihrer jüngsten mehrmonatigen Reise angemeldet und ich rechne mit einem guten Austausch. Er wird ein Herantasten an das geplante neue Werk sein. Mindestens ein halbes Jahr lang werde ich mit der Ausarbeitung zu tun haben, nachdem mir das gesamte Material vorliegt. Eine Vorankündigung will die Chefin für den Fan-Club baldmöglichst im Internet veröffentlicht sehen, da fordern mich Vorwort samt Klappentext. Ein Klappentext ist doppelbödig. Er soll vorgaukeln, von jemandem Außenstehenden und doch innerlich Beteiligten verfasst worden zu sein. Die Anlocktexte kalkulieren und bedienen die Bedürfnisse des Marktes, spannungsgeladenes Knistern steigert den Umsatz.

In der Flurnische bereite ich den unumgänglichen Grünen Tee zu, den ich in mein Zimmer trage. Auf einmal erscheint mir der Raum gefüllt mit angestaubter Zeit. Ein Geschmack nach abgestandenem Kaffee mischt sich mit dem nach frischem Tee und dazwischen rangelt beißender Geruch unserer aktuellen Druckereiprodukte mit dem Muff gealterter Papiere. Ist das der Duft der großen weiten Welt? Die unordentlich bestückten Regale reißen die Aufmerksamkeit aufdringlich an sich und zehren den bescheidenen Tisch und die Kunststoffsesselchen optisch nahezu auf. In einer unbewachten Viertelstunde, ein gewisser Umbruch herrschte im Stockwerk, habe ich das mir verordnete runde Tischchen gegen dieses aus dem Kellerfundus ausgetauscht. Eckige Tische verströmen mehr Arbeitsintensität.

Meine erste Begegnung mit Sakina Bano Masrur vor drei Jahren hat sich bunt und wirbelnd in mir gespeichert. Ich hole die Erinnerungen aus mir heraus, Seifenblasen, die aufsteigen und die mir helfen sollen mich auf die Besucherin einzustellen. Es war im September 2000. Alfonsos Tod kurz zuvor lag auf mir, ein Tuch, das mich frösteln ließ. Ich suchte nach einer Oase des Trostes inmitten meiner Wüste aus Verlassenheit und Wehmut. Wollte ich in mich hineinhorchen, fühlte ich mich vor mir selbst verschlossen. Vielleicht ging ich deshalb so teilnehmend auf die junge Pakistanin zu, die ihre Hände nach mir ausstreckte.

Die Fülle der Szenen, die sie mir schilderte, habe ich gespeichert, wie es nur ein Film erreicht, den man aufs immer Neue anschaut, bis man ihn mit geschlossenen Augen in sich ablaufen lassen kann.

Bei Tee und Hefezopf mit Butter machten wir uns auf der Terrasse unterm Sonnenschirm daran, die Mauern zwischen uns zu übersteigen. Ein Treffen im Freien passt besser zu meinem Gast als ein Plaudern in der Enge des Büros, hatte ich gedacht. Die Sonne spielte mit und umgab unseren Schattenplatz mit einem Wall aus Wärme und Licht. Wir vermaßen Wörter und Sätze voller unbestimmter Artikel, um uns in das Gelände der jeweils anderen zu tasten. Wie Geschenke reichten wir sie uns zu und bauten Brücken aus Gesten. Meine Eroberungsreise ging in die Gefilde eines mir unvertrauten Alphabets des Menschseins und ich versuchte deuten zu lernen, was sich in der Mimik meines Gegenübers spiegelte.

Mit *höfliche Offenheit* hätte ich Sakinas Blick beschrieben: *Haben Sie Geduld mit mir, Mrs. Vera.* Im Fadenkreuz zwischen Augen und Mundwinkeln hoffte ich auf Orientierung. Die Fremdheit löste sich. Mühsam kam ich mit beim Festhalten der Neuigkeiten, des Nachfragens, der Antworten und dem, was dazwischen pulsierte. Gleich bei diesem Treffen ahnte ich, dass die Beziehung zwischen uns trotz vordergründigen Aufeinanderzugehens ein Balanceakt bliebe. Ich bin die Maklerin und stehe unter dem Druck zu kalkulieren. Was man verkauft, muss man mit offenen Händen und leichten Herzens hergeben können. Haben wir etwas veröffentlicht, schiebe ich es beiseite, um für anderes offen zu sein. Ich bin gespannt, was diesmal hereingetragen wird an Auf und Ab.

Um mich einzustimmen, greife ich nach dem Fotoalbum, das Sakina zum ersten Treffen mitbrachte. Es ist ein bescheidenes Exemplar mit Klarsichthüllen für je ein Foto pro Seite. Die Aufnahmen wurden für mich zum Einfallstor. Beim Durchblättern springt man von Aufnahmepunkt zu Aufnahmepunkt. Man kämpft um Verknüpfungen und verirrt sich auf der Suche nach Zusammenhängen. Was man sieht, ist farbstichig, unscharf und in schummrigen Winkeln zerrieben. Sollte sich die Arbeit mit Sakina festigen, müssten wir ihr eine gute Kamera beschaffen.

Damals traute ich mich nicht mit forscher Geste mein Aufnahmegerät anzustellen.

„Ihre Heimat heißt Baltistan, Sakina?"

Sie nickte und fuhr fort: „Es lagert nicht an der Ostsee, was manche Ihrer Landsleute meinen mögen, wenn zum ersten Mal das Wort Baltistan auf sie zukommt." Sie lächelte. Das bildhaft gebrochene, dennoch verständliche Deutsch klang aus alten Gezeiten erwacht.

Sie schlug das Album auf. In die vorderste Plastiktasche war eine abfotografierte grob gezeichnete Skizze eingeschoben. Gleich beim oberflächlichen Betrachten der Grenzen, Flüsse und Berge vermutete ich unausgegorene Maßstäbe. Derart schlichtes Material abzudrucken wäre eine Blamage für uns. Emil Fuchs, unser Grafiker, wies seine rechte Hand Orlander an sich auf die Socken zu machen und eine einigermaßen glaubhafte Landkarte von dem abgeschotteten Territorium aufzutreiben.

„Militärisches Sperrgebiet!", strunzte der, als er eine bessere anbrachte. Da konnten sie die rückwärtige Innenseite des geplanten Buchumschlages geographisch unanfechtbar, so hofften wir, verzieren. Tim Jonger half uns später endgültig auf die Sprünge.

Inzwischen erklären Emil und die Kollegen aus der Druckerei Sakinas Fotos nach minimaler Bearbeitung für druckreif. Dass Emil bei dieser Aussage keine Miene verzieht, verrät Künstlerrespekt.

Sakina nahm Anlauf, um Hürden zu überspringen, und begann mir anhand der Fotos die nordöstlichen Gebirgsregionen Pakistans zu öffnen.

Ewige Schneespitzen tun sich hervor, Pflöcke in der

Brandung des Daseins, an die man sich klammert beim Blick nach oben. Sie bekratzen einen Himmel, dessen Blau fototechnisch eingetrübt ist. Man ahnt den Wind, der alles, was ihm nicht widersteht, aufwärts treibt und ihm Flügel verleiht. Hin und her werde ich gerissen, weil mein Platz auch in den Leerflächen ist, die jedes Bild einrahmen. Ich sehe die Abgründe und wehre mich gegen ihren Sog.

In den Bergregionen, umkränzt von Karakorum, Himalaja und Hindukusch und mit dem Blick auf den Hausberg Nanga Parbat ist Sakina Bano im Schoß ihrer Großfamilie aufgewachsen. Dutzende berühmte Mehrtausender und dazwischen solche, die nur den Einheimischen ein Begriff sind, belagern die Horizonte mit Übergängen in einen selten, dann aber weißknäuelig verhangenen Himmel. Geröllhalden und Sandebenen dehnen sich bis tief ins Flache auf 2000 Meter Höhe hinab. Grüne Flächen oder Flecken verweisen auf das Vorhandensein von Wasser: auf eine Quelle, Schmelzwasser-Rinnsale oder einen Fluss.

Einmal sei ein Forscher aus dem Ausland in ihrer Schule gewesen.

„Er hat viel erklärt. Auch die Leute aus dem Dorf und der Umgebung sind gekommen, um zuzuhören. Balti ist ein tibetanischer Dialekt, dessen Schrift uns entglitten ist, hat er erzählt."

Sakina wurde lebendig, ich spürte, sie wollte mir eine Freude mit ihren Schilderungen machen.

„Er sagte, wir stammen von Tibetern ab. Deshalb wird Baltistan auch Klein-Tibet genannt. Ein Spitzname", lächelte sie mir zu. „Northern Areas heißt das Gebiet, in das du nicht einfach kommst ohne Genehmigung. Baltistan grenzt an China und Baltistani Bhotia nennt sich unser Stamm ursprünglich. Baltis sagt man zu uns im Alltag. Und Urdu ist die festgelegte Sprache in Pakistan. Unsere Heimatsprache ist das Balti. Balti meint den Keller."

Englisch, das auch Amtssprache ist, bedeutet für die Menschen eine Hoffnungsbrücke. Sie sehnen sich danach, sie zu überschreiten, ohne zu wissen, wohin sie am Ende führt. Technik, Freiheit, Verhütungsmittel, Mode: Sakina versank in Träume. Sie schaute nach unten, um ihre Vorstellungen ungestörter zu bannen. Beim Nachsinnen überzog ein skeptisches Aber ihre Stirn. Eine aus Sicherheitsgründen politisch korrekte Haltung, schätzte ich.

„An manchen von uns hängt noch das Buddhistische. Tief innen. Die es wissen, merken es. Besonders an unserer Kleidung. Wir mögen nicht verlacht werden, weil wir hinter den Bergen sind. Trotzdem denken alle hier, dass sie rückständig sind. Ich auch."

„Sakina Bano Masrur steht auf dem Album. Welcher ist Ihr Familienname?"

Sie versuchte es zu erklären und ich, es zu verstehen. Die Kiste für Vergangenes, ihre Kiste für Vergangenes öffnete sie um einen Spalt. Was die barg, würde uns beide aus unseren Leben fallen lassen. Irgendwann.

Sakina hat von klein auf zwei Namen. Keiner davon ist ein Familienname. Familiennamen in unserem Sinn führt man nicht. Ahnungslose Westler betrachten Sakina als Vornamen und Bano als Nachnamen. Ich fragte nach dem dritten. Den Beinamen Masrur, die Glückliche, die Gesegnete, habe ihr die Familie später gegeben. Zu dem Zeitpunkt legte sich Sakinas älterer Bruder Abidim Razool den Drittnamen Majruh zu. Die Geschwister waren nicht mehr ganz jung gewesen. Majruh heißt *Der vom Schicksal Beschwerte*. Das verweist auf die Gewichte, die der junge Mann auf sich fühlte.

Die Mutter nahm sich das Leben, als Sakina ein Baby war. Dass mich die Fremde an dieser Stelle ansah, war für mich eine Form der Demut. Der Trauer ins Auge sehen. Dem schamlosen Tod hinterherzweifeln.

Die Lebens- und Todeswelten anderer Kulturen nehme ich auftragsgemäß zur Kenntnis, vermarkte sie und lasse sie mir nicht allzu sehr unter die Haut gehen. Ich lebe über alles hinweg und meide Traumpfade. Denn ich verfasse keine Lyrik, ich beschreibe und deute Tatsachen.

Selbstmord sei unverzeihlich in den Augen der Umgebung und vor Allah. Sakinas Stimme erlosch über Abgründen. Eines Tages war die Mutter verschwunden, hatte man dem heranwachsenden Mädchen erzählt, gewiss märchenhaft verpackt. Ein unangenehmer Geschmack im Mund, eine Ungemütlichkeit, die sich durch mein Hirn zog, waren Ausdruck des Unwohlseins darüber, dass ich Sakina Bano gleich an diesen schmerzhaften Punkt führte. Meine Ungeschicklichkeit überwölbte unser Treffen mit einem schwermütigen Dach. Lebensverzweiflung, Todessehnen. Wieder schwankte ich, wie meine Gesprächspartnerin mein Forschen in ihre von vielerlei Wettern gegerbten Züge aufnahm. Mein Lächeln, das entwarnen sollte, stylte ich erschrocken weg, es passte nicht zur Todesdüsternis. Was Sakina Bano sagte, glättete ich beim Aufschreiben. Ich hoffte die Befürchtung zu vermeiden, mein Notieren sei eine Art Gerichtsprotokoll. Eine Vorstellung, die in Menschen aus Pakistan Urängste hervorrufen muss.

Auf ihrem Teller lagen nur noch Krümel und ich bot ihr ein zweites Stück Hefezopf an.

„Das ist eine Spezialität der Region."

Sie nahm sich das kleinste Stück, was mich beschämte, und kaute vorsichtig, vielleicht fürchtete sie Steinchen oder knirschenden Sand darin. Ich schenkte uns Tee nach. Sie griff zu der halbierten Zitrone und träufelte den Saft in die Tasse.

Wen es treibt, aus dem Leben zu scheiden, der verläuft sich in die Berge mit ihren Schluchten und Abhängen in der Hoffnung, keine Kräfte mehr für eine Rückkehr zu haben. Die Gebirgswände ließen mich erschauern. Ich starrte darauf, bis ich einen Sonnenschimmer entdeckte und bemerkte, dass die Felsen von einem Gewirk aus Verfärbungen umhüllt sind. Wetter, Flechten, Schimmel und Zeiten haben sich an ihnen abgearbeitet und tun es von Ewigkeit zu Ewigkeit. Die dünne Luft saugt gierig an allem, was sich fest gibt, und rangelt in einer Lebensgemeinschaft mit dem Gestein.

Sakina zog mich zum folgenden Bild: „Oder der verzweifelte Mensch wählt den Sprung in den Indus." Ihr Tonfall versank zum Ende des Satzes hin ins fast Unhörbare. Ein Sprung, den in diesem Abschnitt des ungestümen Flusslaufes niemand je überstand. Kein Boot hält sich in der wirbelnden Unrast. Kein Fisch ist zu finden.

„Und dann, Sakina, welche Sitten pflegt ihr nach dem freiwilligen Tod eines Menschen?" Unanständig, dachte ich, du fragst unanständig, schiebst dein berufliches Gebot zum Aushorchen vor. Sie fuhr fort und belauschte ihre eigenen Sätze und ich notierte Faden um Faden, bis sich ein Muster ergab:

Einer Windbö gleich weht die Nachricht in die verstreuten Behausungen. Beistand zu leisten ist eine religiös gebotene Pflicht. Freunde und Nachbarn pilgern zum Haus der betroffenen Familie. Der Mullah schreitet ernst und bärtig voran, das zeigt das Foto. In seinen Sandalen und der grob gewebten braunen Kleidung unterscheidet er sich kaum von den Bauern und den Hirten. Das lange Oberteil über der gleichfarbigen Hose aus demselben Stoff und auf dem Kopf die Mütze mit den aufgerollten Rändern: Die Armut der Menschen ist hineingewebt und hineingewickelt.

Männer und Frauen lassen sich in der Stube der verschreckten Familie nieder. Die Arbeiten außer Haus werden vernachlässigt. Die Pflege der Felder, die Ernte, die Hilfsarbeiten beim Straßenbau oder die Dienste im Hospital ruhen. Man bleibt einfach weg, das scheint mit zu den heiligen Pflichten zu gehören. Jeder unterbricht, was er vorhatte zu tun, und verschiebt es auf die Tage, die Allah ihm nach der Trauerzeit zuweisen wird.

„Das ist bei uns Gebot und Sitte, wenn einer von uns sein Leben zurückgegeben hat."

Ich strengte mich an, nicht die leiseste Verwunderung oder Missbilligung aufblitzen zu lassen.

Ins große Zimmer des gekrümmten Hauses strömen die Anteilnehmenden. Jemand breitet mitten am Tag die Teppichrollen aus, die an den Wänden lagern und nachts als Schlafunterlagen dienen, gewirkt aus ungefärbter schwarzer, grauer, weißer oder brauner Schafwolle. Ihre Muster fluten in den düsteren Raum. Tiergeruch hat sich ins Gewebe eingesenkt und strömt als milde Melancholie aus. Ich meine, es zu riechen. Wer es sich leisten kann, besitzt ein kunstvolles Webstück, sagte Sakina.

„Das ist zu teuer für die meisten von uns. Touristen nehmen es mit heim. Die Wolle wird gekocht im Saft von Pflanzen, damit sie sich färbt."

Meine Augen wanderten auf der Abbildung eines Wandbehangs hin und her. Sie entdeckten Pfade zwischen den stilisierten hockenden, die Sichel schwingenden Männern in Feldern und Frauen mit Wasserkrügen auf dem Kopf. Yaks, die zottigen genügsamen Hochlandrinder, die sich an die Kälte und das dürftige Nahrungsangebot angepasst haben, gehen dem Bauern vor dem Pflug. Blumen und Grasbüschel schmiegen sich an Büsche und kleinwüchsige Bäume. Die Farbabstufungen der Figuren und Pflanzen heben sich von beigen oder weißen Hintergrundflächen ab. Ich war hingerissen vom Foto des Wandbehanges und steckte mich hinter Emil Fuchs. Er fertigte eine Ausschnittvergrößerung an und wir platzierten einen halbseitigen Abdruck in *HIN UND WEG*. Sakina brachte ein Gedicht dazu, ein Freund habe es zusammen mit ihr verfasst. Der helfe ihr gelegentlich und möchte, dass der Text unter ihrem Namen veröffentlicht wird. Ich behielt die Mitteilung für mich und willigte ein.

Sonnengedörrte Schafsnahrung
aus Blumen und Gras
verwandelt in lichtgebleichtes Fell.
Spinne den Sommer in die Schur
und den Winter.

Mit wildem Wiesenkrapp gekocht
nach dem Maß der Stundengebete
ersteht des Jahres Kaleidoskop,
hängt an tausend wollenen Fäden.

Später beim Tritt über die Schwelle
verspürst du die Sonne im Haus,
verwoben nach Kette und Schuss.

Zu den Trauerstunden hocken Männer und Frauen ge-
trennt voneinander im Schneidersitz. Frauen sind der
harten Arbeit wegen, die sie zu schultern haben, bei solchen Hocktreffen in der Minderzahl. Andererseits darf
man sie aus religiösen Gründen offiziell nicht fotogra-
fieren. Sakina legte die Mitteilung wie einen auswendig
gelernten Merksatz ab. Selbst ihr gelingen Aufnahmen
von Frauen und Mädchen nicht leicht. Falls diese in ein
Foto einwilligen, pressen sie ein Stück ihres Kopftuchs
vor das Gesicht und lassen nur die Augenpartie und einen Streifen Stirn frei. Bei Veröffentlichungen müssten
wir behutsam sein. Die Fotografierten dürften nicht erkannt werden, um nicht unter Druck zu geraten. Mit diesem Warnlicht hatte ich nicht gerechnet. Sakina schien es
schneller abzuschütteln als ich. Unser Emil Fuchs ist ein
guter Retuscheur.

Dürftig angezogene Kinder drängeln sich zwischen
die Erwachsenen und nehmen die freien Flächen auf
dem Pappelholzboden in Beschlag. Aus Metallbechern
dampft gesalzener Tee mit cremiger Ziegenbutter. Dazu
isst man *Tsampa* aus grob gemahlenem Gerstenmehl,
das zu einer teigigen Masse verknetet wird, die man zwischen den Fingern presst und formt, bevor man sie in
den Mund schiebt. Zucker ist eine Kostbarkeit und wird
sparsam verwaltet.

Der Mullah hebt zum Singsang seiner Suren an. Er
hält inne und die Anwesenden sprechen sie ihm nach.
Die Kette setzt sich fort. Vorsingen und Nachsprechen

sind ihre wichtigsten Glieder. In das Ein- und Ausatmen mischt sich der unvergängliche Geruch, der an allem haftet, was es hier gibt, an Mensch und Tier und allen Dingen.

„Spüren Sie den Geruch nach Schafen, Ziegen und Rindern?" Ich nickte. „Das ist bei uns der Geruch, den du nie aus der Nase bekommst. Unterwegs beim leisesten Gedanken an die Heimat, steigt er in mir auf."

Der Mullah bleibt zu den Mahlzeiten und manche anderen mit ihm. Meist gibt es nichts außer Hirsebrei mit dem scharfen gekochten Salatgemüse, dessen Namen ich mir nicht gemerkt habe, und abgekochtes Wasser aus der Zisterne. Reis ist ein Luxus und gehört deshalb selten zum Speiseplan. Sakina verlor kein Wort über den Preis des Rituals für die betroffene Familie.

Der Ausblick aus dem überfüllten Zimmer verläuft sich auf den wasserreichen grünen Anstiegen mit ihren Pappelreihen und dem Gras in den Senken. Dazwischen breiten sich Kolonnen aus Aprikosenbäumen aus. Die sind der wahre Schatz der Region, Vitaminspender für Monate. Ein Himmelsgeschenk. Oft werden die Früchte einfach an Wegrändern und auf Mauern getrocknet, wo sie von Sonnengelb bis in kotiges Braun eintönen.

„Wird auch das verstaubte Trockene eingesammelt, Sakina?" Schulterzucken.

Von Sand umspurte Wiesen mit dem niedrigen harten Gras reiben sich an den Abhängen der Bergszenerie. Vom Zimmer aus zur anderen Seite hin gesehen schlängelt sich eine graue Straße an Behausungen entlang, für durchrasende Militärfahrzeuge asphaltiert. Stein- und Lehmhäuser sprenkeln die Straßenränder oder ducken sich an Wasserpfaden. Manche Häuschen prahlen mit einem Anstrich an der Vorderfront, für mehr Farbe reicht es nicht. Üblicherweise sind die Wohnbauten dreistöckig. Das Flachdach wird einbezogen. Es dient zum Trocknen für Getreide, Grünfutter und die Aprikosen, die sich bis in den Winter halten sollen. *Ismillah.* Dank an Allah. Im Keller findet das Vieh kärglichen Unterschlupf vor dem Frost, der den Weideflächen seine Starre aufdrückt. Schafe, Ziegen und Yaks. Und jeder Haushalt strebt nach mindestens einem weiblichen Zmo, der Kreuzung aus Kuh und Yak. Ich musste mich anstrengen, das mitzuschreiben. Auch, dass der Keller für das Vieh *Balti* heißt und sich davon die Namen für den Stamm und für den gesamten Landstrich ableiten.

Zwischen Dach und Stallungen erstreckt sich das Wohngeschoss mit seinen zwei oder drei kahlen Räumen und gleich am Aufgang kauert sich die Küche in eine Nische. Wochenlang wartete die Familie auf die verschwundene Mutter. In endlosen Sitzungen spendete der Mullah Trost und verbreitete Hoffnung. Er beschwor den Geist der Verschwundenen, in der Not ist eine übernatürliche Kraft die beste Helferin. Um die Vermisste nach Hause zu locken, leuchtete die ganze Nacht hindurch ein Licht vor dem Hauseingang. Die Gummilatschen mussten neben der Leuchte stehen. Auf diese Weise könne die Weggelaufene unbemerkt heimkehren und das Böse in der Finsternis lassen.

Von Sakinas Mutter gab es nie mehr ein Zeichen. Es existiert auch kein Bild von ihr. Die Hinterbliebenen drückten einen Stein aus der Wüste in den Sandhügel neben die anderen Begräbnissteine.

Wann es zur Tragödie gekommen war, weiß niemand mehr zuverlässig. Die Menschen in der Berg-, Fluss-, oder Wüsteneinsamkeit haben ihre Mühe mit Daten und Zeiten, mit Maßen, Gewichten, Entfernungen und Größen, mit Mengen und Dimensionen. Das Leben strömt dahin, gegliedert nur von den vier Jahreszeiten, die etwa unseren entsprechen. Niemand notiert, niemand registriert. Ereignisse werden zu Wegmarkierungen im Gedächtnis. Die meisten von denen, die hier leben, besitzen keinen Kalender. Geschweige einen mit Bildern gespickten, der von Monaten und Tagen erzählt. Ihre Bilder tragen die Menschen in sich.

Erinnerst du dich an das Jahr, in dem wir die doppelte Menge an Hirse ernteten, wie Allah sie uns sonst schenkt?

Wir heirateten in dem Jahr, als der Berg abrutschte und drei Jeeps des Militärs mit sich in den Fluss riss.

Es war der Sommer, in dem unsere einzige Kuh starb und unser zweiter Sohn geboren wurde. Muhammad Ali. Oder war es unser dritter Sohn?

So zählt sich das Leben auf. Es verquirlt sich wie die Stromschnellen und Wirbel der Flüsse, die sich tief ins Land gefressen haben und gegen die Enge der Gebirgsmauern toben.

Sie, Sakina, die Jüngste der Familie, das neue Stück Hoffnung, sollte verwöhnt und in Glück bringende Winkel der Erde getragen werden. Vater und Brüder hatten es gewollt und der sehnsüchtige Wunsch schwang im Beinamen Masrur, *die Glückliche, die Gesegnete* mit. Als die jugendliche Frau in ihren einsamen Aufbruch hineinrutschte, schien sich die Verheißung zu erfüllen.

Manchmal geht ein Wort auf wie eine Tür,
lässt Weite zu, lässt Obhut zu
und schenkt dem Unaussprechbaren einen Namen.

Johanna Anderka

Verheißungen können nach ihrer Erfüllung vom Schicksal widerrufen werden.

Kaum war ich dazu gekommen, mir ab und an einen Schluck Tee zu gönnen. Meinem Gast hatte ich nachgeschenkt, obwohl Sakina schluckweise trank. Am Ende leerte ich die Tasse mit einem Zug. Mein Tee war längst kalt geworden.

Zum Abschied umarmten wir uns und verharrten für Herzschläge in der Umarmung. Jedem, der uns auf dem Weg zum Ausgang begegnete, stellte ich unsere neue Autorin vor. Frau Obermüller sah uns, informierte sich über das Wichtigste, ließ ermunternde Sätze fallen und betonte für ihre Art überschwänglich, sie freue sich auf die ersten Texte. Dass es ein ganzes Buch werden würde, trauten wir uns nicht zu hoffen.

Wir zogen an Eduard Sprangmann und der schwatzhaften Sekretärin Hauenstein vorbei, an Emil Fuchs, der die Vorarbeiten für die Vertragsdruckerei leistet, am Faktotum Orlander und dem Materialbeschaffer, Hausmeister und Organisator Michel in seinem ewigen grauen Hausmeisterkittel. Ich hätte ihr auch Melina, unsere eifrige Putz- und Aufräumhilfe aus Kroatien vorgestellt. Sie ist uns nicht über den Weg gelaufen.

Nach dem letzten Händedruck schaute ich Sakina nach, bis sie die Straße hinuntergegangen und nach der Kurve verschwunden war. Die Wärme, die sich in mir ausgebreitet hatte, musste nicht nur die der Sonne ge-

wesen sein. Ich war kurz davor gewesen, Sakina das Duzen anzubieten. Zum Glück unterließ ich es. Es wäre mir
noch mehr zum Verhängnis geworden.

Seitdem schreibt Sakina mit meinem Beistand. Mit meiner Unterstützung klänge bescheidener. Die Arme ausgebreitet segelte ich durch vom Wind angefressene Hoch-
täler, beängstigende Schluchten und hie und da besie-
delte Weiten. Ich balancierte über morsche Bretter und
kämpfte gegen meine im Sand versinkenden Füße, ohne
mein Büro für irgendeine Fremde verlassen zu müssen.
Unbeirrt legte ich mich ins Zeug und machte mich an
die Vorarbeiten für die Veröffentlichungen. Meine eigene
Verlassenheit versickerte tageweise, stundenweise, näch-
teweise in Tiefenströmungen, die ich seitdem *den Indus in
mir* nenne.

Oben, ganz oben
auf dünnem Grat
fängt dich im Fall
kein Himmel mehr auf.

7. Aufbruch

Mit sechzehn, wenn ich richtig rechne und ihr Glauben schenke, erlebte Sakina Bano den nächsten Einschnitt in ihr Leben. Auf dem Weg zum Frauwerden überraschte sie mit ihrem Aufbruch aus der Hochebene in die Höhen der Berge. In schlichten braunen Sandalen. Kaum einer in diesem geographischen Armutsring hat die Mittel, sich vernünftige Schuhe oder gar Bergschuhe zu leisten. Schritt für Schritt folgte sie dem als Kuhhirten mit Weg und Steg verwachsenen Bruder Abidim Razool. Der führte sie übers Thok-Nala-Tal auf die Deosai-Hochebene. Dort trafen sie auf andere Kuh- oder Schafhirten aus verschiedenen Regionen. Manchmal schaffen es die Umherziehenden trotz strenger Grenzkontrollen und Registrierung an den Hauptknotenpunkten mit ihren Herden aus Ladakh oder China herüber. Man versteht sich, tauscht Brot, Tiere und neueste Nachrichten aus. Käse kennt man nicht, nur cremige Milch. Im Sommer weht der Wind über die Ebene, tanzt vom Osten nach Westen, wirbelt von China nach Afghanistan, treibt die Luft von Norden nach Süden, zuckt von Lhasa hinein ins nördliche Pakistan bis hinunter nach Islamabad, falls er nicht vorher seinen Atem verliert. Und hier oben lässt er die Hirten, deren Herden in dem weiten Rund weiden, in der Landschaft ausharren, schwankende Pfähle bis zum Weiterzug.

So hatte Sakina Bano begonnen die Höhen und Tiefen um sich herum, das Steigende und das Abschüssige zu erkunden und so reichte sie mir ihre bildhaften Beschreibungen zu. Über ein Jahrzehnt lang, ab 1990, erkämpfte und erstürmte das Paar die Berge.

Um Geld zu verdienen, begleiteten die Geschwister nach einiger Zeit auswärtige Bergbesessene vom Provinzstädtchen Skardu aus. Sie nahmen Touristen ins Geschirr, die aus ihrer eigenen Sicht wenig, aus Sicht der Einheimischen unermesslich viel dafür gaben, sich für Stunden oder Tage abzustrampeln und den Blick zwischen Felsen und Himmel hin und her wandern zu lassen. Ein neuer Pfad auf den anstrengend zu erklimmenden *Mashabrum* wurde sogar *Sakina-Abidim-Pfad* genannt. Ich ließ ihn später von unserem Praktikanten Tim Jonger rot auf meiner Karte einzeichnen.

Selbst für geübte Bergfreaks von wer weiß woher ist der Berg eine Herausforderung, bekräftigte Friedrich Ahlers, der Mitglied im Summit Club des Deutschen Alpenverein ist, und er tat, als habe er sich den Gipfel schon selbst erkämpft. Jedenfalls schlug sein Mund einen nach oben offenen Bogen.

Sakina und ihr Bruder wurden staatlich autorisierte Tourenführer und erweiterten ihren Radius von Shimshal durch das Braldu-Tal ins Muztagh-Tal und von dort hinauf zum Baltoro-Gletscher. Das war das bequemste Stück der Tour, durchaus eine Herausforderung für Leute ohne gute Kondition, die nach kurzer Zeit um die dünne Luft ringen. Das Schnaufen zieht mit ihnen über Weg und Steg. Den Ausblick bei unterschiedlichsten Wetterlagen hatten die Geschwister in sich gespeichert. Selbst mit geschlossenen Augen hätten die jungen Leute jede Biegung gefunden. Die Schritte setzten sich fast von allein. Fixseil, Pickel und Steigeisen gehörten zur Ausrüstung. Für die

Verpflegung wurden außer dem Mehl für das Fladenbrot auch Reis, die landestypische Linsenart Dal, Öl, Tee, Trockenmilch, Salz, getrocknete Zwiebeln, Aprikosen, getrocknete Mandeln und Gemüse eingepackt.
Im Meer der Berge und *Der Sturz* spiegelten die Gebirgslandschaft und ihre Dramatik.

Eines Tages ließ Sakina die schroffen Felsen mit ihren Peaks, Schneekuppen, Granitnadeln und den vom Eis ziselierten Abgängen hinter sich und begab sich in sich zaghaft wölbende Wüsten und in flaches Hügelland, das sich selbst zu verzehren scheint.

„Warum, Sakina, haben Sie den Höhen den Rücken gekehrt?"

Sakina, die vorgab, 30 Jahre alt zu sein, erhob fragend die Hände. *Manchmal fühlt ein Mensch einfach, dass er eine Sache tun muss,* verstand ich ihre Geste. Das war der Punkt, am Ende begriff ich es, der Sakinas Geheimnis in sich trug. Lange würde ich es nicht aufdecken können.

Offenbar fand Sakina aus dem Heimatkessel heraus und zog allein ihrer Wege durch die Wüsten und das flache Land an den Flüssen, deren Namen nur die Einheimischen im Gedächtnis bewahren. Abidim Razool war nicht mehr ihr stützender Kamerad. Unter dem Titel *Aufbruch in die Tiefe* wollten wir ihr neues Material sammeln und sichten.

Ich mag Wind,
streichelndes
Ungeheuer
mit Sand im Mund
ohne Halt.
            Viola Kühn

8. Marktstrategien

Vor einem Jahr, wir standen vor dem Abschluss von Sakinas Bergsteigerthriller *Der Sturz*, kreuzte der Blondschopf Tim Jonger auf. Er studiert Linguistik in Tübingen und schob ein Praktikum ein. Er entpuppte sich als Gewinn.

„Kein Problem", sagte er, „das kriegen wir locker hin", und beschaffte eine unanzweifelbare geografische Karte über die nördlichen Regionen Pakistans. Emil Fuchs und Orlander fassten mit zu und die drei schoben das Papier unter die Glasplatte meines Schreibtisches.

„Sagen Sie mal, wann verschwindet der Junge wieder, damit man hier seine frühere Ruhe kriegt?", grinste Emil und klopfte Tim auf die Schulter, während ich mich in das Wunderwerk vertiefte. Der nahm es gelassen hin. Besseres stehe über diese ganzen Gebirgswulste nicht zur Verfügung. Außerdem, fügte er keck hinzu, sei nicht erwiesen, dass die Welt dahinten richtig vermessen sei. Er habe da seine Zweifel. Die hatten wir auch längst gehabt.

„Oben an Stellen mit weitem Rundblick triffst du Männer in Militäruniform vor Zelten mit Skizzenblättern auf den Knien und Stiften in der Hand. Sie kartografieren", plauderte er. „In der Kaschmirregion, wo indische und pakistanische Soldaten aufeinandergehetzt werden, ist die Topografie eher gefühlt als geklärt. *Streng geheim – Zutritt verboten!* drohen handgeschriebene Pappschilder."

Einer, der dort war, habe ihm das geschildert. Der habe die topographische Karte „irgendwie, sagen wir mal durch Bakschisch oder sonstige Erkenntlichkeiten" dem Militär abgeluchst. Der Lieferant verlange 100 Euro dafür. Frau Obermüller stöhnte und Sprangmann zahlte.

Das war das Geniale an Tim, dass er gleich begriff, woran es fehlte und prompt zufasste. Unserem Emil Fuchs ging er anschließend so lange, also einige Tage lang, mit dem Problem *ideales Kartenmaterial* auf die Nerven, bis der begann, mit seinen technischen Möglichkeiten und seinem viel gepriesenen Sachverstand ausgefeilte topografische Ansichten zu kreieren. Womit er Frau Obermüller bis heute beglückt. Obwohl sie Tim, der den Anstoß dazu gab, nicht mehr gern erwähnt. Ich weiß nicht warum.

Reisen und Sprachen sind Tims Schwerpunkte und nach dem Studium will er promovieren.

„Haben Sie ein Thema für Ihre Doktorarbeit angepeilt?", preschte ich vor.

„Am liebsten würde ich über das Chedar Epos forschen. Falls ich einen Doktorvater dafür finde", meinte er und seine Züge siedelten sich zwischen jungenhafter Nonchalance und realistischer Skepsis an. Natürlich hatte ich nicht von dem Epos gehört und ließ mir deshalb den Namen aufschreiben.

„Es beinhaltet eine uralte Königs- und Kampfsage, die von Tibet ausging und sich in zehn Dialekten erhalten hat, auch in den Regionen, über die Sakina berichtet."

Ich gab ihm zu lesen, was wir von ihr veröffentlicht hatten. „Jaja", hüpften seine graublauen Augen durch das *Meer der Berge* und schauten zwischendurch auf. Er schien sich auszukennen. „Bei etlichen Themen gibt sie sich karg in ihren Texten", fand er und fummelte nachdenklich mit dem Zeigefinger am Ohrläppchen herum. „Kritisches umschifft sie wie tückische Felsklötze in der Fahrrinne, lässt es im ewigen Eis verstummen oder in Nebel und Dunst verschwimmen. Bis vor etwa 700 Jahren waren die Menschen Buddhisten, bevor sie Muslime, und zwar Schiiten, wurden. Noch heute leben sie im Norden abgeschottet und werden politisch und religiös stark kontrolliert."

Man rühmt die Baltis für ihre Freundlichkeit und ihre Friedfertigkeit, mögen auch in anderen Landesteilen Unruhen und Attentate die Hoffnungen und Träume der Menschen zerstören. Das beteuerte Tim. als ich an einem ungetrübten Tag mit ihm und Sakina eine Pause auf unserer Terrasse eingeschoben hatte.

„Über dem Provinzgefängnis in Skardu steht *WELCOME* in Stein gemeißelt und jeder erhält zum Empfang eine Tasse Tee.

„Wissen Sie, Mrs. Marten, an der Art seiner Kleidung und besonders an der Kopfbedeckung sehen wir, woher jemand kommt. Du weißt mit einem Augenschein, was für einer er ist. Gefährlichen Menschen erlauben wir nicht den Pfad zu uns hinein. Unfriedliche Männer haben keine Chance ihre Füße auf unseren Boden hinzusetzen." Die Betonung vibriert auf jeder erhöhten dritten oder vierten Silbe des Satzes. Ein Singsang, der nach der Erhöhung ins Tiefe abrutscht.

Ich drückte Tim den *Sturz* in die Hand und er stieg in der Endphase mit ein. Auf Honorarbasis, ein Zugeständnis, das Eduard Sprangmann für ihn durchsetzte. Tim engagierte sich beim Layout und beim Buchumschlag und entwarf den Klappentext. Er nahm den Probedruck unter die Lupe und fand sich bei Besprechungen ein. Ein schlaksiger Zwanziger mit einem jugendlichen Aufsteigergesicht, der sich am liebsten auf allen Erdteilen herumtreiben würde. Lebhaft, um nicht zu sagen, gelegentlich besserwisserisch mischte er mit. Sakina und Tim blühten bei ihrer gemeinsamen Arbeit in unseren Räumen auf. Tim neigte sich Sakina zu und sie öffnete sich beim Blick auf ihn. Sie diskutierten nicht, sie nahmen sich an.

* * *

Aus dem Klappentext zu Der Sturz

Acht Bergbesessene fahren mit dem Kleinbus vom Hotel in Skardu los nach Askole im Braldo-Tal. Sie ziehen am Fluss entlang, bis sie kurz hinter Payu die Zunge des Baltoro-Gletschers erreichen. Der eigentliche Aufstieg beginnt. Bei jedem Schritt knirschen die Kiesel. Die Gruppe ist im *Gerippe der Erde* angelangt, das erbarmungslos als Ort beschrieben wird, *an dem Gott als Schöpfer die Lust verließ*. Eine Landschaft aus Bergriesen, Schnee, Gletschern und Geröll. Es ist einer jener Tage, die sich bei ihrem Anbruch im Nebelbett räkeln. Allmählich hellt es sich auf. Nach zwei Stunden macht die Gruppe Rast. Simon aus Wisconsin geht entgegen der Abmachung allein um die Kurve herum, die nicht einsehbar ist. Als er nicht zurückkommt, macht sich der Führer Muhammad Ali auf die Suche. Simon ist indessen gelaufen und gelaufen, um sich einen Lebenstraum zu erfüllen. Wenig später dröhnt der Rettungshubschrauber durchs Tal …

* * *

Ich zwinge mich, optimistisch zu sein. In *HIN UND*

WEG erweckt man mit einem Vorabdruck von Auszügen Neugier auf das dritte Buch:
Zwei Touristenführer in den höchsten Gebieten der Welt begleiten eine Gruppe interessierter Bergbegeisterter. Nach kurzem Aufstieg wandert der Tross ins Baltoro-Gebiet. Während einer Rast …

An dieser Geschichte haben wir nicht lange gebastelt. Tim besprach und ordnete noch einiges im Ablauf des Geschehens. Sakinas Details über die Landschaft, über die Typen, die auf der Tour waren, Amerikaner und Europäer, über die Versorgung, über Wind, Schnee und Wetter und schließlich die Schilderung des tragischen Abrutschens Muhammad Alis, das alles war beschrieben, dass es unter die Haut gehen musste. Obermüller war begeistert.

Für mich überraschend baute die Chefin in jenen Wochen ein reserviertes Verhältnis zu Tim auf. Bis heute habe ich keine Erklärung dafür, zumal sie Sakina sehr schätzte.

Ich erinnere mich an Tims hartnäckige Verhandlungen. Tibetanische Sagen lägen für unser Magazin zu weit ab, argumentierte Frau Obermüller, man überfordere die Leserschaft damit. Das Thema gehöre in eine Fachzeitschrift. Sie wurden sich nicht einig. Der Allround-Junge war sichtlich enttäuscht und verschwand. Die übliche Abschiedsrunde mit Butterbrezeln und Getränken fiel aus.

„Absprachen gebrochen", flüsterte mir Rosemarie Hauenstein zu und legte den Finger auf den Mund. Ich nickte und überhörte es. Nicken und weghören ist die angemessene Taktik, um den Betrieb nicht zu stören. Sakina zog sich nach Tims Weggang für einige Tage zurück. Das

Buch ging in den Vertrieb und sie war nicht anwesend. Ein Jahr ist das her. Zum Glück war *Der Sturz* beendet.

Die Presse jubelte, die Auflage war schnell vergriffen, die zweite ist auf dem Markt. Die Erzählung brachte es sogar auf eine der monatlichen Bestenlisten. Frau Obermüller erwägt, mich mit der englischen Übersetzung zu beauftragen, die wir an einen entsprechenden Verlag in Lizenz zu vergeben hätten. Auf der Buchmesse im kommenden Jahr im Oktober will sie Kontakte knüpfen. Zweihundertfünfzig Seiten. Es würde mir zügig von der Hand gehen.

Gelegentlich erreichen uns Anfragen nach Interviews mit Sakina. Auf die darf sie sich nicht einlassen, das ist vertraglich geregelt und die Chefin achtet auf strikte Einhaltung. Wir reagieren vom Verlag aus mit schriftlichen Informationen. Auch Fotos von der Autorin veröffentlichen wir nicht. Zu ihrem Schutz, meinen wir. Und vielleicht zu unserem.

Der Verlag richtete eine Homepage unter dem Namen Sakina Bano Masrur ein. Allerdings liegen das Sichten und vor allem die Beantwortung von Anfragen in unseren Händen. Das heißt, in denen der Chefin oder in meinen. Wir formulieren so, dass die Internetbenutzer Lust auf unsere Produkte bekommen. Längst bieten wir neben Druckerzeugnissen im Verlagsshop Reiseutensilien vom Schlafsack bis zum automatischen Weltzeitwecker an, von Kartenmaterial und Sonnenöl bis zum Tropenhut. Für manchen Krempel schäme ich mich und mache am liebsten einen Bogen um das Schnickschnacksortiment. Samt der Lagerkammer unten im Keller, die Orlander in seine Obhut nehmen musste.

Jemand brachte kürzlich die Information an, im Internet waberten Gerüchte, die junge Frau gäbe es gar nicht. Alles von ihr und über sie sei erfunden. Wir klären da von unserer Seite aus nichts öffentlich auf. Solch eine Fehlmeldung hebt das allgemeine Interesse und steigert hoffentlich unseren Umsatz.

Nie meldet sich Sakina von unterwegs aus. Darauf besteht sie kompromisslos. Solange sie reist, möchte sie unerreichbar für uns sein. Diese zeitweilige Unauffindbarkeit ist Teil eines Geheimnisses, über das wir rätseln. Und dann rätseln wir, ob es ein solches Geheimnis gibt. Die Pakistanin lebt und arbeitet unter einem Schleier. Die Verhüllung hat sie mit der Chefin in irgendeiner Weise gemeinsam. Wahrscheinlich schiebt mich Obermüller deshalb gern zwischen sie beide. Das wurde mir nach dem Drama bewusst. Es kommt mir erst richtig jetzt, wo alles hinter uns liegt.

Deutschland ist für Sakina zum Ruheplatz geworden, um ihre Skripten auszuarbeiten. Das kann ein paar Wochen dauern oder sich in Monate zerdehnen. Sie verhält sich wie eine auf neuer Tour Verschollene. Oft genug fürchteten wir, sie schaffe es nicht mehr heraus aus ihrer Versenkung ins nie schmelzende Eis. Was hätte man Lesern und Leserinnen auf ihre bohrenden Fragen zu erklären? Wie lange im Voraus sie plant, und ob sie überhaupt plant oder spontan aufbricht, nach welchen Gesichtspunkten sie dieses oder jenes tut, und ob sie andere Ruheplätze ansteuert, behält sie für sich. In ihren Nischen verschollen wühlt sie sich durch ihre Aufzeichnungen. Irgendwann, von heute auf morgen, bietet sie sie uns unter Umgehung verbindlicher Terminabsprachen an. Sakina Bano Masrur deshalb aus dem Programm zu nehmen, wäre ein

Jammer. Unsere Leitung sinniert laut, weil ihr die unberechenbare Struktur der Zusammenarbeit missfällt, was verständlich ist. Sobald Sakina fertig ist, überarbeiten wir, wählen aus und stellen zusammen:

Nicht das Foto mit den Jungen, die sich in Schuluniform wie zum Appell auf der Landstraße vor die Kamera postieren.

Stattdessen den Gärtner, der demütig auf den Knien durch die hohen Unkrautbüschel robbt, um sie auszureißen. Wie ertappt hebt er sein Magergesicht in die stechende Sonne und zwingt es pflichtbewusst zu einem Lächeln. Der einzige Zahn schneidet dem Betrachter ins Herz.

Verhalten beschreibt Sakina die Landschaft, die Menschen, deren Sprache und deren Sitten. Hingestrichelte Skizzen. Sätze, die innerer und äußerer Kontrolle und Zensur unterworfen sind. Selbst das Schweigen ist Teil einer Realität, aus der sie ausgebrochen ist. Ihre Zurückhaltung ist der Filter, durch den sie laufen lässt, was sie sagt und was sie zurückhält, um ihr Gleichgewicht zu wahren. Das pendelt zwischen ihrem Lächeln und den Blicken, die sich in den Boden vergraben oder die Ferne festnageln. Auf manche meiner Fragen schüttelt sie den Kopf und dieses Kopfschütteln macht mich einsam.

Fehlt ihr der deutsche Ausdruck, gleitet sie gern in gebrochenes Englisch ab, mit kräftigem d anstelle des th.

Unter unseren Fittichen, gesponnen aus Schutz und Berechnung, darf sich Sakina aufgehoben fühlen. Etwas in ihrem Leben muss geschehen sein, das es ihr unmöglich macht, ihre Beweggründe für die besessenen Reisebeschreibungen preiszugeben. Sie verrät auch nicht, auf welchen Wegen sie nach Deutschland gelangte und wie verbindlich sie hier verwurzelt ist. Mich treiben diese Fragen um. Mein abwechselndes Bohren, Ahnungslostun und Staunen haben keinen Erfolg. Ich rätsele über die geglätteten Textvorlagen, die ich bekomme. Die verhältnismäßig flüssige schriftliche Ausdrucksweise und die geringe Zahl von Schreibfehlern schreibe ich nicht bloß den Korrektursystemen des Computers zu, verglichen mit den mündlichen Mitteilungen voller Suchbewegungen. Diesbezüglich direkt oder hintenherum gestellte Fragen prallen ab. Die Frau neigt den Kopf zur Seite, erforscht den Gipfel eines Berges oder verliert sich in den Weiten unendlichen Sandes mit seinen Farbnuancen. Jeder Erklärung für die Hintergründe ihrer Aktivitäten weicht sie aus, als handele es sich bei ihnen um ein Hüpfspiel, bei dem man Hindernisse auslassen muss, um zu gewinnen. Ob man es lüften, sie zu Geld machen könnte, hatte mich meine Chefin eines Tages gefragt. Ich begriff, dass sich hinter der Anfrage ein Auftrag an mich verbarg. Auf ein solch heikles Geschäft lasse ich mich nicht ein. Aus irgendeinem Grund fühle ich mich Sakina zu eng verbunden.

Wir wissen also nicht, was sie nach Deutschland führte und wer sie eventuell einschleuste. Jemand hatte sich telefonisch gemeldet und von einer jungen Pakistanin gesprochen, die interessante Reiseberichte anzubieten habe. Gleich fasste die Chefin zu, vereinbarte einen Termin, an dem die Autorin ihre Beiträge vorlegen solle, und betraute mich mit der Betreuung. Sie habe mit dem Mann lediglich diesen einen Telefonkontakt gehabt, sagt Frau Obermüller und den Namen habe sie dummerweise nicht notiert oder den Zettel verkramt. Was ganz und gar ihren

Gepflogenheiten widerspricht. Von Beginn an hing Nebel über der Sache.

Falls ich bei Sakina anklopfte, um den Namen des Vermittlers und ihre Beziehung zu ihm herauszulocken, irrte ihr Blick aus dem Fenster, als habe sie nichts gehört und fixiere die Gipfel von Nanga Parbat, Shisha Pangma, Cho Oyu, Gasherbrum I oder Broad Peak, K2 und Mashabrum in einem Bild. Das ließ mich ratlos in Lücken fallen, die ich nicht auszufüllen vermochte. Meine ausgestreckten Hände vergriffen sich im Unbestimmten. Heute noch, wo dieser ganze Schlamassel über uns hereingebrochen ist, halte ich nichts Festes in der Hand. Ich bin der Autorin ausgeliefert, schaue auf die Uhr und erwarte gespannt unser neues Treffen.

Wenn du allein gehst,
bewegst du dich in einer Hülle
aus Wachsamkeit.
Du und sie werden
Teil deines Weges.
                    Sakina Bano Masrur

9. Blickrichtungen

Zwischen der kargen Möblierung und der ganzen Ab-
gestandenheit prunkt mein Schreibtisch mit seinem in
die Zeiten geschobenen Flair. Das mittelbraune lackierte
Holz und die goldenen Messingbeschläge an den Schub-
laden machen ihn zu einem Stilmöbel. Seine grünlich ge-
tönte Glasplatte mit Tims Landkarte darunter schlägt ihn
mehr der Moderne zu.

Um Punkt elf Uhr bringt jemand Sakina nach kurzem
Anklopfen herein. Wer, ist mir in diesem Moment un-
wichtig. Nicht Rosemarie Hauenstein. Die hätte sich an
unserem Austausch festgesaugt. Sakina Bano bleibt an der
Tür stehen. Für eine Person, die zeitentrückt reist und in
Terminen Fußangeln sieht, ist die heutige Pünktlichkeit
ein Phänomen, das mich in unumwundenes Erstaunen
versetzt. Ich habe mitbekommen, dass Pünktlichsein in
solchen Kulturen unhöflich, geradezu unanständig ist. Man
müsse bedenken, dass Uhren, besonders Armbanduhren,
Luxusartikel seien. Lücken klaffen in der Vermessung der
Stunden und Minuten, abgelesen an Sonne und Mond.
Sie ist eine zierliche Person. Bei flüchtigem Hinsehen
hält man sie für einen Mann, dem der Schöpfer keine
überragende Statur verliehen hat. Die faltige Herbheit

84

des Gesichts steigert sich beim Lächeln. Es ist ein Lächeln, das sich ins Widersprüchliche bettet, ein geborgtes Lächeln. Der braungelbe Hautton fällt mir nur noch bei bewusstem Hinschauen auf. Die männliche Erscheinung, verstärkt von den schwarzen kurz geschnittenen Haaren, mag die Umherstreifende in kniffligen Situationen vor Angriffen ihres Geschlechts wegen schützen.

Wir begrüßen uns, herzlich, würde ich sagen, und umarmen uns.

„Asalaam-u-Alaikum", sagt die eine.

„Wa Alaikum Asalaam", antwortet die andere.

Ich nehme ihr die braune gewebte Jacke ab und hänge sie am Haken an der Tür auf, ehe wir uns setzen.

Wie geht es Ihnen? Hin und her gefragt und das Danke-Gut nachgeschoben. Heute trägt Sakina khakifarbene Tramperhosen mit einem Pulk aufgesetzter Taschen. Dazu passt der enge, in verschiedenen Brauntönen gestreifte Pullover aus irgendeiner Handstrickkultur. Mitten im November stecken die Füße in dünnen Söckchen und braunen Sandalen, die zum Glück vorne geschlossen sind. Ich versuche mich zu erinnern, ob ich die junge Frau einmal im Winter hier im Kunstledersesselchen habe sitzen sehen und was sie an den Füßen hatte. Falls ein solches Wintertreffen stattfand, hatte ich das Hinsehen versäumt.

Ein als Gespräch getarntes Verhör beginnt.

„Darf ich?", frage ich und klicke auf das Aufnahmegerät, weil ich mich auf die Einwilligung verlasse. Die ganze Zeit wird es durchlaufen, höchstens unterbrochen vom Wenden oder Austauschen der Kassetten. Die Themen habe ich vornotiert. Unsere Leser sind erpicht auf Neues.

„Sakina Bano, wie kommen Sie zu Ihren Notizen?"

Kuli und Schreibheft sind ihre Alltagsrequisiten auf jedem Trip, sagt sie und die Formulierung klingt eingeübt. Sie notiere, was sie erlebt und sieht. Und was ihr dazu in den Sinn kommt. Zufälle und Geplantes verflechten sich.

„Und was haben Sie diesmal erlebt?"

„Der Linienflug von Islamabad über das Himalaja-Gebirge nach Skardu war reingefallen."

War ein Reinfall klickt der Verbesserungsautomat in mir.

„Hat es nicht mit dem Flug geklappt?"

Sie schüttelt den Kopf. „Nein. An vier Vormittagen war ich vergebens am Flughafen. Zweimal eingecheckt, ausgecheckt. Einmal eine Stunde lang in Schlangen stehen und vor der Verrichtung wirst du weggeschickt. Da kennst du einen großen Teil der Genossen deines Leides."

Trotz der ärgerlichen Tatsache erheitert mich die Formulierung. „Und dann?"

„Bei der vierten Versuchung flimmerte die Sandpiste unten. Unser Landeplatz hob sich uns entgegen. Ein Sturm kam auf und die Maschine kehrte ohne Landung um, weil der Himmel in die Düsternis einzog. Und sie immer nur auf Sicht fliegen können zwischen den Bergen hindurch. Zurück nach Islamabad, ein Ärger."

„Was haben Sie gemacht?"

„Ich habe verloren. Die Geduld. Bin mit dem Bus gefahren. Über den Karakorum-Highway. Es kann sein, dass man von Gangsterbanden ausgeraubt wird. Seit vergangenem Jahr haben sie Polizeiwachhäuschen eingestreut zum Schutz. Wer mit dem Auto oder dem Bus vorbei will, muss bezahlen. Auch zum Schutz. Manchmal haben Räuber die Leute, Touristen, aussteigen lassen, ihnen Uhren, Geld und Fotoapparate und Sachen abgenommen. Und einmal einen Menschen erschossen. Den lässt man liegen und der Bus setzt seine schwierige Fahrt fort."

Wie auf Verabredung schweigen wir, nehmen unsere Teetassen, dünnes Chinaporzellan mit Blumen und Drachen und betrachten sie. Die Ablenkung tut gut. Sakina schlürft und sagt, der Tee schmecke ihr. Ich finde ihn noch etwas zu heiß und nippe nur.

„Bei uns bringen sie das Porzellan heimlich über die Grenze. Bei Nacht. Keine Steuern. China ist Nachbarland."

Ich nicke und ziehe meine Bluse unter der Kostümjacke in Form.

„Tag und Nacht im Bus über den Karakorum-Highway. Nur drei Anhaltungen mit Pausen und es ist eng und die kalte Luft bläst durch die offenen Fenster an uns. Und die Not mit den Toiletten, die nicht da sind bei deinem Bedürfnis."

Mir graust es.

„Tag und Nacht seid ihr gefahren?", frage ich, um etwas zu sagen, und nehme den Stift in die Hand.

„Die Nacht", sagt sie leise, „solche Nächte vergisst du nie. Die Scheinwerfer gleiten auf den Felswänden entlang und aus den Schatten bilden sich Gestalten. Hunde, Riesen, sie jagen über die Wände, Ungeheuer hüpfen und verformen sich, werden geboren und verschwinden. Es ist der Tanz von Verrückten, der dich die ganze Nacht umgibt. Der dir um die Augen wirbelt und du hoffst auf die Gnade in Schlaf zu versinken, um den Dämonen zu entfliehen. Und in dieser sehnsüchtigen Hoffnung lehnst du dich an deine Nachbarin. Denn wir Frauen sitzen vorne und die Männer sitzen zusammen hinten im Bus."

Es ist gut, dass diese kleine tapfere Frau heil zurückgekehrt ist.

Meine erhobene linke Hand macht Bewegungen, die zum langsamen Sprechen, zum Einschieben von Pausen mahnen. Handschriftlich fange ich meine Anmerkungen ein. Ich bin nachgekommen, schaue auf und nicke Sakina zu. Die betrachtet die Innenfläche einer ihrer Hände und fährt sie mit dem Daumen der anderen Hand ab, als sei hier verzeichnet und eingegraben, wovon sie spricht.

„Hussain Jawid, der in der Reiseagentur arbeitet, holte mich in Skardu ab. Ich darf bei ihnen im Haus übernachten. Seine Mutter ist meine Tante. Deshalb ist es mir gestattet, bei ihnen zu sein. Sie haben mir Blumen auf den Fußboden gestellt. Mich weht die Heimat an durchs geöffnete Fenster. Die Luft ist gefüllt vom Geruch unseres Landes nach Tieren und Stall.

Am nächsten Tag bin ich mit dem Bus zu meiner Familie nach Abidimabad gefahren. Dreißig Kilometer geschlängelt am Fluss die Straße. Durch Siedlungen auf und ab und die Hühner hüpfen über die Straße und die Pappeln verraten dir den Weg. Die Hühner sind winzig. Sie passen in eine deiner Hände."

Ein Laptop passt nicht in ihr Reisegepäck, antwortet sie auf meine Frage. Der stört. Da habe sich nichts geändert in ihren Ansichten.

„Ich wäre ein Außenseiter in die Technik gezwängt. Die Menschen, die sich mir zuneigen wollen, würden auf mich eindringlich sein. Das bringt Schaden. Und kein Strom. Da stürzt nach Stunden der Akku ab."

Selbst um Internetcafés, falls sie auf welche in größeren Städten stoße, mache sie einen Bogen. Die seien nicht ihr Ort des Aufgehobenseins.

„Solche Stellen reißen mich aus, aus meine Meditation, Reisetrance", fährt sie fort und hält ihre überstreckten und an den Gelenken angedunkelten Finger hoch, sie hangeln nach etwas, was außerhalb des Sichtbaren liegt. Ich möchte realistisch sein und ernte Widerspruch.

„Nein, Frau Marten. Die Kontaktaufnehmung mit dem Fanclub wird verschoben, bis mich die allumfassende Güte meine Füße aus dem bewegten Staub auf euren gepflasterten Boden setzen lässt."

Der Satz klingt wie im Goethe-Institut auswendig gelernt. Ich schicke ihm ein mehrdeutiges Fragezeichen hinterher. Es hilft nichts, Sakina wird bei ihrer Entschiedenheit bleiben, sich erst wieder in Deutschland bei uns zu melden.

Die Internettexte dürfen keine Konkurrenz, kein Ersatz für ihre Bücher und Artikel sein, bleibt sie unnachgiebig. Dank meiner und Allahs Hilfe beim fehlerfreien Formulieren sei es zum Erfolg gekommen. Was mich trotz der Geschäftstüchtigkeit, die von mir gefordert wird, anrührt. Mit in die Ferne gerichteten Augen spricht sie von Weiterarbeit, als läge die vor dem Fenster. Automatisch folge ich ihrem Blick. Was ich sehe, ist ein Dächermeer, das den Horizont verbaut. In Massingens Häuserlücken ist kein Bergkegel auszumachen. Die Feuchtigkeit in der Atmosphäre lässt die Farben ermatten und die Linien verschwimmen.

„Bei dem Schreiben muss ich viel überlegen", erklärt Sakina Bano und nestelt an den Webmustern auf dem Pulloverärmel. „Manchmal fällt mir gleich ein, wohin und wann ich das nächste Fortreisen tun werde."

Die vom Zupacken und dem Klammern an Felskanten und Gestein gezeichneten Wegweiser-Finger streckt sie aus, bevor sie die Hände gefaltet in den Schoß legt. Eine Geste, die mich befremdet. Schüchtern öffnet Sakina den Mund und zeigt ihre vom Tee angebräunten Zähne, um deren Regelmäßigkeit ich sie trotz der Verfärbungen beneide.

„Lassen Sie uns feste Treffen vereinbaren, damit wir Ihr Material zuverlässig durchsehen, besprechen und ordnen."

„Das wird nicht ermöglicht sein, weil es gegen meinen Charakter ist."

Ich stoppe die Aufnahmen, stehe auf und reiche ihr die Hand. „Gut, bis demnächst."

Sie erhebt sich, als habe sie nichts anderes erwartet und als sei das der richtige Moment, um auseinanderzugehen. Gleich werde ich merken, dass ich mich getäuscht habe.

„Ich maile Ihnen meinen Entwurf Ihres heutigen Berichts zu. Sie sind erreichbar?"

Sie nickt. Händedruck. Ich bin irritiert, denn sie zieht ihre Hand entschlossen zurück.

„Darf ich bitte meinen Vorschuss haben, Mrs. Marten?"

Die Frage ist eine fordernde Mahnung und unterhöhlt meine von Beginn an zur Schau gestellte Überlegenheit. Es ist peinlich, dass ich den Punkt vergessen habe. Der Karton liegt bereit, weil der Kassierer den Wochenabschluss am Mittag fertig haben und deshalb nicht mehr ansprechbar sein wollte.

Ich kann nicht sagen, wer von uns den Karton öffnete. Jedenfalls zählen wir gemeinsam die drei Geldbündel mehrfach durch. Höchstens Fünfzigeuroscheine, hatte Sakina mit uns ausgehandelt. Größere seien zu unpraktisch für sie. Was das auch heißen mochte. Und sauber mussten sie sein, nicht abgegriffen, neu sollten sie aussehen.

„Das ist besser zu tauschen in der Bank."

Wir zählen vorwärts und rückwärts und mit jedem Bündel, das ich zur Seite lege, lege ich ein Stück Respekt vor Eduard Sprangmann mit drauf, der diesen Geldzinnober ermöglichte.

„Es ist nicht ausreichend für meine Situation", sagt sie am Ende unseres Zählens und ihre Miene verschließt sich. Ich verweise auf den Kassenschluss und darauf, dass die Chefin die Summe festgelegt habe und dass der Punkt frühestens nächste Woche anzuschneiden wäre. In meiner Erregung geraten mir die Sätze zu lang und verrutschen, Sätze aus schiefen Kreuzstichen gestickt. Die Summe ist allerhand für bescheidene Mitteilungen von gerade mal einer Stunde Dauer. In die früheren DM umgerechnet wäre es das Doppelte und dann hängt man eine Null dran, um zum Kaufwert im Entwicklungsland Pakistan zu kommen. Ich rechne stumm und schreibe die Zahl auf meinen Notizblock, Luftblasen, die ich für mich behalten will. Sie sollen mir eventuell aufsteigende Schuldgefühle abwehren. Dass ich vergeblich über einen höheren Betrag mit der Obermüller verhandelte, verschweige ich aus Takt, und um mir Geplänkel zu ersparen.

„Sobald wir das Skript für das ganze Buch miteinander beendet haben, bekommen Sie das restliche Geld", verspreche ich und umgehe trügerische verbindliche Freundlichkeit. Sakina sollte zufrieden sein. Die Beteiligung am Verkaufserfolg schlägt mit zu Buche. Ich gehe zur Tür voran und öffne sie. Mit *Choda Hafiz* und *Auf*

Wiedersehen trennen wir uns. Sakina wird zur Haltestelle laufen und die S-Bahn nehmen. Sie wird einmal umsteigen und endlich mit dem Bus nach Grunbach fahren, wo sie ihren Unterschlupf hat.

Durchatmen. Ich räume das Geschirr zusammen und lasse es für unsere Melina stehen. Ich möchte abschalten und mit dem letzten, in der Kanne kalt gewordenen Schluck meinen bitteren Geschmack im Mund loswerden. In der Strömung des Alltages ist Innehalten ein Diebstahl. Es drängt und pocht pausenlos. Das Gleichmaß der Schritte einer Sakina Bano, falls es nicht trügt und gar keines ist, darf ich mir nicht leisten. Ungeklärt lange werden wir auf das neue Skript zur Bearbeitung warten müssen. Von der beschriebenen Fremde träume ich nicht. Was hätte ich in Gefilden zu suchen, in denen *Gott als Schöpfer die*

Lust verließ?
Schön, dass ihr auf mich gewartet habt!
Ich bin angefüllt und schenke euch
von meiner Anfüllung ab.

Sakina Bano Masrur

10. Nacharbeit

Ich höre das Aufgenommene ab und verarbeite es zum
gewünschten Entwurf für meine Chefin. An die Neben-
geräusche muss ich mich gewöhnen. Sag dir, es sei der
Indus, verordne ich mir. Satz um Satz tippe ich ab, bringe Veränderungen an oder stelle Zusammenhänge her.
Original und meine Eingriffe vermengen sich, bis ich sie
selber nicht mehr unterscheiden kann.

„Ich bin gekommen mit Erlebnissen, an denen ich
euch teilnehmen lassen möchte. Wenn ich heimkehre …“,
Sakina sagt tatsächlich *heimkehre,* „ … bin ich ganz ruhig.
Ich begrüße meine Vermieter, tausche ein paar Sätze mit
ihnen und verziehe mich. Guten Tag, auf Wiedersehen.
Vor meinem Aufbruch habe ich aufgeräumt. Allerdings
besitze ich nicht zu viel. Das erleichtert es mir abzurei-
sen. Jemand hat mir die Post auf den Tisch gestapelt. Sie
schreit. Auch hier in Deutschland bist du noch mit der
Welt verbunden, aus der du soeben deine Füße herausge-
zogen hast. Das hilft mir gegen das Fernweh. Ich schlage
meine Notizen auf und träume mich durch die Seiten.
Satz für Satz erwecke ich sie zum Leben. Meine Reise
verdoppelt sich, denn alles erlebe ich zum zweiten Mal.

Das Stillsitzen ist ein neuer Aufbruch. Der Aufbruch
in mich hinein. Du streifst dein vertrautes Leben ab und
lebst ein anderes Leben. Anders, trotzdem genauso intensiv. Du sagst *Auf Wiedersehen, Merhaba* oder *Choda Hafiz*

zum Abschied und im selben Atemzug *Guten Tag, Asalaam* zum neuen Abenteuer, das zwischen dir und deinen Sätzen aufflammt.

Die Fotos, die ich beifüge, sind die Zeugen, die meinem Geschriebenen Fesseln anlegen, bevor es ausufert."

„Haben Sie Tage, Stunden, wo sie am liebsten nicht ans Schreiben gehen möchten, Sakina?"

„Sie meinen das, was man bei Ihnen eine Schreibhemmung nennt? Das habe ich nicht. Wissen Sie, im Dorf bei meiner Familie, da habe ich jeden Tag einfach machen müssen, was anfiel. Die Chance zu wählen, ob man arbeiten will oder nicht, hat dort kein Mädchen, keine Frau. Wasser schleppen, fegen, den Teig für Chapati zusammenrühren, backen, spülen, die Kleider im schmalen Bach waschen, der durch die Siedlung plätschert, sie zum Trocknen auf die Steine legen oder in die Bäume hängen. Auf die Kleinen achtgeben, den Großen gehorchen. Keinen Schritt nach draußen tun ohne männlichen Schatten, und sei es nur der deines zehnjährigen Kusins, der mit dir, weil du ein Mädchen oder eine Frau bist, hinunter in den Ort geht. Zu deinem Schutz, sagen sie. Hätte ich da in mich hineingehorcht, ob ich eine Hemmung habe, eine Putzhemmung oder eine Aufstehhemmung – meinen Sie, ich hätte etwas geschafft? Verschieben? Das vergrößert deine Qual. Was du tun musst, liegt dir auf der Seele, deine Aufgaben sind ein großes Bündel Gras, das du herausreißen musst und für die Ziegen zum Stall zu tragen hast. Dein ganzes Leben ist Herausreißen und Herausgerissenwerden."

„Wieso reißt ihr euer Gras fürs Vieh aus, Sakina?"

„In meiner Heimat tut man es so. Der Boden ist sandig, da geht es leicht. Wir sind arm. Wenige besitzen eine Sichel. Und Sensen sind unbekannt.

Gleich nach dem Aufstehen, Waschen und Beten schreibe ich, bis ich Hunger kriege. Dann mache ich mir Frühstück. Ich fertige es mir wie zu Hause an, rühre den Teig, gebe ihn in die Pfanne und backe ihn auf dem Herd. Weil wir keine Backröhren zur Verfügung haben in unserer vergessenen Region."

Das erste Mal höre ich sie vom Beten sprechen.

"Alle zwei Stunden unterbreche ich und trinke ein paar Schluck", fährt sie fort. "Spazieren gehe ich erst nach meinem Tagespensum."

"Was ist Ihr Tagespensum?"

"Ich lege es am Wochenende für die ganze folgende Woche fest. Einen Tag entwerfe ich neue Seiten und einen Tag wird dann der Text gefeilt."

"Wo haben Sie das gelernt?"

"Im Deutschkurs in Islamabad."

Gelegentlich muss ich sie über den Deutschkurs ausfragen.

"Auf meinen Wegen bin ich wachsam und schaue mich um. Keiner läuft mit dir, der dir das Wachsamsein abnimmt. Ich werde zu einem Teil der Natur rechts und links. Es ist ein Zauber. Du konzentrierst dich auf dich und bist offen für alles und alle um dich herum. Das ist ein Zustand, der dir Kraft gibt. Er macht dich innen stark und hilft dir, dich auf das Außen zuzubewegen. Die Umgebung und mein Weg passen sich einander an."

Ist es Zufall, dass Religionen in einsamen Sand- oder Steinwüsten ihren Ursprung fanden, die den Übergang in die Transzendenz weisen? Und was ist mit dem Sprichwort vom gottverlassenen Ort?

Eine Mittags- oder Kaffeepause gönne ich mir nicht mehr.

Nur einmal werde ich unterbrochen, Orlander öffnet die Tür, wünscht mir kurz und freundlich ein schönes Wochenende und verzieht sich. Die anderen gehen grußlos davon. Auch ich sehne mich nach dem Büroschluss. Endlich sende ich den Text auf Obermüllers Computer ins übernächste Zimmer. Laut Chefin hätte es bis Dienstag genügt, doch ich bin froh, dass ich es erledigt habe. Nach der berufsgebundenen Exotik der vergangenen Stunden werde ich mir auf dem Heimweg endlich *VerRücktes* in Ruhe vornehmen. Ich bin gierig darauf. Das InterNET-Za-Magazin betrifft mich persönlich und ist mir deshalb näher als anderer Leute Texte. Meine Erzählungen waren und sind mir Ersatz für eigene Traumreisen. *Fenstersturz* durchfährt es mich. Das ist der Titel meiner abgedruckten Geschichte.

Nach fünfmaligem Läutenlassen nehme ich den Telefonhörer endlich in die Hand. Ein auswärtiges Büro lässt mich sein Fragesäuseln inhalieren, eine völlig unnötige Anfrage.

„Die Abzüge habe ich längst versandt!" Nach einem geschäftsmäßigen Wochenendgruß werfe ich den Hörer auf. *Unnützes gehört zum Geschäft.* Wie zum ganzen Leben. Andererseits, was ist unumstößlich unnütz?

Das eine sein,
das andere lieben
  Christine Brückner

11. Im Netz gefangen

Ich verlasse das Verlagsgebäude am Rande der Kleinindustriesiedlung mit ihren Wohnblöcken dazwischen, die es vorschriftsmäßig zu höchstens viergeschossiger Bauweise bringen dürfen. Geduckt und zersiedelt. Der Regen hat aufgehört, doch der Tag hat sich wohl vorgenommen im Trübsinnigen zu verharren. Auf dem Weg ins Private schalte ich allmählich um.

Das Angebot zur Lesung auf der nächsten Industriemesse InterNETZa im kommenden Herbst versprüht seine Vorfreude. Mit meinem *Fenstersturz* hatte ich Erfolg gehabt. Gemeinsam mit vier anderen Auserwählten buhlte ich um die Aufmerksamkeit der Zufallsbesucher. Meine Mitstreiter, deren Namen ich nie gehört hatte, wurden als durchaus renommiert veranschlagt. Aufgeblasene Rituale.

Die von uns ersehnte Anteilnahme verlor sich in einer enttäuschend kurzen Halbwertszeit. Innerlich den Tränen nahe wie äußerlich die braunhaarige Große kämpfte ich mich manchmal forsch, manchmal stockend durch den Text. Einmal verschwendete ich den Rest eines Satzes an das Gesicht eines Gelangweilten und zog mich gekränkt auf mich zurück. Keiner gelangte zu einem Ruhepunkt bei den in die Hektik gepressten Wörtern. Die Vorlesenden nicht, die Gäste nicht. Das vorwiegend handwerklich geprägte Publikum verschlüsselte seine Reaktionen breitbeinig mit verschränkten Armen und vorgestreckten Bäuchen. Meinen Textwitz verstand wahrscheinlich kaum jemand. Manche Leute erhoben sich mittendrin und gingen davon, andere schlenderten herein und schwankten sichtbar ein paar Sätze lang, ob sich das Zuhören lohne oder nicht. An der demütigenden Situation war trotz aller Lobhudelei des Veranstalters nichts mehr gutzumachen. Doch fünfzig Euro Spesen waren nicht nichts und deckten einen Teil der Friseurkosten. Für die Kosmetikerin reichten sie nicht.

Die kommende Lesung in der Ausstellungshalle am Stadtrand von Erkenstadt wird von derselben Machart sein. Großspurig öffentlich angekündigt findet sie voraussichtlich wieder am Samstagnachmittag statt. Da ist der dreimal verflixte Publikumsrummel am heftigsten und unterläuft jegliche literarische Anstrengung. Die mit Herzblut geschriebenen Texte werden randständig und lieblos verkostet.

Vorsicht, Vera, pass auf, LKW, Bettenhuber.

Eine geladene Vorlesetruppe wird sich aufs Neue den Gestelztheiten im aufgeblasenen Kleinformat fügen müssen.

Immer um diese Zeit führt der seinen Hund aus. Er rechnet damit, dass ich ausweiche.

Mit in Lächeln gebettetem Nicken manövrieren wir uns aneinander vorbei. Vertraulich, doch vergebens, reißt der aufspringende Schwarze an der Leine in meine Richtung und lässt sein *Hallo-ich-kenne-dich-Knurren* los.

Die Atmosphäre bei der Veranstaltung vor drei Wochen verfolgt mich Straße um Gasse um Straße. Man saß in einer industrie-genormten Stellwandkoje, schätzungsweise vier Meter auf sechs Meter, kaum größer, von außen beschallt mit unbarmherziger Lautsprecher-Eventmusik und störenden Durchsagen (Parkhinweise, Sonderangebote).

Genehmigte fünfzehn Vorlese-Minuten für jeden von uns. Natürlich über Headphones. Was unser Aussehen ins leicht Außerirdische kippte.

Die Frau mit dem Kinderwagen starrt geradeaus und schiebt an mir vorbei. Ist das Bündelchen nicht ihr kleines Glück?

Als der Industrievertreter, ein Machertyp mit pomadiger Stehaufmännchenfrisur, uns intern die Reihenfolge verkündete, legte sich die braunhaarige Große einen Tränenstrom zu, weil sie als Letzte vorgesehen war.

„Wer hört denn bei mir noch hin?", schniefte sie. Da war ihr das ständige Hinaus und Herein, das den Ersten von uns wie die Letzte gleichermaßen traf, nicht bewusst gewesen. Was soll man machen? Man muss jeden Strohhalm ergreifen, um mindestens namentlich erwähnt zu werden. Unabhängig davon, ob man Gehör findet.

Zum Glück habe ich einen Brotberuf, der mich leben lässt. (Allerdings nimmt solch eine Haupttätigkeit dem Image einer unabdingbaren Künstlerin die Politur.) Außerdem ist aus Alfonsos Schatulle einiges an mich überkommen. Was ich eher gleichgültig, aber nicht undankbar registriere.

Ringsum Verkehrsstille und diese Ampel steht gehorsam auf Rot. Muss ich da warten, wenn niemand in der Nähe ist, vor allem kein Kind?

Neulich war ich hier einem Polizisten in grüner Uniform direkt in die Arme gelaufen.

„Hallo, haben Sie das Rot nicht gesehen?"

„Ich sah Sie und da dachte ich, es sei Grün."

„Das nächste Mal besser hingucken!"

Drüben sind zwei leerstehende Büroetagen zu vermieten. Die nach Erlösung schreienden Eigentümer haben die Fenster mit gelben Kaufaufrufen verklebt. Endlich springt die Ampel um. Ich tauche in die Fußgängerzone ein. Über Stufen, auf denen sich Kaugummiflecken ausbreiten, die mich an Sommersprossen auf heller Haut erinnern, entwische ich in die Unterführung zur S-Bahn. Bahnsteigmief presst sich mir entgegen. Seine Unappetitlichkeit ist zum Glück freitäglich verdünnt, weil sich der Strom der Rückkehrer heute am Spätnachmittag nicht ballt.

Pater Georg, ich möchte mein Steuerrad mal wieder in die Hände nehmen.

Der Lautsprecher kündigt die S 1 an und ich renne die letzten Meter. Die Wagentüren öffnen sich, kein Warten, das ist ein Geschenk. Ungraziös springe ich in das nächstbeste Abteil, Sitzplätze fallen mir in den Schoß.

Kaum dass ich mich niedergelassen habe, krame ich das InterNETZa-Heft heraus. Mir wird warm vor Eitelkeit. Hals über Kopf ergebe ich mich meiner erfundenen Geschichte, als sei sie neu für mich. Wie versprochen, haben sie die ursprüngliche Länge für den Abdruck akzeptiert.

* * *

Vera Marten: Fenstersturz

Es muss Askese sein, Verzicht auf ein sinnliches Gegenüber, wenn Schreibende sich die Hilfe des Computers beim Verfassen von Texten verbitten. Zugegeben, du musst dir die Kommandos aneignen. Du musst ein Arsenal von Sesam-öffne-dich-Formeln befehligen, um ins Textprogramm vorzustoßen. Wenn du über wechselnde

100

Umwege, und die können dich täglich von Neuem auf die Probe stellen, wenn du über diese Fußangeln durchs Innere von Hard- und Software bei dem angelangt bist, was man Benutzeroberfläche nennt, klopfst du deine dir innewohnende Sprache Wort für Wort gründlich ab und hämmerst sie auf den Bildschirm. Dort lässt du sie fröhliche Urständ samt allerlei optisch-graphischem Schnickschnack feiern. Dabei verfährst du gemäß den löchrigen Erklärungen im Referenzhandbuch „Du und das Fenster ins Leben" und wünschst dir selber Glück und Erfolg bei deinen Fingerspielen. Es ist kein Zufall, dass die Firma des Programms aus einer ehemaligen Fensterbaufirma hervorgegangen ist und noch heute den englischen Fensternamen trägt.

Der Computerslang ist anzapfbar wie eins der mystischen Weinfässer, die nie ganz leer werden, also unerschöpflich sind. Er lässt sich selbst in computerfreie Nischen meines, deines Alltags installieren. So habe ich mich bis vor kurzem mit meditativen Rhythmen aus dem Bett in den Tag gewiegt. Neuerdings stelle ich mich einfach mit beiden Füßen auf den Boden und gebe mir das Kommando „hochbooten". Das geht schneller. Spätabends, bevor ich mich dem Nachtschlaf anvertraue, klinke ich mich mit einem Doppelklick, Blick nach rechts oben, aus meinem Tagesprogramm aus. Änderungen speichern? Ja, natürlich. Es wäre schade, wenn alles, was sich in mir heute verändert hat, auflöste.

Oder: Nach dem morgendlichen Zeitungslesen am Frühstückstisch rufe ich den Programm-Manager auf. Früher hätte sich das kein Manager von mir gefallen lassen. Ich erwische ihn im Fenster „Hauptgruppe". Von dort schleiche ich mich auf einem Pfad an die Ikone Systemsteuerung heran in der Hoffnung von hier aus mit ein paar Anschlägen in eins unserer trudelnden Systeme, etwa unser Steuersystem, eingreifen zu können. (Den Satz mit den Anschlägen sollte ich eventuell löschen, damit man mich nicht als kriminell verdächtigt, was den Innenminister auf den Plan riefe.) Am nächsten Morgen werde ich in der Zeitung nachschauen, ob meine Anstrengungen, Systemkorrekturen zu erzielen, nachhaltig waren.

Wenn ich mein nächstes Textpensum verfasse, sage ich mir, ist es nicht so wichtig, was ich schreibe, als vielmehr, was ich daraus mache. Ob ich produziere und formatiere, kopiere, korrigiere, imitiere und eventuell konvertiere. Bei Letzterem weiß ich nicht, ob ich von der Ikone zum Schrein (Screen) oder umgekehrt wandeln soll. Ich bin nicht informiert, ob unser Papst ein Dogma dazu verkündet hat. Auf jeden Fall muss ich meine mir abgerungenen literarischen Früchte im Speicher stapeln, als hätte ich Stroh gedroschen. Während ich, als ich einen Bleistift Härte zwei benutzte, meinen Schreibplatz verlassen konnte, sooft ich wollte, um zu essen, zu lesen, zu gucken oder sonst eine Füll- oder Fluchthandlung zu begehen, traue ich mich das bei den neuen Gegebenheiten kaum. Da muss ich erst, man verzeihe mir den grünen Vergleich, sichern wie ein scheues Reh im Wald, ehe ich mich erhebe. Andernfalls lösen sich meine mir abgerungenen Seiten ohne recycelbare Reste auf. Das Duale System scheinen sie hier nicht eingebaut zu haben. Ich sichere also und prompt leuchtet mir die moralische Anfrage ins Gesicht, ob ich tatsächlich den Fensterplatz verlassen wolle. Natürlich nicht. Bei so viel Überwachung bleibe ich lieber sitzen. Wer weiß, mit wem der Computer heimlich vernetzt ist und meine geringe Durchhaltekraft weltweit wehwehweh verpetzt. Überhaupt hat mir die Sache mit den Fenstern imponiert. Du verschiebst ein Fenster, das du an anderer Stelle haben willst, einfach mit der Maus. Das Tollste ist, dass du gleichzeitig in mehrere Fenster hineinsiehst und von keiner Leiter stürzt.

Nur zweimal habe ich eine Panne erlebt. Es kommt darauf an, was man aus einer solchen macht. Als ich meinen ersten Computer, einen einfachen 286er, in einem Ramschladen kaufte, fragte mich der Junge zwischen den Kartons, die er mir andrehte, nach der gewünschten Größe meiner Festplatte. Ich wollte wissen, was er so vorrätig hätte. Er wirbelte mir ein paar Maße um die Ohren. Ich schaute den Karton mit dem Monitor an, dachte, es handele sich bei besagter Festplatte um eine Unterstellplatte, damit das Gerät nicht im übertragenen Sinn auf tönernen Füßen steht, und entschied mich für die größte, die sie vorrätig hatten. Zu Hause klärte mich ein von mir ohnehin nicht besonders geschätzter Schwager auf, meine neue Errungenschaft habe Ausmaße für die Speicherung der Daten von mehreren Großbanken zusammen. Daher wohl der Name Datenbank. Jedenfalls habe ich mir vorgenommen so emsig zu schreiben, dass die Platte eines Tages überquellen wird von meinen Wörtern. Was nicht ganz aussichtslos ist, da mich jedes Mal beim Versuch aus dem Feld zu gehen, die computerisierte Gewissensfrage trifft, ob ich ernsthaft vorhabe meine Sitzung zu beenden. Mit einem dicken kategorischen Fragezeichen. Ich habe das oben schon seufzend geschildert.

Diese Panne habe ich umgemünzt in eine rigoros gesteigerte Produktivität. Mit der nächsten Panne war es einschneidender. Zwischen meinem Drucker und dem Screen klappte es nicht. Beziehungsstörungen vermutete ich laienhaft. Keineswegs zu unrecht, wie sich herausstellte. Natürlich hatte ich niemanden zum Befragen. Morgens geht alles um mich herum zur Arbeit oder zum Arbeitsamt und sucht welche. Bloß ich bleibe an meinem halben Dutzend geöffneter Fenster sitzen.

Nach einigem Hin und Her ging ich hinunter auf die Straße, sah einen jungen Mann, der arbeitslos, doch keineswegs bedrückt aussah, vermutlich ein Student. Ich bat ihn um Hilfe. Heutzutage kannst du als ältere Frau jeden beliebigen jungen Mann auf der Straße um Hilfe in Computerfragen bitten. Da kennen sie sich alle aus. Er reagierte prompt und kam mit in die dritte Etage. Hemmungslos komponierte er auf dem Keyboard herum. Wahrscheinlich war er ein verkappter Musiker. Nach dieser Kostprobe riet er mir im Spezialgeschäft in der Bahnhofstraße einen Geschlechtsumwandler von weiblich nach männlich zu verlangen. Er steckte die angebotenen zwanzig Papierpiepen ein und verschwand grinsend. Das war natürlich vor der Umstellung auf Euro. Heute müsste ich dreißig Euro für dieselben Handlangerdienste blechen. Das mit der Geschlechtsumwandlung war zu viel für mich und belastete mich spürbar. Offenkundig hatte ich einen ganz schlüpfrigen Typ erwischt. Mich plagte das mulmige Gefühl, nicht ernst genommen zu werden.

Bald hatte ich über mein Innenleben und das der Jugend zweihundert Seiten verfasst, aber das Ausdrucken klappte nicht. Das durfte ich niemandem erzählen, ohne zum Gespött zu werden. Ich wollte nicht aufstecken und hängte optimistische fünfzig Seiten an. Tenor: Die Jugend werde ihre Wege finden und gehen. Eingeschränkt optimistisch: Die Alten müssten lernen sich an die Hand nehmen zu lassen. Aller Optimismus half nichts. Der Drucker stellte sich dumm.

Mit einem roten Tüchlein um den Hals machte ich mich jünger als ich war und ging in einer Anwandlung von Mut der Verzweiflung in das empfohlene Geschäft. Lauter junge Männer lungerten in den Ecken und an den Tischen herum oder grapschten in die Regale. Keine Frau war auszumachen. Zwar an die Siebzig wurde ich rot bei dem Wunsch nach dem Sexytransmitter. Ich brauche nicht auszuführen, dass ich das Ding erstand, den Burschen aufs Neue von der Straße holte und seitdem drucke, wann und was ich will. Angeregt durch diese Erfahrung des gleich- oder mehr- oder überhauptgeschlechtlichen PCs schaffte ich es heute nach jahrelangen Fehlversuchen den Computer zu instruieren, männliche Gedichte zu lesen und sie in weibliche Texte umzuwandeln. Und umgekehrt. Es zeigt sich, dass der automatisch produzierte weibliche Text grundsätzlich umfangreicher ist als der entsprechende männliche. Weibliche Sprache verführt das Gerät offenbar zu einer Prise Schwatzhaftigkeit. Die Ergebnisse lege ich gleich vor.

Eingegebener männlicher Text:
Er tat's
mit rundem Rücken,
Allmachtsrauschen im Ohr,
so wäre die Liebe
ein kurzer Moment,
Terminalschlaf
nach einem großen Anfall.

Dazu die maschinelle Transformation ins Feminine:
Sie lag
die ungehaltene Brust
im Gepäck,
Musik im Kopf
mit den Obertönen der Knochenleitung
im Herzen
leicht faltige
Hände, gut maniküt
taktvoll immer
Goldsträhnchen im Hennahaar
und nirgends
eins, das nicht hingehörte.
So denkt sie die Liebe,
schließt die Augen
solange es geschieht
und hält sie dann offen,
das leise Schnarchen neben sich
das im Terminalschlaf versinkt:
Alles nur ein Anfall
von überschaubarer Dauer.

Ich probiere es andersherum und füttere meinen stand-
haften 286er mit einem weiblichen Text:
Schlecht verkehrt
Zier. Reiz. Ehe Ehe.
Lage egal. Bier troff.
Reib nie ein Tier.
Reit fort, reit fort.
Grasgrab barg Sarg
Sie. Eis. Ave Eva.

Zugegeben, ich bin stolz, dass der letzte Text wortweise vorwärts und rückwärts zu lesen ist. Unbekümmert warte ich auf die Besserwisserei des Gerätes. Ich vergrößere die Ansicht auf 150 Prozent, damit mir kein Häkchen entgeht.

Schon die Überschrift befremdet mich.

Gut verkehrt

Dann folgte:

Mal lahm MadamMadam!

MadamMadam genial verknüpft, aber mit roter Wellenlinie gebrandmarkt. Ob ich meine, diese Schreibanomalie sei angebracht, fragt mich mein PC. Offenbar ist er sich da nicht ganz sicher.

„Ja", bestätigte ich.

„Nur dieses eine Mal oder immer?", schleudert er mir die eingerahmte Meinungsnachfrage ins Auge. Zutreffendes durch OK bestätigen. Das tue ich, nur dieses eine Mal.

Faul. Lauf! Schuh husch.

Star rast. List still

Lage egal. Feist. Steif

Im Komplott mit dem PC spuckt der Drucker unbekümmert vierzig Zentimeter Papierschlange aus:

=*>!))(===??ßßß`#####+++ ...

Hilfe! Falls du einen Jungen auf der Straße siehst, sag ihm, ich sei abgestürzt, und schicke ihn in die dritte Etage zu mir.

* * *

Ich schaue aus dem Zugfenster: Ein Strang aus hochnäsigen Industriekomplexen treibt in einer lang gestreckten

Kurve vorbei. Der Anklang an die Halle B der InterNET-Za formiert sich in mir zu einem Filz aus gemischten Gefühlen. Vor einem virtuell aufgezäumten Hintergrund schwappen Bilder und Szenen herein und hinaus und an den Kojenwänden drängen sich die Fotos von uns fünf Akteuren mit aufgepeppten Lebensläufen auf, Arial 48 in Regenbogenfarben.

Jetzt bremst die Bahn quietschend. Ich recke mich und habe ein paar Schrecksekunden, bis ich begreife, dass das Quietschen keine Nachgeburt des Schreies von gestern ist. Ich will nicht an ewige Wiedergeburten menschlichen Entsetzens glauben. Nicht hier zwischen den modernen Waggons, die Leichtigkeit vorgeben und aus der Schwere ihres Materials nicht aussteigen können. Zwischen Bahnsteigkulisse und Ausstellungshalle flutet es in mir. Jemand öffnet das Schiebefenster nebenan um einen Spalt. Aus dem Stimmengewirr, das mich überfällt, heben sich klirrende Rufe und verraten Hektik. Geschäftig und aufgeilend isolieren sie einzelne Personen in der Menge. Das Geschehen vor dem Fenster und mein Messetrauma verquicken sich.

Ein Pfeifsignal, Türenschlagen, das Fenster wird geschlossen. Wir werden durch das Gewölbe aus Glas und Metall ins Freie gezogen. Der Zug ruckelt kurz und stürmt dann los.

Die Ankündigung des ersten Vortragenden wucherte durch den Verstärker in die nach vorne und oben offene Stellwand-Koje. Der Mann war nicht nur angekündigt, er war angepriesen worden. Ein biederer Typ mit Vollmondgesicht, Stirnglatze vor dem dunklen Haaransatz und Oberlippenbärtchen präsentierte seine schräge Irrengeschichte.

Der Zug verlässt meine vorletzte Station. Eine Unsichtbare quäkt ins Handy, Rudi solle sich auf den Weg zur Endstation machen, um sie abzuholen. Offene Siedlungen zernagen die Weinberglandschaft, letzte vereinsamte und verfärbte Blätter schwanken an ruhelosen Rankenfäden.

Nächste Haltestelle Erkenstadt – Ausstieg in Fahrtrichtung links haucht es weiblich aus dem Lautsprecher. Ich packe zusammen und mache die paar Schritte zur Tür.

Ich verstehe viel.
Ich verstehe nicht alles.
Ich verstehe manches.
Ich verstehe nichts.
So wie ich es gelernt habe.
Manchmal kommt mir Neues dazu.
Erika Krämer

12. Krimi und Stilles Wasser

Endlich in Erkenstadt erstehe ich in Bahnhofsnähe ein
paar Kleinigkeiten fürs Abendbrot. Die Angst, aus einem
der Winkel pralle ein neuer Schrei auf mich, lässt mich
lauern. Das Warten an Ampeln hetzt mir Ameisenkrib-
beln über den Rücken.

Warum habe ich mein Auto verliehen?

Nach 16 Uhr lande ich in meiner Wohnung, eher aufgekratzt als müde. Seit einer Woche habe ich nichts von
Georg gehört oder gesehen. Aber heute werde ich ihn
treffen! Am Abend wartet ein gemeinsamer Konzertbesuch auf uns. Was in den kommenden Tagen zwischen
uns stattfinden oder möglich sein könnte, müssen wir
aushandeln. Das ist der richtige Ausdruck in Hinsicht
auf die klerikale Einbindung meines Freundes. Unsere
Verabredungen verlaufen danach, ob und wie ich in seine
Planungen passe. Die Hauptsache ist, dass unsere Liaison
unerkannt bleibt. Wir leben getarnt. *Unsere Zeit liegt in seinen Händen.*

Breitbeinig fläze ich mich an den Küchentisch und
mampfe eines der mitgebrachten belegten Brötchen aus
der Tüte. Zuerst entscheide ich mich für das mit Moz-

zarella und dem ganzen modischen Salat- und Event-Schnickschnack. Das Brötchen mit der Schinkengrundlage werde ich essen, falls ich noch hungrig bin. Zur Beschwichtigung eventuell aufkeimender Unruhe hole ich ein Glas Wasser und suche den Text heraus, der auf der Lesung als Kurzkrimi angepriesen worden war. Der geschniegelte Antreiber hatte vom Autor und seiner Story geschwärmt, als handele es sich um ein Sonderangebot für Billigflüge. Dass der Mann Monteur sei, merke man am großartig montierten Text. Naja, habe ich verächtlich gedacht. Zu sehr war ich auf meinen Beitrag konzentriert, der in der Warteschleife hing. Albert Hilemann, ein kräftiger hemdsärmeliger Typ mit lautem, ungezügeltem Bass, einer Brille, die als Fremdkörper in seinem gutmütigen Gesicht hing, und mit einem Lachen geradeheraus. Mit der einen Hand umklammerte er sein Skript. Die andere hob er ab und zu seitlich in die Höhe. Wahrscheinlich hätte er am liebsten die, von denen er schrieb, und die, für die er las, in den Arm genommen. Peinlich. Die Mondlichtfetzen, die ich beim halben Zuhören aufschnappte, kamen salopp daher. Zwischen den Wörtern knirschte es. Kurzer Beifall und voran.

Um nicht in allzu Ungutes abzuschweifen, stehe ich vom Küchenhocker auf und trage mir den Text laut vor. Das heißt, ich federe zwischen Kochzeile, Wandschränken, Tisch und Sitzmobiliar hin und her. Den Rest des ersten Brötchens in der Hand, lege ich Kaupausen ein. Von Satz zu Satz lese ich mich fest an einem Beitrag, den ich in der Messehalle verächtlich an mir vorbeirauschen ließ.

* * *

111

Albert Hilemann: Mondlicht, falle ein!

Die Nacht vom vergangenen Samstag auf den Sonntag werde ich mein Lebtag nicht vergessen. Ich freute mich auf einen abendlichen Fernsehreißer. Doch meine Irene drängte, ich sollte bei den Schwiegereltern in Ziegenfeld Äpfel abholen. Die alten Herrschaften würden mit der Schwemme in diesem Jahr nicht fertig. Gutmütig gab ich nach und ahnte nicht, dass ich in einen Krimi geraten würde. Irene wollte die Wäsche für die kommende Woche erledigen, deshalb schickte sie mich alleine los. Außerdem gehe es schneller, wenn sie nicht dabei sei. Vonwegen!

Gegen 23 Uhr auf dem Heimweg bockt meine Karre. Auf der Zufahrt zur Abstiegsstraße mitten im Wald tut sie keinen Mucks mehr. Ziegenfeld liegt sieben Kilometer hinter mir, Heidersheim von der Landstraße aus acht Kilometer vor mir und Grunbach irgendwo links.

Ich probiere hin und her, kein Funken ist mehr aus dem Schlitten zu schlagen. Ich reiße die Motorhaube auf und drehe an der Einstellung herum. Falls ich sie erwischt habe in der Dunkelheit und ohne Taschenlampe. Beim x-ten Zündversuch habe ich Glück mit dem Anlasser. Doch wie ich den Gang einlege, röchelt sich der Motor ins Aus. Es ist zum Bebaumölen.

Ich muss Irene anrufen und die muss den Notdienst der Werkstatt verständigen. Das wäre die Rettung. In der Aufregung finde ich das Handy nicht, und als ich es endlich zwischen den Fingern habe, stellt es sich auch tot. Verdammt. An der Stelle hockst du die ganze Nacht fest, da kommt kein Auto vorbei. Günstigenfalls ein Ochsengespann morgens um sieben. Falls die EU das nicht auch wegrationalisiert hat. Was müssen die Schwiegereltern auch so unpraktisch wohnen! Nur eben mal nach Ziegenfeld. Hol's der Teufel.

Merkt Irene heute Nacht um eins, rechne ich mir aus, dass ich nicht neben ihr im Ehebett liege, ruft sie bei ihren Eltern an. Die sagen ihr, aus dem Schlaf gerissen, ich wäre vor Stunden abgezischt. Es folgen Vermutungen schlimmster Art. Im Geist höre ich das Palaver: Das und das macht Leo nicht, also ist etwas passiert. Die eine, sagen wir Irene, ruft im Krankenhaus an, ob ich eingeliefert worden sei. Schwiegermutter alarmiert die Polizei, die soll mich umgehend aufspüren, zur Not mit Nachthubschraubern und Leuchtraketen. Nee, so weit darf's nicht kommen! Schwiegervater Anton wird das einzig Richtige machen. Der steigt in seinen Fiat und streift die Strecke ab. Halb zwei ist er hier. Jetzt haben wir 23 Uhr 45. So lange warte ich nicht auf ihn. Ich werde nervös. Steige aus, ruckle das Auto mit aller Kraft an den Grabenrand ran und mache mich auf die Socken. Ist egal in welche Richtung, sage ich mir. Bloß nicht bleiben und durchdrehen oder anfrieren. Der Weg ist abschüssig, das kommt mir entgegen. Ringsum Wald. Es ist abgrundtief ungemütlich nachts, auch wenn du dich an die Dunkelheit gewöhnst. Okay, ich bin ein Mann und habe Marscherfahrung von der Bundeswehr. Es hätte auch sein können, dass Irene sich um das Obst gekümmert hätte, und nun hockte sie im Dickicht. Dass es mich erwischt hat, macht das Übel um einen Touch kleiner.

Ich habe mich an meine lauten Schritte auf dem Asphalt gewöhnt. Da flimmern mehrere schwache Lichter dicht beieinander. Ein Haus, kombiniere ich und stiefele querfeldein über eine Wiese und dann an Ackerfurchen entlang. Ich lege im Tempo eins drauf, so froh bin ich. Kein

Gramm Grips verschwende ich Trottel an meinen Rückmarsch. Unser Feldwebel wäre entsetzt gewesen.

Endlich bin ich am Haus. Es sieht aus wie ein Aussiedlerhof. Gott sei Dank kläfft kein Hund los, das beruhigt mich. Im ersten Stock Lampenschein durch die Vorhänge. Nichts ist zu hören. Ich taste nach einer Klingel an der Haustür. Finde keine. Klopfe an die Tür. Poltere mit den Fäusten dagegen. Hoffentlich kriegen die drinnen nicht dermaßen die Panik, dass sie mich mit der entsicherten Knarre begrüßen. Die Unbehaglichkeit sitzt mir im Nacken. Nun dringt Rumoren nach außen und eine Frau krächzt: „Mondlicht, falle ein!" Oder so ähnlich.

Die Außenlampe geht an, die Tür öffnet sich und da steht ein – wie sagt man? – Irrer. Das sehe ich gleich.

„Komm rein!", quäkt er. Ich überlege, ob ich es tun soll, und tue es. Etwa ein Dutzend von seiner Sorte quillt nach, allesamt in Schlafanzügen oder Nachthemden.

„Wo wohnst du?", rückt mir einer auf die Pelle.

Brav erzähle ich und beschreibe die Stelle, an der mein Renault hängt. In der Hoffnung, dass meine Beschreibung einigermaßen hinhaut.

„Auto kaputt, Auto kaputt!", ruft ein gealterter Knirps und ein Dicker klatscht in die Hände.

Da lachen alle, klatschen mit und trampeln und juchzen auf dem Flur, typisch Narrenhaus: „Auto kaputt – Auto kaputt."

Mir ist nicht lustig zumute. Eine junge Frau mit wirren, langen, braunen Haaren und einem rätselhaften Augenaufschlag tänzelt mit ausgebreiteten Armen auf mich zu. Nachtengel des Irrsinns, fällt mir ein, so hieß neulich ein Film.

„Die Leni tut dir nichts!", quetscht jemand Wort für Wort heraus, „die will dich bloß küssen."

Und Leni jammert: „Mitten in der Nacht, mitten im Wald …"

Da wollen sie irgendeinen Willi holen.

„Auto futsch – Willi kann alles", skandieren sie und schleifen einen Stuhl für mich an. Menschmeier, bin ich müde und gestresst! Ich will nicht bleiben, habe keine Lust auf ihren Willi, egal, wer das ist. Mir reicht es. Reparieren einem Irre das Auto, ist das Ergebnis eine ganz normale Unwahrscheinlichkeit. Guck unsere Nachbarin an, die Bäumler. Der haben sie Vorwärts- und Rückwärtsgang vertauscht in der Beschützenden Werkstatt des Vereins Hilfe zum Leben. Da wollte die Bäumler ein gutes Werk tun und was hatte sie davon? Wütend raste sie im Rückwärtsgang vorwärts in die Werkstatt, als sie es feststellte. Sie schilderte es mir glaubhaft. Jeder winkt ab, dem es zu Ohren kommt. Technisch sei das unmöglich. Was hilft es der Betroffenen? Womöglich verfugen sich Technik und Genialität bei denen hier im selben Hirn besser als bei unsereinem. Kurzum, Verrückte lasse ich nicht an mein Auto ran, mag es noch so hoffnungslos daniederliegen.

Nach solchen Abwägungen finde ich mich im Gelände wieder. Aus welcher Richtung bin ich vorhin auf das Haus gestoßen? Ringsum nichts als dunkle Wiesen, die man mehr fühlt als sieht, und dahinter klemmt sich eine Mauer aus schwarzem Wald. Das bisschen Mondgefunzel verstrahlt wenig Perspektive. Ich kam auf die Haustür zu, oder? Ich laufe los. Wohin? Ich bin keine Frau, heule deshalb nicht gleich los. Müde und ärgerlich bin ich. Mit einer Riesenlust zu fluchen bis oben hin. Meine Wut treibt mich an zu rennen. Nach keinen zwanzig Metern vertrete ich mir den Haxen, beiße die Zähne zusammen und mache notgedrungen vorsichtigere Schritte. Als ich auf die Baumreihe stoße, schwant es mir. Ich stehe vor einem breiten Bachbett und in der Nähe ist kein Übergang zu finden. Auf dem Hinweg habe ich keinen Bach überquert! Verzweifelt, was ein Mann verzweifelt nennt, lehne ich mich an einen Stamm. Trauerweide. Das ist das Richtige für mich. Soll ich mich in die Fluten stürzen? Quatsch, denk an deine Westernhelden, muntere ich mich auf. Oder an Irene und deine Schwiegermutter. Die würden einfach beten in dieser Situation und dann hätte sich die Sache für sie. Ich taste meine Taschen ab: Jacke, Hose. Die Zigaretten hatte ich dummerweise im Auto gelassen, hundertprozentig. Irene mault, ich solle die drei, die ich in der Woche verqualme, auch aufstecken. Sie würde sich freuen, dass ich mich in der Krisensituation nicht an blauen Dunst klammere. Falls sie überhaupt wüsste, dass es mich ins nächtliche Baum- und Wiesen-Chlorophyll versetzt hat. Die Glimmstängel habe ich vergessen, hoffentlich findet sich was zum Essen, zum Kauen oder sonstwie zur Beruhigung. Habe ich mich geirrt? Der Autoschlüssel ist weg. Weg! Es hämmert mir in den Schläfen, als würde mir ein Nagel eingetrimmt. Poing, poing, dass ich denke, nun ist`s aus. Ich habe den Schlüssel doch aus dem Zündschloss gezogen und die Karre abgeschlossen. Habe ich `ne Meise? Was soll das, welches Schicksal haut mir heute eine nach der anderen rein? Wenn ich das jemandem erzähle, muss der mich für schwachsinnig halten.

Ich trete gegen den Baum. Rotze in den Fluss. Winsele los. Gut, dass mich niemand sieht und hört. Andererseits wäre es natürlich nicht schlecht, sagen wir mal, ein Retter käme aus dem Boden geschossen. Bei der kleinsten Großveranstaltung hängen die tatenlos und stundenlang mit ihren Samariterköfferchen rum und lungern auf ein ohnmächtiges Opfer. Hier im Nachtwald um Grunbach herum, wo unsereins in dringendster Not ist, lässt sich keine graue Maus blicken.

Wate ich auf die andere Seite oder nicht? Wahrscheinlich stellt sich dann raus, dass es die falsche ist. Was anderes würde kaum ins Strickmuster dieses Tages samt der Nacht passen. Ob die Verrückten nicht den Schlüssel geklaut haben? Na klar. Einige von denen sind mir verflixt nahe gekommen. Die schräge Langhaarige tat, als wollte sie mich küssen, und beutelte mich aus. Zum Glück ist mein Portemonnaie vorhanden. Die waren zu blöd das ebenfalls zu grapschen.

So ruckizucki trudelt ein ganz handfester Charakter wie ich, Leo Koppermann, Maschinentechnik, Mitte vierzig, stabil und relativ unbescholten, in den Zustand der Unzurechnungsfähigkeit. Mir wird schwindlig. Ich kauere mich hin. Die reine Erschöpfung schüttelt mich, na und? Bei den Verrückten ist das Gehirn möglicherweise auch einfach bloß erschöpft. Weiß man das? Ich fange an Stimmen zu hören. Das hat mir gefehlt. Wispern, Krächzen, dünnes Lachen. Es scheint aus den Bäumen zu kommen, aus dem Boden, dem Bach. Wenn man das mal durchgemacht hat, kann man ein Lied davon singen, was Spuken ist. Ich sehe Lichter. Von Geisterhand bewegt gehen sie auf und nieder, sind weg, erscheinen neu, vermehren sich, sind mal groß, mal klein. Es ist mir unmöglich die Entfernung abzuschätzen. In der Dunkelheit verlierst du dein Gefühl für Raum und Entfernung. Ich schluchze und stolpere den Lichtern nach, als besäße ich keinen eigenen Willen mehr. Sie lassen sich nicht einholen und locken mich vom Wasser weg. Merk dir für allezeit, wie sich solch ein Zustand in dir niederschlägt, hämmere ich mir ein.

Von jetzt auf nachher sehe ich das Geflacker nicht mehr. Meine Hirnabteilung für Fantasie hat sich wohl erbarmt. Trotzdem taumle ich zwanghaft in die Richtung, in der die Fata Morgana verschwunden ist. Die Stimmen lassen nach. Du wirst normal, stelle ich fest und zähle mit der linken Hand meine Pulsschläge. Als könnte ich mit dem Ergebnis was Vernünftiges anfangen. Ich konzentriere mich auf die Schläge, zähle und zähle, bin bei hundert angelangt und krieg glatt im letzten Moment mit, dass ich die Straße gefunden habe. Es muss meine Straße sein.

Leo, rede ich mich ernsthaft an, Leo, du musst kühl nachdenken: Wo geht es von hier aus zu deinem R 21? Mond und Sterne helfen dir nicht, davon verstehst du nicht genug. Überlege: das Haus, der Bach, der Bogen hinter den Lichtern her. Dein ET – AP 537 muss … Ich höre einen Motor, kurz. Dann herrscht Totenstille bis auf das Ästeknacken, das mich längst nicht mehr schreckt. Im Gegenteil, es macht den Wald weniger unheimlich. Erneut röhrt ein Motor. Diesmal lange. Fährt da einer über die kurvenreiche Straße durch den Wald? Ob das der Schwiegervater ist? Kurz nach Mitternacht – lese ich mühsam von meinem Leuchtzifferblatt ab. Zu früh für Anton. Auf jeden Fall mache ich mich nach links auf. Die Straße tritt sich bequem im Vergleich zu dem, was ich hinter mir habe. Ich trabe und vergesse den verknacksten Fuß. Der Motor ist abgeschwächt zu hören, heult dann auf. Es klingt nah. Für Motorengeräusche bin ich sensibel. Das hat mir gefehlt: Jemand macht sich an meinem Auto zu schaffen.

Im besten Fall ist es ein Klüngel von Dorfjugend. Die Youngsters schrappen mit ihren zweirädrigen Asphalthobeln wild durch die Gegend, sehen mein abgekipptes Auto, brechen ET – AP 537 auf und holpern los, bis ihnen ein Baum im Weg steht. Allerdings habe ich keine Motorräder oder Mopeds auf dem Straßenstück bemerkt. Gerade haben mich Geräusche und Lichter überschwemmt, die es nicht gab. Blendet jetzt mein Hirn mit aller Heftigkeit aus und macht mich blind und taub? Noch so eine Nacht und ich werde mich dem nächstbesten Psychiater auf die Couch werfen müssen. Während ich mich mit derlei lebenserhaltenden Überlegungen beschäftige, hupt es nervtötend und rhythmisch. Ein dummer Scherz jagt den anderen. Mensch, Leute, Kraft für eine größere Auseinandersetzung ist bei mir nicht mehr drin! Gleich hinter der Kurve sehe ich es. Die Scheinwerfer sind aufgeblendet. Eine Gruppe von Gestalten steht drum herum. Einige haben Taschenlampen in der Hand. Der Motor läuft. Ich mache mich möglichst geräuschlos heran, um die Lage zu peilen. Es ist höllisch anstrengend mit meinem Humpelfuß. Merkwürdig, was die Typen für Klamotten tragen. Schlabberhosen und Jacken mit kunterbunten Fähnchen darunter, gestreifte, geblümte. Eine Schlepperbande.

Jemand bemerkt mich. „Hör auf zu hupen, da ist er!", ruft er. Händeklatschen.

„Mondlicht, falle ein!" Händeklatschen.

Ein Knall, dass alles in mir zusammenzuckt. Der Mann, der im Motorraum hantierte, ließ die Haube zufallen.

„Willi kann alles", prahlt der Dicke, als sei er selber dieser

Willi, und blendet dem Monteur mit der Taschenlampe ins Gesicht.

„Nimm die Lampe weg!", knurrt der und geht zur Seite.

„Ihr Wagen tut's", sagt er zu mir, „der Verteiler war's."

Ich begreife nichts.

„Mitten in der Nacht, mitten im Wald, das Auto geht. Mitten in der Nacht. Mondlicht, falle ein. Mitten im Wald." Und die irre Leni krallt sich an mich, um mich zu küssen.

Willi reicht mir den Schlüssel. „Nächstes Mal lassen Sie ihn besser nicht in der Tür stecken. Diesmal war es ja ganz gut."

Haben die tatsächlich …

„Als bei mir angeklopft wurde, waren Sie fort." Willi tut mir gut nach all der Panik. „Die Bande hat mir keine Ruhe gelassen. Da dachte ich, sie erleben selten was Besonderes, zieh mit ihnen los. Sie hatten ihnen ja die Stelle gut beschrieben. Haben Sie sich verirrt?"

Mein Nicken sieht er hoffentlich nicht.

„Jörgi hat gehupt, dass Sie uns besser finden."

Tolle Idee, die mich um ein Haar einen Herzinfarkt gekostet hätte.

„Komm, Jörgi, gib dem Herrn mal die Patsche."

Ich bin zu erledigt, um ein Wort herauszubekommen, reiche dem Mongoloiden ungerührt die Linke, die Rechte klimpert mit dem Autoschlüssel.

„Bin ich etwas schuldig?" Etwas Besseres fällt mir nicht ein.

„In deinem Auto riecht's nach Äpfeln." Die mit dem wirren Haar, die sie Leni nennen, zupft mich am Ärmel.

Natürlich! Ich reiße den Kofferraum auf und lasse sie sich die Taschen vollstopfen, wenigstens das. Händeschütteln. Winken.

„Danke, Mondlicht, komm gut heim, Mondlicht!"

Am Tag darauf entdeckte Irene die handgedruckte Visitenkarte auf dem Armaturenbrett:
Haus Sternenhalde
Wohnheim für geistig Behinderte
Grunbach, Im Eschenwald, Leitung Willi Kromet
Schau mal vorbei. Wir freuen uns über jeden Besuch.

Es ist wieder Samstag. Irene schlägt Hefeteig. Sie hatte den Wunsch gleich, nachdem ich ihr die Geschichte erzählt hatte. Und ich schäle und schnipple Unmengen von Äpfeln für drei Backbleche. Den Kuchen wollen wir ihnen morgen bringen.

„Da siehst du mal", sagte sie, „du mit deinen Vorurteilen!"

Übrigens, die leere Hälfte des Ehebettes bis gegen halb zwei hatte meine Frau nicht bemerkt. Was ist nun davon zu halten?

* * *

Du stellst meine Füße auf weiten Raum.
Psalm 31, Aus Vers 9

13. Spurensuche

Das *VerRückte* lege ich zur Seite und werfe die leere Brötchentüte in den Müll.

Hilemann muss aus der Nähe stammen, das verraten die Ortsnamen Ziegenfeld und Grunbach. Im Telefonbuch stoße ich auf mehrere Hilemanns, jedoch keinen Albert. Monteur, denke ich, Monteur.

Es ist nach achtzehn Uhr und ich muss mich noch für das Konzert herrichten. Da höre ich meinen Untermieter heimkommen. Im Hausflur erwische ich ihn

„Großeinkauf", übertreibt er und zeigt auf eine halb gefüllte Tasche und eine Plastiktüte. In Kürze wird das Radio in der Wohnung losplärren, und dann wird die Dusche rauschen. Er ist jener gedrungene Typ mit einer Fettschicht drum herum, der auf eine warme Art tatkräftig ist. Bei nicht zu langer Lebenserwartung, weil Herzinfarkt oder Diabetes II drohen oder der Tod als Folge rücksichtsloser Cholesterinsenker einkehren wird. Rein statistisch. Immerhin raucht Ahlers nicht. Abends holt er sich sein Bier aus dem Keller, linke Tür, die andere Tür führt zu meinem Abstellraum. „Alkoholfrei. Eins pro Abend", pflegt er zu grienen, wenn wir uns dabei über den Weg laufen.

„`n Abend!", lacht er jetzt.

„Na, wie war der Tag?" Wir, die einzigen Bewohner des Anderthalbfamilienhauses fragen über Kreuz und hängen uns ans Wetter. Herbstlich trüb, Regen nachts, da schläft man gut, Vollmond, da schläft man schlecht.

Er nicht, brüstet sich Ahlers, er habe einen grandiosen Schlaf. Kurz, aber grandios. Sogar beim Nachtflug, nach Thailand etwa, wirft er dahin und ich will, Bewunderndes oder Neidisches zu formulieren, scheitere, weil er gleich anfügt, er freue sich auf die Dusche und auf den *Internationalen Spiegel* im Zweiten um neunzehn Uhr und am Nachmittag habe er sich mit Freunden getroffen.

Dass der sich auf den *Internationalen Spiegel* freut, hätte ich ihm nicht zugetraut, eher den Komödienstadel. Ich muss schnell machen. Er schlurft über den Linoleumboden, der einen steinigen Untergrund imitiert.

„Was ich Sie fragen wollte, ist Ihnen ein Monteur Albert Hilemann bekannt?"

Ahlers stoppt, dreht sich um und klimpert mit dem Schlüsselbund.

Er sieht so schief aus, aber ich bin ja auch schräg zu sehen aus seiner Perspektive.

„Hilemann?", fragt er.

„Albert Hilemann. Er schreibt auch", erkläre ich, als entschuldige das mein Interesse.

„Der soll schreiben?" Er setzt ein Gesicht auf, auf dem selbst in der 40-Watt-Sparbeleuchtung Skepsis als Grundton aufscheint. Das Licht wird gleich ausgehen, fürchte ich und nehme mir vor, den Schalter in die Verlängerung zu drücken.

„Was denn?", kommt die Frage. Als hätte er sie nicht gestellt, setzt Ahlers zum Abstieg an. „Liebesromane?", schiebt er nach und blickt nicht zurück.

Diese Lache, die zuverlässig ausbricht. Ein Beben aus dem Brustkorb, das den Mann trägt und mir zu schaffen macht. Er fischt den Schlüssel aus dem Bund und steckt ihn in die Wohnungstür.

„Also dann", etwas ähnlich Hilfloses will ich von mir geben.

„Wissen Sie, wer der Albert Hilemann ist?" Mit seinem Nachschlag kommt er mir zuvor: „Mein Kumpel." Den eingesteckten Wohnungsschlüssel zwischen die Finger genommen. „Falls er das ist!" Tür aufgeschlossen. „Schönen Abend dann!" Tür zu.

Prompt habe ich vergessen den Schalter zu drücken und stehe im Dunkeln. Das war nichts. Ein merkwürdiger Tag, der sich dehnt und dehnt und dessen Ende ich nicht absehe.

Ich husche in meine Wohnung zurück. Eile ist fällig, um zum Treffen mit Georg zu kommen. Ein Ordensmitglied besitzt kein eigenes Auto. Ihnen stünden zwei oder drei PKW zur Verfügung, da müsse man sich zeitraubend arrangieren. Deshalb hat er mir meinen grünen Polo abgebettelt und mich mit dem Zug in den Schwarzwald geschickt.

Endlich dusche ich mir den Ärger darüber und den ganzen Arbeitstag vom Leib, kleide mich ins unauffällige Brave mit Rock, Bluse und Jäckchen und betupfe mein Gesicht, um es zu beleben. Nur nicht zu sichtbar.
Zum Glück läuft Paterchen in Zivil herum, anders könnte ich mich nicht mit ihm blicken lassen.

Habe ich das Auto, hole ich Georg in Stuttgart am Stift ab. Zur Vorsicht parke ich nicht direkt am Eingang. In einer Seitenstraße findet sich leicht ein Platz. Wechselnd, an wechselnden Orten. Zur Not quäle ich mich ins Parkhaus an der Strohsteige. Das Stift, in dem Georg kaserniert ist, lehnt sich ans berüchtigte Strohsteigviertel an, dem man üppiges Rotlicht nachsagt. Es duckt sich hinter den gigantischen Möbel-Welt-Komplex, der sich vor Wochen ausverkauft hat und als ausgeräumter Klotz auf Neues wartet.

Auf unserem heutigen Programm steht das Oratorium *Elias* von Felix Mendelssohn Bartholdy in der Stuttgarter Liederhalle. Da mir der Polo aus den Händen genommen ist, muss ich mich wieder mit der S-Bahn abfinden, was mich ärgert. Die Umstände nerven mich. Ich bin zu gutmütig. Manchmal möchte ich mich deshalb ohrfeigen. Ein solches zwischenmenschliches Gefälle ist nicht die wahre Liebe. Zu große Gutmütigkeit mag einem nach dem Tod ein Stück Himmel zuteil werden lassen. Andererseits ermutigt sie den Partner, zum Ausbeuter zu werden und eines Tages dafür büßen zu müssen. Etwa, indem er mitten im Himmel ein Stückchen Hölle zugeteilt bekommt. Falls man an Himmel und Hölle glaubt, wie Georg es zu tun verpflichtet ist. Ob ich ihm das Auto aus diesen Gründen unwidersprochen überlassen darf?

Georg beschaffte mir bereits vorher ein Programmheft. Auf der Hinfahrt überfliege ich den Text:

Felix Mendelssohn Bartholdy − Enkel des Philosophen Moses Mendelssohn − geboren in jüdischer wohlhabender Bankiersfamilie − gestorben in Leipzig 1847 mit 38 Jahren − musikalisch begabte Schwester Fanny − mit 9 Jahren erster öffentlicher Auftritt als Klavierspieler − mit 17 komponierte er die Sommernachtstraum-Ouvertüre − nach Reisen durch Deutschland, Italien, Frankreich und England an musikalisch leitenden Stellen in Düsseldorf, Leipzig, Berlin − musikalisch einer der maßgeblichen Vertreter der frühen Romantik – begründete den romantischen Klassizismus – klar gegliederte Melodik – seiner Musik als Gesellschaftskunst fehlen die tragischen Untertöne – verleugnete auch als Christ seine Wurzeln nicht.

Ich bin angekommen. Am Parkstreifen hinter der Steuerbehörde in Sichtweite der Straßenbahnhaltestelle haben wir uns verabredet. Um diese Zeit klebt kein Steuerbeamter mehr an seinem Sessel, um sich mit Zahlenkolonnen herumzuplagen, die Parkplätze sind unbelegt. Georg hat eingeparkt, steigt aus und geht mir entgegen. Wir begrüßen uns. Er streift meine Schulter mit der einen Hand, legt mir die andere ins Kreuz und überträgt mir auf diese Weise seinen typischen Vorschiebimpuls, bevor er seine Hände wieder zurückzieht. Das ist selbst Männern erlaubt, die einer Frau gegenüber zur Distanz verpflichtet sind. Ich hoffe, unsere nicht mehr oberflächliche Beziehung wird unerkannt bleiben. Seinetwegen. Mich bezeichne ich als seine Inkognita. Wir strengen uns an lose Bekanntschaft miteinander vorzutäuschen. Würde uns von Außenstehenden gegenseitige platonische Verehrung unterstellt, wäre das ein hilfreicher Schutz. Das denkt jeder von uns. Wir treffen uns in der Hoffnung, ein Verstecken sei dauerhaft möglich. Was auch sagen will: Als könnten wir unbeschädigt bleiben. Früher hätte ich mir nicht vorgestellt in solch ein Verhältnis zu schlittern. *Gott kennt uns alle, erst recht kennt er alle Jesuiten.* Originalton Georg Kurier.

Und ihre irdischen Begleiterinnen. Originalton Vera Marten.

Seit unserer Italienreise lassen wir das Du vor anderen Ohren zu. Ich bin froh, dass Georg kein Glaubensfanatiker ist, der Liebe, Erotik und Sexualität um eines angeblich Höheren willen aus dem Leben tilgt.

Wir laufen zur Liederhalle. Unter seinem geliebten schwarzen eleganten Hut verbirgt er sich und macht sich mit jedem Schritt unübersehbar.

Auf dem Vorplatz wachsen helle Zementsteine zu einem einsamen Betonwürfel hinauf, der ebenmäßig aussieht und pausenlos aus seinem Gleichgewicht gerät. Er kippt, dreht sich, droht zu fallen, fängt sich in letzter Sekunde und kippt aufs Neue. Bei genauem Hinschauen ist hier nichts ebenmäßig in Form, Material und Bewegung. Fast nichts.

„Was denkst du?", fragt Georg.

„Vor mich hin", sage ich und zucke mit den Schultern.

Er geht langsam, betont meditativ. Das ist eine seiner Lebensgewohnheiten. Von allen Seiten strömt es zum Beethovensaal der Liederhalle hin. Da reißt es uns in den Strom und beim Eintreten in das große Foyer fällt mir gleich das Publikum mit seiner besonderen Grundstimmung auf. Die zeigt sich in den Gesichtern und den Körperhaltungen und man hört sie in den Äußerungen, die man mitbekommt. Wir sitzen in der Reihe acht. Viele Besucher scheinen sich untereinander zu kennen. Jedenfalls wird gegrüßt, laut und fröhlich. Manchmal auch Georg und mit ihm ich, wenn sich jemand an unseren Plätzen vorbeizwängt. Ich mustere die Grüßenden. Ist es ungehörig, Leute in einer Veranstaltung zu mustern, die Versöhnung herbeisingen will? Georg gibt sich zurückhaltender und ich denke nicht ganz schmeichelhaft: „Typisch, ein sich verbergender katholischer Geistlicher."

Elias habe für beide Religionskulturen einen hervorragenden Stellenwert, sagt Georg und sein weicher Gelehrtentonfall macht es mir warm. Der Prophet symbolisiere gemeinsame Werte und Wurzeln des Glaubens und der Kultur. Da begreife ich nicht, wovon Georg spricht, weil ich mich in seine Stimme eingekuschelt habe. Sein Wissen bewundere ich. Alfonso wusste auch Erstaunliches, wenn auch ganz andere Dinge. Oder doch nicht?

Georg: „Felix Mendelssohn war darauf bedacht, die deutsche religiöse Musik prägend mitzuformen. Er komponierte drei Oratorien. Mit *Paulus* begann er. Das zweite, der *Christus,* blieb unvollendet. Das dritte, den *Elias,* werden wir heute hören. Alle drei Werke zusammen wurden zu Sinnbildern der Reise vom Judentum zum Christentum. Der Komponist sah sich als einen der Urheber der romantischen Bewegung in Europa und in Deutschland. Romantik befrachtet die Dinge mit Symbolik und überhöht sie."

Ich: „Ich will die Dinge nicht überhöhen, bis sie zu Symbolen, zu Fetischen werden. Ich lasse sie in meine eigene Tiefe hinein, wie sie sind."

Ab und zu blicke ich auf. Aufgetakelte sehe ich kaum. Vor uns mache ich ein Frauenkränzchen aus. Während der ganzen Veranstaltung wird eine Verbindung aus Tuscheln, Nicken, sich Anlächeln oder behutsamem Anstoßen bleiben. Ich lauere diskret. Wer von denen, die da sitzen oder auf der Suche nach ihrem Platz sind, mag jüdische Wurzeln in sich tragen? Die historische Last tritt mit in den Saal und zwängt das Vergangene in ihre Bilder. Die erfüllen den Raum und lassen den Abend zu einem besonderen werden. Man ist nicht gekommen, um Stars zu bejubeln. Man ist gekommen, um Hoffnung zu schöpfen. Ich stutze. Schaue wieder. In einer der vorderen Rei hen schräg rechts im mittleren Block. Meine Augen hänge ich an die Frau, bis die sich zur Seite neigt und mit ihrem Nachbarn spricht, einem nicht zu alten Herrn, der auf seinem Sessel kauert, als müsse er sich klein machen. Da erkenne ich die Frau.

„Dort sitzt meine Chefin", flüstere ich Georg zu.

„Wo?"

„Die Schicke mit den aufgesteckten rotstichigen Haaren, dem roten Kostüm und dem Schal aus bunten Fäden."

Ich beschreibe sie so deutlich, dass selbst ein weltabgewandter Georg sie erkennen muss.

„Das neben ihr ist ihr Bruder", sagt er.

„Wieso weißt du das?" Manchmal bin ich von seinen hellseherischen Fähigkeiten überzeugt. Er ist ein ausgemachter Mystiker.

„Ich kenne ihn dienstlich." Zögert er oder kommt es mir bloß so vor?

Da setzt der Vorspann auf dem Podium mit einer herzlichen Begrüßungsrede durch einen quicklebendigen jungen Mann ein. Freundschaft üben, Brücken bauen, Schritte der Aussöhnung gehen. Unsere Hoffnung sei, dass die Gegenwart die Sehnsüchte nach Versöhnung erfüllt. Über hundert Deutsche und Israelis, Christen und Juden werden gleich gemeinsam musizieren.

Ich lächele Georg an.

Er würde, wenn unsere Affäre, unser Verhältnis, unsere Freundschaft herauskäme … Natürlich nicht so dramatisch wie vor Zeiten, aber auch zerstörend. Nicht mit dem Leben müssten wir bezahlen, Dank sei dem Schöpfer, bloß an einem Knick leiden.

Das Konzert beginnt mit dem Fluch des Propheten:

*So wahr der Herr, der Gott Israels, lebet, vor dem ich stehe. Es soll
diese Jahre weder Tau noch Regen kommen, ich sage es denn.*

Klimakatastrophe und Sünde und Schuld und Hoffnung
auf Aussöhnung verbinde ich mit dem, was wir hören.
Ich arbeite mich zur Musik vor und hoffe, dass die Flü-
che ihre Gültigkeit verlieren. Die singenden Frauen in
Schwarz, die Männer sind mit weißen Hemden, dunk-
len Schlipsen und schwarzen Hosen vereinheitlicht. Ich
studiere die Gesichter, die Körper, die Gesten und male
mir Lebensgeschichten aus. Die hätte ich gerne gekannt.
Doch vom Zorn des Herrn, der sich an Mensch und Na-
tur austobt, will ich nichts wissen, nicht mehr.
Das Volk: Dank sei dir Gott, du tränkest das durst`ge Land.
Die Wasserströme erheben sich, sie erheben ihr Brausen.
Die Wasserwogen sind groß und brausen gewaltig.
Doch der Herr ist noch größer in der Höhe.

Langer stiller Nachhall. Hände beginnen zu klatschen,
zaghafte Tupfer, dann schlagen sie eine Hoffnung bis ans
Ende der Zeiten in den Saal.
   Die Pause tritt ein. Zufällig führt es uns auf dem Weg
zum Saalausgang an Frau Obermüller und ihrem ver-
meintlichen Bruder vorbei. Ich will ein Abendkonzert-
Lächeln aufsetzen, es klappt nicht. Obermüller bleibt
kühl, als passe etwas nicht hierher, und Georg lockt mich
zur Getränkebar. Orangensaft mit Schuss, das muss erlaubt sein. Er zahlt und ich schiebe ihm einen nicht zu
kleinen Euroschein hin. Das Wechselgeld steckt Georg in
seine mit einem Silberkreuz bestickte Geldbörse, gewiss
in einer christlichen Werkstätte von armen Teufeln ange-

fertigt. Trotz des Gedränges schafft er es, eine Nische für uns zu finden.

Etwas irritiert mich. Ich ahne nicht, dass es der Beginn von Irritationen zwischen uns ist.

„Wie findest du das Werk?", frage ich.

Er ist für solch eine Frage gut gerüstet. Seelsorger müssen für alle möglichen Fragen gut gerüstet sein.

Wir stoßen mit unseren Gläsern an, nähern unsere Gesichter lächelnd einander und nehmen die ersten Schlucke. Falten auf der Stirn, ein Gemisch aus Längs- und Querfurchen, lassen Georgs Augen schmal werden, die graublauen Augen, in denen ich bei der ersten Begegnung ertrunken bin. Hinfällig haben sie mich gemacht, hinfällig. Ist das ein gutes Wort, ein böses Wort, ein verhängnisvolles Wort?

Er stellt sein Glas ab und lässt sich vertiefend auf das Werk des heutigen Abends ein. Zerstreut, was mir neu an ihm ist. Je mehr er mir erklärt, umso standfester wird er.

„Im Alter von dreizehn Jahren schrieb Felix eine Symphonie und bezahlte das Orchester, mit dem er das Werk aufführte."

Georgs Glas ist geleert. Auf die Frage nach einem weiteren Drink schüttelt er den Kopf, ohne seine Erklärungen zu unterbrechen. Als lägen wir im Wettstreit, flechte ich, eine gelehrige Schülerin, meine Sätze dazwischen.

„Als Student in Berlin stöberte er bei seinem Lehrer Zelter in der Schublade die *Matthäus-Passion* von Bach auf."

„Der Mann hatte das Werk langweilig gefunden. Zielstrebig wie Mendelssohn war … "

„Ihm verdanken wir, dass die bekannteste deutsche Passion ans Licht gekommen ist."

Er sieht mich an mit einer Tiefe, in der er nach einem Schatz in seinem Leben gräbt.

Diese Versenkung nach innen, Georg.

Ist ihm sein religiöses Gelübde nicht genug?

Es soll diese Jahre weder Tau noch Regen kommen, ich sage es denn.

Wir haben unsere Plätze im Saal wieder eingenommen.
Der zweite Teil des Konzerts beginnt.

Mahnung und Zuspruch
Bedrohung und Rückzug
Erscheinung Gottes – Himmelfahrt
Erlösung und Ankündigung

Zaghaft reibt Georg sein Bein an meinem. Ich verharre, als bemerke ich es nicht. Die Lust rieselt in mich ein bis zwischen die Beine und ich muss an Georgs Herkunft denken. Er stammt aus einer reichen Sippe und unerbittlich wirft er sich der Abstinenz von tausend Dingen an die Brust. Zugunsten eines unbewiesenen Lebens nach dem irdischen.

Gebet: Verleihe uns sicheren Boden unter den Füßen,
lass uns beim Fliegen die Flügel nicht zerbrechen,
beim Schwimmen uns nicht untergehen.

Georg Kurier

14. Nach dem Konzert

Rasch machen wir uns davon. Als hätten wir es verabredet, laufen wir am liebsten durchs Dunkel.

„Kann ich das Auto bis Sonntag haben? Ich bringe dich nach Hause", bettelt Georg.

Ich kenne seine Augen gut. Sie ruhen bei sich selbst. Mir ist der Kurzhaarschnitt der ergrauenden Haare gewärtig, der Silbersichelbart am Rand des Kinns, die ganze kräftige, nicht zu große, nicht zu kleine Mannesfigur. Georg nimmt mich in den Arm und streicht mir übers Haar. Es ist schön und was in mir aufsteigt, hebt mich über mich hinaus.

Seine Hände sind wie Pergament. Ich meine, sie sind so undurchblutet. Jedenfalls ist eine geistliche Kühle in ihnen. Kommt das vom Beten, vom Meditieren, vom Lesen?

Bei meinem Alfonso war es anders. Der handwerkte nach Feierabend, er schnitzte mit Hingabe.

„Mach`s in der Küche", sagte ich eines Tages zu ihm, „du musst nicht in die Kellerwerkstatt. Hier kriege ich besser mit, was du entstehen lässt."

Der Teilchenjäger schnitzte vergleichsweise Grobes. Bei Georg ist nichts grob. Es bleibt schwebend, stets verbirgt sich etwas. Er ist einerseits weich und andererseits unbeirrbar. Zwiespältig. Das stimmt nicht. Stimmt das alles nicht? Das Gegenteil ist auch wahr, sagt der Volksmund.

„Kommst du mit?", frage ich.

„Wohin?"

„In die Sternenhalde."

Es ist schade, dass wir uns an die dunklen Flecken halten. Im Licht hätte ich Georgs Gesicht besser gesehen, nicht nur seine oberflächliche Verblüffung, die ich ahne. Während wir an der Ampel warten, erkläre ich, was die Sternenhalde für eine Einrichtung ist. Beim Eintauchen ins nächtliche Grün sind wir bemüht niemanden unter den Davoneilenden anzusehen, um von niemandem erkannt zu werden. Endlich erreichen wir den Parkplatz. Ich rede und rede. Tief in mir geht es um Gewinn oder Verlust. Womöglich habe ich zu viel von der Sternenhalde erzählt, typisch für jemanden, der geringe Kenntnis von einer Sache hat und es durch hastige Weitschweifigkeit übertüncht. Georg schweigt und ich versage mir gereizt auf seine Schweigsamkeit zu reagieren. Wir sind zu angefüllt von dem Oratorium oder einfach zu müde vom langen Tag. Endlich stehen wir vor dem Auto.

Er nimmt mich an sich, nicht mehr ganz so scheu, nicht mehr ganz so sanft und küsst mich auf die Wange. Halbherzig, finde ich trotzdem, zu flüchtig. Einer Verpflichtung kommt er nach, mehr nicht. Geruch und Geschmack seiner Haut erinnern mich an Weihrauch, der in die Leere verschwenkt wird. Georg streichelt mein Kraushaar und ich wünsche mir vergebens, dass er es mir zerfingert. Wie es Alfonso sorglos tat. Verdammt, warum bietet mir Georg so wenig? Ich nehme ihn in den Arm und lehne seinen Kopf an mich. Georg ist angenehm größer als ich. Mit geschlossenen Augen küsse ich ihn, das richtige Küssen zwischen uns liegt in meiner Verantwortung, schmolle ich. Er gibt nach, gibt mir leichtgewichtige Küsse zurück, sogar auf den Mund, Küsse aus Seide. Ich genieße es. Trotzdem bleibt ein Nachgeschmack, Unangemessenes getan zu haben und es nicht zu bereuen. In Rom, ewig ist das nicht her, ließen wir die Hüllen fallen und streiften das Pergament ab.

Dass ich das haben durfte. Dass ich mehr will.

„Wann schlafen wir zusammen?", überfällt mich sein Flüstern und erinnert mich an das Knistern eines verwehenden Herbstblattes.

„Bald", verspreche ich, dass ich es selbst kaum höre, und schäme mich für das, was ich ihm gerade unterstellt habe. Ein paar Mal müssen wir aneinander geatmet haben. Ich hole tief Luft und halte ihn umschlungen: „Du kommst mit in die Sternenhalde?"

„Jeder trifft im Leben auf Menschen, zu denen er keine besondere Zuneigung hat."

„Du hast keine zu geistig Behinderten?"

Er gibt mich frei.

„Ich habe mich nie ernsthaft mit ihnen abgeben müssen. Hätte ich in jungen Jahren damit zu tun gehabt, hätte ich einen Draht zu ihnen. Wahrscheinlich bin ich zu intellektuell geworden und für einen guten Draht wäre es zu spät."

Ich sehe nicht, ob er verlegen ist, ich nehme es an. Ist in der Rolle des Intellektuellen kein Raum für eine einfühlsame Beziehung zu geistig Eingeschränkten?

„Luther rief dazu auf, solche Menschen zu ertränken." Ich lasse Georg los. Es scheint ihm nichts auszumachen. Als ich den Satz geplappert habe, merke ich, dass der mich auf die falsche Seite verschlägt.

„Da siehst du, was von Luther zu halten ist."

Eins zu Null für den Katholiken. Das Lachen erstickt uns in den Kehlen.

Dann werde ich ihm nicht von der Frau erzählen können, die ich getroffen habe und die hinüberlief, um dem Zusammengeschlagenen beizustehen.

Es gibt manches, was ich ihm nicht erzählen kann. Im Frühjahr haben wir uns angefreundet und Georg hatte mich zur gemeinsamen Romreise überredet. Gerne habe ich sie dann für uns bezahlt.

Georg tut ein paar Schritte zur Seite: „Also am Wochenende bekomme ich das Auto nicht?"

„Ich hätte den Wagen gern selbst", wehre ich ab, „muss ich um mein eigenes Auto betteln? Gib mir den Schlüssel."

„Im Ernst? Demnächst bin ich häufig unterwegs. Dienstlich", fügt er hinzu. Dann: „Es würde mir Vieles erleichtern. Ich wäre beweglicher und müsste mich nicht dauernd absprechen."

„Diesmal geht es nicht. Gib mir bitte den Schlüssel."

Wie hatte er es zuvor ohne mein Auto geschafft? Gelegentlich würde ich ihm die Frage stellen. Mag sein, dass es eine unangebrachte Frage unter Liebenden wäre, zu denen ich uns zähle. Wir sind verliebt ineinander – oder täuschen wir uns, jeder sich selbst und einer den anderen? Diesmal bleibe ich strikt. Manchmal verhält man sich stur und entdeckt im Nachhinein, was diese Sturheit antun oder wovor sie bewahren wollte.

Wie ich an den Schlüssel kam, weiß ich nicht mehr. Ich schließe das Auto auf. Er könne den Weg allein ins

Stift nehmen, sagt Georg und gibt mir kurz seine kraftlose Hand. Keine Umarmung. Mit dem Versuch einer Geste in diese Richtung greife ich daneben. Pater Georg wendet sich ab. Ich setze mich ans Steuer und ziehe nach kurzem Zögern die Tür zu. Bei dem Geräusch fahre ich zusammen. Georg schwenkt um die Ecke. Schwarz löst sich im Schwarz auf.

Ein ungutes Gefühl treibt mich nach Hause. Was habe ich falsch gemacht? Ob er sich das ebenfalls fragt? Oder ob er sich anderes fragt? Ich habe uns den Abend verdorben, den Nachklang des Konzertes, das hatte versöhnen wollen. Nun endete er für uns im Missklang.

Die Scheinwerfer meines Autos leuchten den Asphalt der Bundesstraße ab, die aus der Stadt führt, sie wischen über Leitplanken und mahnende Schilder. Was sie in ihre Kegel nehmen, verwandelt sich in fliehende Formen, von denen ich bald nicht mehr weiß, ob sie sich außerhalb meiner bewegen oder in mir zucken. In das Wanken mischen sich kurze Lichtspots zwischen Bäumen an der Seite, an Brückengeländern und halbtoten Abendgebäuden. Sie werden zu Signalen, die mit Georg und mir zu tun haben müssen.

Vor meiner Wohnungstür finde ich Anschrift und Telefonnummer von Albert Hilemann.

Der arbeitet bei uns in der Spülmaschinenherstellung. Gruß Ah-
lers.
Ich suchte und suchte
mich und fand
eine andere.

Erika Krämer

15. Apfelkuchen

Dem freien Samstag, frei von allem Zwingenden, werfe
ich mich in die Arme. Beim Durchfliegen der örtlichen
Tageszeitung finde ich keine Meldung über den Überfall.
Manchmal schweigt die Polizei bewusst, um jemanden zu
schützen, das Opfer, den Täter, die Bevölkerung.

Weil ich es nicht länger aufschieben will, wähle ich die
Telefonnummer, die ich vor der Tür fand. Hoffentlich
habe ich Glück und bekomme den gesuchten Albert Hilemann ans Telefon und seine Frau in der Story, die Irene,
gibt es in Wirklichkeit.

„Hilemann." Sofort sprudelt er los. „Ach, Sie waren
die Frau mit dem Fenstersturz! Hübsche Geschichte. Sie
ist ja mit im Heft abgedruckt. Wir haben gelacht in der
Firma. Unseren Computerfreaks aus der Büroetage habe
ich es kopiert."

Irgendwas möchte ich sagen und unterdrücke es. Der
Mann ist in Fahrt.

„Nächstes Jahr läuft das Ding wieder. Mal sehen, ob
ich da mitmache. Normalerweise schreibe ich nicht, das
hat sich bloß so ergeben."

„Dann ist Ihre Geschichte wahr?"

„Klar. Verrückt war es. Was verrückt ist, ist für die
Verrückten in der Sternenhalde doch sternenklar, sag ich

mal. Bloß unsere Namen habe ich geändert. Auch klar."

Ganz einordnen lässt sich der Typ nicht, den ich in der Leitung habe. Die Spülmaschinenmontage hat offensichtlich Kratzer bei ihm hinterlassen. Der Mann läuft im Hauptgang und nicht im Schongang. Wir kommen rasch miteinander auf den Punkt.

„Ich nehme Sie mal mit ins Wohnheim. Das ist toll, dass Sie sich dafür interessieren", sagt er nahezu jubelnd und ich fühle mich durchs Telefon von ihm umarmt. Der Hörer wird mit der Hand unvollständig abgedeckt. Gedämpft und verzerrt ist zu hören: „Lore, da ist eine Frau, die interessiert sich für die Sternenhalde! Du kennst sie!"

Um drei Uhr am Nachmittag stehe ich vor dem Haus im zwölf Kilometer entfernten Wossingen. Es ist ein vierstöckiger Wohnbaublock mit vorderen Zugängen, hinteren Zugängen, verbauten Eingängen, vorgezogenen Eingängen und dezenten Klingelbatterien. Ich drücke auf *Hilemann*, der Türöffner summt, ich stemme die Tür auf, einer hüpft die Stufen herunter und ruft etwas nach oben, was ich nicht mitkriege.

„Frau Marten?", fragt er und auf mein Nicken folgt: „Ich bin Albert Hilemann, kommen Sie rein!"

Da erkenne ich ihn. Bloß die Brille, die ich mit seinem gepolsterten Arbeitergesicht in Verbindung bringe, fehlt. Über ein paar Stufen werde ich in die Wohnung gleich im ersten Stock gebeten. Die gepflegte Unordnung Vielbeschäftigter, in vielen Richtungen Beschäftigter, empfängt mich. Vor dem Wust aus zu vielen Jacken in der Garderobe und zu vielen Schuhen auf dem Boden, die sich wie im Tanz nicht zu engen Paaren zusammengestellt haben, steht eine Apfelkiste. Prall gefüllt verströmt sie ihr typisch süß-säuerliches Erntefrisch-Aroma. Im Flur und in der ganzen Wohnung breitet sich Apfelgeruch aus. Ich schnuppere und unterteile den Geruch in zwei Kategorien: den Erntegeruch der rohen Früchte und den Backäpfelgeruch.

„Möchten Sie ablegen?"

Angesichts der überfüllten Garderobe zögere ich. Die Frau, die in den Flur herausquirlt, streckt mir die Hand hin: „Ich bin Lore!"

Lore ist eine ganz normale, vom Leben nicht zu mager ausgestattete Frau mittleren Alters mit der Dennoch-Fröhlichkeit der rastlosen, sagen wir, lebenstechnisch begabten Hausfrau im Gesicht. An sie erinnere ich mich nicht.

„Und ich bin Vera!" Mir bleibt nichts anderes übrig als dieser Satz.

„Ich war mit auf der InterNETZa. Leg irgendwo ab. Am besten gehen wir ins Wohnzimmer. Was darf ich anbieten? Kaffee?" Sie huscht voraus.

Gehorsam lege ich irgendwo ab und komme nach. *Sogenannte einfache Leute sind so einfach. Ich meine, es ist so einfach, Kontakt mit ihnen zu bekommen.*

„Danke, ein Glas Wasser genügt!"

„Nachher, wenn Yvonne da ist, bleiben Sie doch zu Kaffee oder Tee, und wir haben frischen Apfelkuchen. Bleibst du zu Kaffee oder Tee", verbessert sie sich und sieht mich schelmisch an.

Jemandem Ruhelosen bin ich da in die Hände gefallen.

„Unsere Nichte Yvonne kommt gleich vorbei. Wir bringen den Kuchen zusammen in die Sternenhalde.

Selbstgebacken von den Äpfeln aus Ziegenfeld." Albert Hilemann zwinkert und mein Mund soll verraten, dass ich Bescheid weiß.

„Seit meinem Mann die Geschichte passiert ist", lacht Lore dazwischen, „du weißt, die Autopanne, seitdem sind wir in Verbindung mit denen im Wohnheim. Für morgen haben wir ihnen Sonntagskuchen versprochen. Der kommt gleich hin."

„Mit Yvonne können Sie sich unterhalten, die macht ein Praktikum dort. Allerdings in der Schulabteilung", erklärt Albert, den ich über kurz oder lang auch werde duzen müssen.

Das ist zu viel, ich bin verwirrt.

„Oder willst du mit?", mischt sich Lore ein.

Ich habe mich nicht getäuscht, die Frau ist eine zupackende Organisatorin, die einen schnell in die Zange nimmt.

„Lass mal, Lore, Frau Marten muss sich erst einleben ins Ganze, stimmt`s?"

„Vera", verbessert sie und ihre Stimme verfällt in eine unreine Quart.

Er zögert, dann machen wir es kurz, seitdem duzen wir uns alle.

„Mit Ihrer, deiner", stolpere ich, „mit deiner Mondlicht-Geschichte bin ich in Bezug auf die Sternenhalde auf einiges gefasst. Vorgestern erlebte ich… " Es schellt und das nimmt mir die Gelegenheit von der entsetzlichen Prügelszene zu erzählen, den Schatten, dem Schreien.

Albert jettet blitzschnell die paar Stufen aus der Wohnung an die Haustür. Ich höre unverständliche Draußen-Drinnen-Stimmen. Keuchend kommt er zurück.

„Ihr Ford ist noch in der Werkstatt. Wird was Größeres sein", ruft er in die Küche nach nebenan, wo Lore sich hörbar zu schaffen macht. Auf ihre Frage, wie besagte Yvonne hergekommen sei, ist zu hören:

„Mit dem Fahrrad hergestrampelt! Hat Glück gehabt, die Weltumrunderin, dass es heute sonnig ist. In den letzten Tagen war das ganz anders."

Die Hilemanns sind laut, finde ich.

„Macht`s euch gemütlich", ruft Lore durch die angelehnte Küchentür. Die Zeitschaltuhr rasselt. „Das nächste Blech ist fertig. Gib Yvonne was zu trinken!"

Yvonne steht unvermittelt neben mir, diesmal im Fahrradanzug. Ihr Gesicht unter dem lila Stirnband, rot und frisch vom Fahrradfahren, dampft von Lebensfreude. Es hätte keiner Schminke bedurft. Stutzen, dann Lachen, in das wir uns werfen.

„Das ist Hammer!"

„Ihr kennt euch?"

„Woher?"

Zu viert durchschwimmen wir bei Kuchen und Kaffee – und Mineralwasser für Yvonne – einen Strom aus wirbelnden Sätzen darüber, wie Yvonne und ich uns begegneten. Die Bahnhofsgeschichte und die Sternenhalde werden hin und her verquickt. Wir regen uns gemeinsam auf. Einen unbedeutenderen Höhepunkt erreicht unser Gespräch beim Problem Spülmaschine, das von Lore beklagt wird: „Das Wasser fließt nicht ab, ich habe alles kontrolliert. Vergeblich."

Albert: „Da ist der Durchlaufmesser kaputt. Das packen wir. Ich baue das Ding aus und bring dir einen neuen aus der Firma mit. Bis dahin ziehen wir die Maschine aus dem Einbau raus, kippen sie einfach nach vorn und du drückst sie rein, bevor du sie anstellst. Das hilft hundertprozentig."

Lores dankbares *Okay* schließt den Punkt ab.

Unser Plaudern geht in meine Nachfrage nach Yvonnes Reiseplänen über.

„Nach Pakistan oder Thailand. Dorthin habe ich eine Verbindung, sie ist noch vage."

Da sehe ich mich dankbar neue Berichte für den Verlag einhandeln. Lore fällt mit der Frage ein, ob ich etwas anderes täte außer der Schreiberei. In ihrem fülligen gutmütigen Gesicht breitet sich Mitleid aus. Das Wort Schreiberei kränkt mich, was ich unter einem angeknacksten Lächeln zu verbergen suche. Und woran ich gerade arbeite. Die Nachfrage versöhnt mich.

„Ich plane einen Roman zum Thema …" Den Satz breche ich ab. Yvonne kann den Grund nicht ahnen. *Nun treffe ich die Flatterfrau wieder.*

„Lass mal, Lore, ich glaube, wir sollten die Kuchen wegbringen, Yvonne muss …"

Lore hat in sich hin und her geplant und nimmt das Weitere in die Hand: „Vera wird Yvonne und die drei Kuchenbleche zur Sternenhalde transportieren. Yvonne kennt sich dort aus." Zu uns beiden: „In einer halben Stunde seid ihr dort. Du", die Hände intensiv ihrer Nichte zugeworfen und die Geste mit einem energischem Gesichtsausdruck verankert, „du zeigst Vera die Einrichtung. Die sieht sich in Ruhe um. Da brauchen wir nicht mitzukommen."

Mit *wir* meint sie Albert und sich, schneidet das die Beziehung stabilisierende Thema Sportschau an und schnürt mit ihren neckischen braunen Augen ein Band um ihn und sich. Einzelheiten folgen: „Das Fahrrad kriegt ihr mit in den Kofferraum. Zerquetscht den Kuchen nicht. Anschließend bringt Vera Yvonne gleich nach Hause." Unüberhörbar holt Lore Luft. Ich muss auch durchatmen.

„Und so klären sich alle Dinge", lacht Yvonne und schenkt sich nach. Bläschen steigen in ihrem Glas auf und ich sinne dem Satz nach. Ob er Yvonnes grundsätzliche Einstellung zu den Problemen des Lebens wiedergibt? Ich wünsche es ihr.

Lore betont nochmals, Albert könne sich in Ruhe seine Sportschau reinziehen. Die Erleichterung ist ihm anzumerken Und, fügt sie mit einem Quäntchen Berechnung an, die Spülmaschine gleich mal in die Hand nehmen. Lachend ergänzt er: „Da hat sie mich mal wieder besiegt!"

Nachdem die Kuchen verstaut sind und das Fahrrad Platz gefunden hat, umarmt er mich. Er drückt mich an sich, gibt mir einen Kuss auf die Wange. Dann wirft er Lore ein Lachen zu, die daneben steht und die Hände ausstreckt, um die Ladung auf den Rücksitzen besser zu stabilisieren.

„Das war eine riesige Überraschung, Vera, schau mal wieder rein!"

Zeit ist für die ein anderer Begriff als für uns.
                                          Yvonne

16. Strecke

Wir fahren los. Yvonne kennt sich aus. Diese Yvonne ist eine andere als die Person vorgestern im Regen am Bahnhof. Der Nachmittagsklatsch und das neue Du haben uns gelöst und ich bin gespannt, wo hinein ich nun geworfen werde.

„Wieso ich an die Sternenhalde geraten bin, ist eine Story für sich", sagt sie bedächtig nach der vorausgegangenen Ungezwungenheit.

„Hast du noch irgendwas mit der Schlägerei am Bahnhof zu tun gehabt? Ich meine, hat sich jemand deshalb bei dir gemeldet?" Wir stehen an der nächsten Ampel.

„Nein", sagt sie und lässt sich nicht abbringen von dem, was ihr auf den Lippen liegt: „Sechs Ampeln sind es mindestens bis rauf zur Sternenhalde. Du erwischst sie meistens bei Rot. Ich kenne das. Aber das ist für dich kein Trost."

Ich spüre ihren spöttischen Blick, drehe den Kopf kurz zur Seite, zurück zur Ampel, um das Umschalten nicht zu verpassen. Grün. Worüber soll ich meine Beifahrerin ausfragen? Die Überlegung hätte ich mir sparen können. Yvonne spielt den Wasserfall. Sechs Ampeln, denke ich am Abend, reichten nicht aus.

„Pass auf, ich erzähle dir alles. Am Bahnhof vorgestern kam uns was dazwischen. Das verprügelte Opfer kenne ich."

War das die Mitfahrerin im Bus gewesen, die sich dem Kontakt mit mir bis kurz vor dem Aussteigen entzogen hatte? Ich habe damit zu tun, es zusammenzubringen. Außerdem bin ich mitgenommen von den vielen Eindrücken der letzten Tage, die sich in die Nächte hineingezogen hatten. Sie gibt sich hartnäckig:

„Du schreibst, sagt Onkel Albert. Meinetwegen schreib dir was auf von mir."

„Gern. Da lade ich dich ein und du erzählst."

„Ich fange mal an. Okay?" Ihr pfiffiges Okay fällt mit dem nächsten Stopp zusammen. „Übrigens, eine Geschichte über mich muss ein Happy End haben. Sonst taugt sie nichts", vergibt Yvonne ihren Auftrag an mich in der Wartezeit.

Wir amüsieren uns. Was käme da alles an Storys heraus. Es geht weiter.

„Du wirst gleich einen Teil der Sternenhalde zu Gesicht kriegen. Dort sind die untergebracht, bei denen der Verstand nie aussetzt. Weil sie gar keinen haben. Das ist ein gängiger Spruch unter der Hand. Hart, aber typisch. Die Einrichtung liegt auf dem Hügel hinter dem Waldstück bei Grunbach. Wo alles schon morgens gute Nacht sagt. Neuer Spruch. Bei denen sollte ich es mal versuchen, riet mir eine Nachbarin. Sie hat ihren Dennis tagsüber dort untergebracht. Sechzehn ist er.

„War es schwierig, als Praktikantin anzukommen?"

„Die suchen ständig nach Leuten zum Helfen. Auf die Art machst du mal was Senkrechtes, dachte ich, verengst deinen Horizont oder verbreiterst ihn oder tust beides. Der Weg kommt mit dem Gehen. Wohin? Ausfallstraße, Hohlweg, Sackgasse — das wird sich rausstellen. Irgendwas wollte ich mir und den anderen beweisen.

Pass auf, du musst dich einordnen und abbiegen. Dann ewig geradeaus bis rauf auf die Kuppe."

„Danke."

„Gestern habe ich mal gedacht: Ich glaube, ich möchte unabhängig von meiner Unabhängigkeit werden. Vermisst werden, wenn ich nicht da bin." Stopp. Sie ist aufgekratzt. „Meine Eltern fielen aus allen Wolken. Warum ich nie was Normales mache, jammerte meine Mutter. Es gäbe reichliche Möglichkeiten, sich eine vernünftige Ausbildung zu verschaffen. *Bei deiner Begabung! Und deiner Erfahrung!* Und mein Vater labert was von unergründlicher Blödigkeit. Mir ist rätselhaft, wen oder was er meint. Die in der Sternenhalde oder mich, seine einzige Tochter."

Ich verheddere mich beim Aufdröseln der Sätze und lasse einen schwarzen Audi vor.

„Dort haben die viele Einsatzbereiche. Angefangen von der Unterstützung für die Familie ab der Geburt des behinderten Kindes. Werden sie frühzeitig informiert, schauen sie gleich in der Klinik auf der Wöchnerinnenstation nach den geschockten Eltern. Geben sich robuste Mühe mit Beistand und Hilfestellung, würde ich mal sagen. Ein riesiges Gelände voll unterschiedlichster Duftnoten breitet sich da oben aus. Es lohnt sich das anzusehen. Warst du mal da?"

„N, n", mache ich.

„Ich musste eine Hemmschwelle überwinden. Im Internet beschaffte ich mir ein Einführungsbuch: *Die Welt der geistig behinderten Menschen.* Schmitz und Wolf, Standardwerk, 300 Seiten. Beim dritten Kapitel ging mir ein Scheinwerfer auf. *Diese Menschen reagieren stark abwehrend auf Veränderungen aller Art.* Dreimal musste ich hinschauen. Das traf mich. Beim Lesen kapierte ich, dass die und ich gegensätzlich reagieren. Angenommen das Buch hat recht. Für mich ist Abwechslung mein tägliches Brot

– und die werden verstört, wenn was von ihrem Gewohnten abweicht. Verstehst du?"

„Hm, hm", mache ich, um nicht zu viel dazwischenzureden.

„Die Frage, ob man die Behinderten in Wechselbäder werfen oder sie in ewiger Gleichmäßigkeit hocken lassen soll, fesselte mich. Für mich war die Sache geritzt. Das wollte ich mal live erleben. Veränderungen waren mein Dauerantrieb, seit ich der Penne den Rücken gekehrt hatte. Mein Durchlauferhitzer. Das Wort kommt mir jetzt richtig zu Bewusstsein.

Bisher hatte ich keine Berührung mit Behinderten. Höchstens im Rollstuhl sieht man sie gelegentlich und macht auf düpiert oder edles Mitleid, öffnet `ne Luke im Tiefgeschoss seiner Seele und schiebt das Rollstuhlbild rein. Problem erledigt. Über Behinderte Bescheid wissen? Und über solche, die nicht im Rollstuhl sitzen?"

Da begreife ich, dass ich Nachsicht mit Georg haben muss, der das Thema von sich schiebt. An einer Abzweigung zögere ich.

„Geradeaus", weist mich Yvonne an, ein Befehl, als habe sie Sorge, ich brächte sie von ihrem Weg ab. „Verwurzelung ist ein neues Ziel für mich, eine echte Herausforderung. Meine Tapetenwechsel und mein Wirbelsturmleben habe ich kultiviert und bin stolz darauf. Auf dem Hügel", sie zeigt mit dem Finger die Straße aufwärts, „probiere ich aus, ob ich es mit Leuten aushalte, die vor jeder Veränderung zittern."

„Das sind doch die Mongoloiden, oder?"

„*Down Syndrom* sagt man gehobener. Es gibt eine Unmenge von geistigen Behinderungen, frag mich nichts Genaues. Ich stehe erst am Anfang."

148

„Das könnte mich auch fesseln", springe ich ihr dazwischen.

„Ehrlich? Mich interessiert: Sollen Wechsel, weil sie zu sehr stressen, bei unbeweglichen Personen vermieden werden? Oder sind sie in vernünftigem Rahmen ein gutes Mittel zur Anregung? Und wann werden sie schädlich? Meine Eltern zum Beispiel sind ganz vernünftige, angesehene, normale Leute. Ich mag sie gern. Ab und zu hätte denen mal `ne grundlegende Veränderung gut getan. Nicht nur so`n bisschen Alltagsabwandlung. Die sind eingeschlafen in ihrer langweiligen Normalität. Das klingt böse. Irgendwas ist doch dran, findest du nicht? Übrigens, du hast eine weiche Art den Gang einzulegen. Das fällt mir auf."

„Alfonso, mein Mann, hat mir das beigebracht."

„Erzähl mir was von ihm."

„Das mache ich später", wehre ich ab und freue mich, dass ihr mein weiches Schalten auffällt. „Wir müssten gleich da sein."

„Man denkt das oft. Manchmal denke ich das heute noch. Wir haben es bei der Kurverei mit einer alltäglichen Unberechenbarkeit zu tun." Yvonne gibt sich witzig.

„Das passt zur Sternenhalde", hänge ich dran und frage nach Dennis, dem Nachbarjungen. „Erzähle mir mehr von ihm."

„Seine Eltern haben ihn am liebsten versteckt. Morgens wurde er mit einem Minibus abgeholt und am Spätnachmittag heimgebracht. Einmal haben sich meine Eltern furchtbar aufgeregt, weil auf den Bus lackiert war: Abfallbeseitigung. Sofort gab es eine Initiative dagegen, das ging durch die Presse und das Abfallbeseitigungsamt, das das Fahrzeug zur Verfügung stellt, fährt seitdem neutral."

An den Aufruhr erinnere ich mich. Der dünne Verkehr gönnt uns ein Verschnaufen. Yvonne schweigt. Inzwischen kenne ich sie und ahne, dass sie überlegt. Danach spricht sie nachdenklich wie für sich und verbirgt ihr übliches Temperament.

„Montag. Ich werde das nie vergessen. Ein halbseidener Himmel, ich meine, einer, vom dem man nicht weiß, ob man ihm trauen soll. Mit meinem Fordchen kurvte ich frühmorgens kurz nach sieben die Aufstiegsstraße hier rauf. Berufsverkehr. Der verlor sich nach und nach. Richtung Grunbach war nichts los. Ich war zu früh gestartet. Das hätte ich mir denken können. Das erste Mal kennt man sich nicht aus und will auf Nummer sicher gehen. Wetten, ich hatte Herzklopfen. Ein neuer Job hat mir bisher selten den Puls hochgetrieben." Unverknüpft wirft sie ihre Eindrücke aus. „Abweisender Betonparkplatz. Beinahe leer. Der Ausblick runter ins Tal nahm mir meine Unruhe auch nicht. Ende September. Da verfärbt sich das Laub. Ganz allmählich. Du kennst das. Bunte Flecken streuen abwärts. Und auf der anderen Seite Autobahn, Zubringer, Fernsehturm, Windräder. Es lohnte sich, das in Ruhe anzuschauen. Kriegst du mit, wie etwas eingebettet ist, kommst du ihm näher."
Den Satz muss ich mir merken.

„Ich lief zwischen den Gebäuden rum und gewöhnte mich an die Beschilderungen:

Beratungsstelle, Kindergarten, Physiotherapie, Elternsprechzimmer, Schulleitung Grundstufe, Schule Mittelstufe, Werkstufe, der Trakt mit Küche und Speisesaal …

Hektargroße Morgenruhe. Hier und da Klappern oder

Rumpeln. Nie hätte ich gedacht, dass die Anlage derartig riesig ist. Einzelne Bauten streuen sich ins Waldgebiet. Zum Beispiel das Wohnheim. Dort sollen die Frauen und Männer in ihrer Beschränktheit das ihnen mögliche Leben regeln lernen. Denen bringen wir die Kuchen."

Ach ja, die Kuchen. Der Apfel-Backgeruch macht die Luft im Auto schwer und verbreitet Enge. Ich kurbele das Fenster einen Spalt herunter: „Sag, wenn es zieht."

Yvonne reagiert nicht darauf. Sie hält sich an ihren Eindrücken fest.

„Die Busse trafen ein. Beim Aussteigen und Ausladen der *Anlieferungen* sah ich, was auf mich zukommen würde. Mein Wunsch nach einem Praktikumsplatz kriegte einen Dämpfer."

„Wie hast du es geschafft über die Hürden zu springen?" Ich bin gebannt, gefesselt.

„Der Rektor empfing mich nett und warmherzig. Das tat mir gut. Er fragte mich, was ich vorher gemacht hätte, und falls ich unsicher sei oder Probleme hätte, sollte ich zu ihm kommen. Ab ins Klassenzimmer. Fünf Schüler, drei Schülerinnen. Zwei quirlig und der Rest ein träger Haufen. Das nennt sich Gruppe Vier. Acht Elf- bis Vierzehnjährige. Du kannst dir das nicht vorstellen. Es ging los. Montags verlangt Frau Rarer einen Platzwechsel. Jeder muss sich an eine neue Nachbarin oder einen neuen Nachbarn gewöhnen. Das gab einen Aufruhr! Acht Trauermienen hängen im Raum. Die Rarer beharrt felsenfest auf ihrem Vorgehen. Es hätte sich bewährt, den Kindern Veränderungen zuzumuten und auf Bewährtem müsse man bestehen. Alle naselang kämen pädagogische Methoden aus der Mode oder in die Mode. Mit pädagogischen Blitzlichtern würde herumgeplänkelt. Kurz-

schlusspädagogik, wettert sie. Es klang nach Schmitz und Wolf, Kapitel eins bis zehn, in dem Stil:
Neues bietet Reibungsflächen, und Reibungsflächen sind wichtig für die Entwicklung, und Entwicklung heißt Überwindung der Blockaden.
Den Satz habe ich mir auf dem Heimweg vorgeleiert, um ihn mir zu merken. Solche Obertöne durchschwirren die Sternenhalde. Im Foyer hängt der sinnige Spruch:
Münden Erfahrenes und Erlebtes in Staunen und Glück, wird Entwicklung in Gang gesetzt.
Mir wurde schwindlig von den vielen Sprüchen im Großformat. Wie in Holz geschnitzt, leicht schräg, aber herzförmig. Ich musste das auf die Reihe bringen. Zuerst kapierst du nur Bahnhof vor lauter markanten Merksätzen. Du denkst, du wärst im falschen Programm. Ehrlich.

Bei dem verordneten Platzwechsel musst du mit unkontrollierten Gefühlsausbrüchen rechnen. Einmal kriegte ein Junge als Reaktion einen epileptischen Anfall, hat mir jemand im Lehrerzimmer erzählt."

Mir blieb nur ein von „ttt" verstärktes Kopfschütteln.

„Du glaubst nicht an die Mühsal der Prozedur. Eine halbe Stunde dauert sie, wenn es einigermaßen gut geht. Und ich wurde gleich unvorbereitet reingeschmissen in die Aktion."

„Ganz schön heftig."

„Also, ich hatte zu tun, das zu sortieren. Ich hockte auf einem von mancherlei Pos abgesessenen Schulstuhl, staunte und machte keinen Finger krumm. Fehl am Platz kam ich mir vor. Es war mir peinlich, dass ich Zeugin bei dem Durcheinander wurde. Bis dahin hatte ich mir eingebildet, ich wäre rumgekommen auf dem Globus und könnte mit einigermaßen gutem Willen in jeder Erdschicht ruckzuck wurzeln. Vonwegen. In `ner toten Ecke auf dem Globus war ich gelandet. Bruchlandung, dachte ich. Hilflos auf stacheligem Boden. Das war irgendwie nicht der Bringer. Totales Chaos in Laos.“

„Eine Herausforderung, in das abseits liegende Gebiet zu marschieren.“

„Klaro. Mir ging es nicht viel anders als denen in der Gruppe Vier. Mensch, so herum habe ich noch nicht gewürfelt. *Aus der Geborgenheit ins Wagnis. Aus dem Wagnis in die Geborgenheit.* Inzwischen kreiere ich selber geflügelte Sprüche.“

„Eine halbe Stunde dauerte das Umsetzen, sagtest du?“

„Weißt du, Zeit ist für solche Menschen eine ganz andere Dimension als für unsereinen mit der Dauerhektik. Ich glaube, Zeit ist für die mehrdimensionaler als für uns. In deren Zeit liegt mehr Tiefe. Das muss ich mal in Ruhe erforschen.“

Ein faszinierendes Thema. Alfonso hatte beklagt, dass Zeit als physikalische Dimension unfassbar sei und deshalb oft nur in groben Ansätzen berücksichtigt werde bei Frequenzen, Impulsen oder Abläufen.
Alfonso: „Da wir im Zeitbereich nicht rechnen können, müssen wir in den Frequenzbereich transformieren.“

Dinge und Menschen entfernen sich mit der Zeit von sich, habe ich einmal aufgeschnappt. Hat Jenny Hard deshalb das Wort *ich* aus ihren Texten gestrichen, weil sie sich im Laufe der Zeit von *sich* entfernt hatte?

„Wo habe ich unterbrochen?“, fragt Yvonne und fährt fort, ohne die Antwort abzuwarten. „Man braucht starke

Nerven in dem Laden. Ich will dir das Milieu mal näher bringen."

Noch näher? Ich suche Ablenkung. Abschüssige Streuobstwiesen, die letzten Äpfel an den Bäumen. Was von Laub und Früchten geblieben ist, gleicht sich farblich aneinander an. Durch das Herbstbunt höre ich Yvonnes Sätze.

„Einer, der keine Suppe mag, stopft sich Spaghetti in den Mund, dass sie ihm vorne raushängen übers Kinn. Bis es ihm die Lehrerin verbietet und ihm zur Ermahnung drei Gabeln vor die Nase legt. Annette gießt Tee ein, der Becher ist randvoll und sie steht hilflos da. „Der Tee hört nicht auf zu laufen", wimmert sie und hält die Kanne in der Kippe. Ich sagte keinen Ton zu dem fassungslosen Mädchen. Tat keinen Handgriff und träumte zur Abwechslung vom Jungfrauenjoch, von Mönch und Eigernordwand."

„Ich glaube, ich würde davonlaufen", holt es mich zurück.

„Das tut mir gut. Der Horror saß tief. Mein Alter lag richtig mit seiner Einschätzung von summierter Verrücktheit auf dem Gipfel. Pfui Teufel. Ich fluchte in mich rein. Zu denen wollte ich nicht gehören. "

Meine Signale einer aufmerksamen Zuhörerin haben sich abgenutzt. Ich fühle mich wie ein ausgewrungener Putzlappen und will an etwas anderes denken. Georg. Da kämpfe ich um mein Auto, um in diese vermaledeite Einöde Kuchen zu transportieren. Hätte ich dem Wünschelrutengänger seinen Anschlag auf mein Auto zugestanden, wäre ich ein besserer Mensch gewesen.

„Uli schenkte mir seine Schokolade und sagte, er

hätte mich lieb. Ich glaube, das war der Wendepunkt für mich."

„Du hast die Schokolade angenommen?"

„Ich habe mich furchtbar geschämt. Ich öffnete das Schleifchen, wickelte die Schokolade aus, ganz langsam, brach mir ein Stück ab und legte es zur Seite. Mir war echt komisch zumute von dem Moment an. Uli freute sich, er schlackerte vor Glück mit den Armen, als ich mich bedankte.

„Vor einem Jahr hätte der Junge das nicht geschafft. Bleiben Sie bei uns!", höre ich noch von Frau Rarer. Und schwupp hatte ich ein geiferndes Mädchen auf dem Schoß."

„Wie lange bist du dort?"

„Gut sechs Wochen. Die Kollegen und Kolleginnen freuen sich jedes Mal auf mich. Die Kinder auch, wenn ich ihre Blicke, das unverständliche Lallen und das Zappeln mit Händen und Füßen richtig einschätze. Wir haben viel Spaß miteinander."

„Und ... ?"

„Meine Mutter hat sich beruhigt. Ihr Gatte bleibt skeptisch. Es ein Leben lang beruflich mit Deppen zu tun zu haben, da verlöre man eines Tages selber den Verstand, mault er. Falls ich das nicht merkte, würde er es mir sagen, wenn es bei mir so weit sei.

„Weine nicht, wenn der Groschen fällt, dongdong", röhrt er. Sehr angenehm. Meinetwegen haben meine Eltern öfter mal Zoff miteinander. Sobald ich über die Runden bin, ziehe ich bei ihnen aus. Es tut sich da was – was Privates."

Da mag ich nicht vordringen und lasse die Andeutung stehen. Sagte sie nicht etwas von Pakistan und Thailand?

Hat sie sich wieder in Doppelbeziehungen verstrickt?

„Ich soll mich zum Studium anmelden, schlägt der Rektor vor, der Beruf läge mir. Drück mir den Daumen, dass ich durchhalte."

Ach so? Ach so.

An einer Abzweigung führt ein schlecht geschottertes Straßenstück aus dem Wald. Wir sind da. Ich lenke auf den Parkplatz. Das Wohnheim ist ein gepflegtes, renoviertes Fachwerkhaus. So schön hatte ich es mir beim Lesen der Irren-Story nicht ausgemalt.

Etwas selber zu tun macht sie glücklich.
                                    Yvonne

17. Überraschung

„Lass die Kuchen drin!", sagt Yvonne beim Aussteigen
und beugt sich zurück: „Nur wenn sie ein Ding absolut
nicht blicken oder hinkriegen, darf man ihnen aus der
Patsche helfen. Etwas selber zu tun macht sie glücklich."

Sie schlägt die Tür zu und läuft zum Haus. Ich bewundere ihren flotten Schritt, ihren ganzen Stil. Sie schellt
und ein Fenster im oberen Stockwerk öffnet sich. Ich
kriege nicht mit, was ausgehandelt wird, steige aus und
öffne den Kofferraum. Gleich darauf tröpfelt ein Trupp
kindlicher Erwachsener und früh gealterter Jugendlicher
in Begleitung eines Betreuers aus der Tür. Sie umringen
mich und meinen Polo und ich, ein Detektiv mit Ge-
heimauftrag taste mich in die Gesichter. Eine Galerie aus
ungenormten Stirnen, Augen, Nasen und Mündern baut
sich auf. Verschoben und gepresst, gedehnt oder abge-
schnitten. Grenzerweiterungen unserer genormten Äs-
thetik zeigen sich.

„Hier ist ein Sonntagsgeschenk. Albert und Lore schicken euch Apfelkuchen", verkündet Yvonne und versucht
das erste Blech über das Fahrrad aus dem Kofferraum zu
heben.

„Kommt, fasst mit an! Keine Angst, es ist nicht mehr
heiß! Und Oggi, halt mal das Fahrrad am Lenker fest."

Die Gestalten grunzen und lachen, einer schmettert
eijeijei, eijeijei. In seinem armseligen Karohemd mit den
zu langen Ärmeln steht er da und macht keinen Finger
krumm. *Eijeijei.* Das letzte Blech, das mit den bereits

geschnittenen Stücken gerät in Schieflage und fällt den Kerlen fast aus den Händen. Hätten Yvonne und der Betreuer nicht eingegriffen, wäre einiges auf dem Schotter gelandet. So schnell erfasse ich die Situation gar nicht.

„Den Kuchen haben wir gerettet!", ruft der Betreuer und lacht. Wetten, er heißt Willi.

„Am Montag hole ich die Bleche wieder ab", macht Yvonne mit ihm aus und er nickt.

„Gerettet! Gerettet!", klatscht eine in die Hände, bei der ich nicht einzuschätzen weiß, ob sie eine Frau oder ein Mädchen ist.

„Komm, Leni, hör auf zu klatschen, pack mit an. Halt das Blech fest!"

Aha, Leni. Hilemanns Geschichte fällt mir ein und das bringt mich der Leni näher.

„Morgen gibt es Kuchen", singt einer, nach und nach schmettern es alle in hinreißender Disharmonie.

„Und Kakao", legt die Mädchenfrau ihre Stimme über die Szene.

„Und Schlagsahne", hängt eine alterslose Dürre dran und kullert ein Lachen heraus, das sich nicht absenkt, mir auf die Ohren schlägt und mich zuletzt gefangen nimmt, weil es nicht aufhören will. Man könnte in Ruhe bis dreißig zählen, bevor es sich erschöpft. Die Gruppe jubelt und zieht im Schneckentempo los, ihre Sprachfetzen verwirbeln sich mit dem Staub auf dem kurzen Weg.

„Ach, die Schlagsahne!", ruft Yvonne und kriecht vorne ins Auto, wo wir drei Kartuschen Fertigschlagsahne deponiert haben. Zwei findet sie auf Anhieb, die dritte ist unter einen der Sitze gerollt. Ich helfe beim Suchen. Wir lachen, fummeln in allen Ritzen und Spalten herum und kichern angesteckt von denen, für die wir hergekommen sind. Mir rollt die letzte Sahnekartusche zu. *Eijeijei* triumphiere ich.

„Ich bin auch fündig geworden", jubelt Yvonne, „warte, da hängt es fest!"

Wir richten uns auf, unsere Köpfe berühren sich und unsere Lache quillt auf. Yvonnes Fund ist das Foto einer jungen Frau mit wirren Haarsträhnen und einem ins Ungefähre geöffneten Mund im nicht sehr ausgeprägten Gesicht. Ich errate schiefe Augen, obwohl nur eines richtig zu sehen ist. Das unscharfe Schwarzweißfoto ist schräg aufgenommen, halb von vorn, halb von der Seite und bei mäßigem Licht. Wir hören auf zu albern. Yvonne vertieft sich in das Bild.

„Das ist Leni. Du kennst sie jetzt!"

Sie dreht es herum. Auf der Rückseite findet sich nichts, nicht einmal eine fototechnische Datumsangabe.

„Wetten, es ist Leni! Wie kommt das hierher?" Sie schaut dem abwandernden Resthäufchen nach. Die Kindfrau Leni ist mit einem Trupp ins Haus abgezogen.

„Sollen wir es ihr nachbringen?"

„Neinnein", kläre ich die Sache auf, „das ist unmöglich, ich hatte das Auto verliehen. Da ist demjenigen das Foto verrutscht. Außerdem ist es ein unscharfes Allerweltsgesicht." Mit vorgetäuschter Gleichgültigkeit stecke ich das Foto in meine Jackentasche.

„Komisch", fasst Yvonne zusammen, „tief unter den Sitz gerutscht. Die sind nicht mit einem Foto anmarschiert. Das hätten wir gemerkt. Glaub mir, es ist Leni. Und aus meiner Tasche ist das Bild nicht rausgefallen. Ich kenne es gar nicht." Sie klettert aus dem Auto, rennt dem sich auflösenden Trupp nach und drückt drei Leuten Sahnekartuschen in die Hand.

„Guten Appetit!"

Ich lasse den Motor an. Es ist Leni, ich habe sie erkannt will aber nicht weiter debattieren. Manchmal ist es besser seiner inneren Stimme nachzugeben.

„Möchtest du nicht das Heim besichtigen?" Yvonne sieht sich draußen um.

„Danke, das war genug für heute. Komm rein!" Ich bin wütend und habe keine Ahnung auf wen oder worauf. Jedenfalls habe ich einen Dämpfer bekommen. Auf dem Rückweg fahre ich zügig. Yvonne ist wortkarg. Sie muss über mich rätseln. Vor ihrem Elternhaus setze ich sie ab, bleibe sitzen und drehe mich nicht einmal um, als sie ihr Fahrrad aus dem Kofferraum hebt.

„Ciao – und vielen Dank fürs Mitnehmen!"

„Es war nett", rufe ich nach hinten, „und ich muss mich bedanken." Namen und Adresse der Flatterfrau kenne ich nun. Das ist alles. Ist das alles?

Du weißt nicht, ob es sie überhaupt gibt.
Aber falls es sie gibt, wo sie sind.

Teilchenmystik

18. Alfonso und das Elementare

Am Treppenaufgang zu meinem Haus schließt sich das ächzende Garagentor mit einem kleinen Aufprall hinter dem Polo und ich wünsche mir, es sei ein erlösendes Signal. Meine Aufgeschlossenheit für das Land der Beschränkten ist nicht eben in Begeisterung umgeschlagen. Ob ich Yvonne noch treffen möchte nach dem Schock über den Bilderfund im Auto, wird sich herausstellen. Mir steckt ein Kloß im Hals. Das Ende der Ausfahrt in die Sternenhalde hat mich dazu gebracht, die engagierte junge Frau zu verletzen. Irgendwann werde ich wissen, ob der Nachmittag bei Hilemanns in Wossingen und was daraus folgte, für mich belanglos oder wichtig war.

Ich beschließe einen Spaziergang in die Umgebung zu machen, um durchzuatmen. Auf dem Spazierweg oberhalb unserer Siedlung wimmelt es tagsüber von Leuten und Grüße fliegen wie Federbälle hin und her. Die asphaltierte Schmalspur zieht auf und ab und nimmt das Grün neben sich mit. In den Falten des Tages lauert die Dämmerung. Hinter dem ersten Anstieg ist es ungewohnt menschenleer. Irgendwo wird ein Hund mit Herrchen oder Frauchen auf Streife sein. Eine Elster krakeelt ihr *Eijeijei* im Sturzflug heraus und lässt mich erschaudern. Danach bricht sich die Stille nur noch an der Einsamkeit des knackenden Geästs. Das Knacken springt regellos

durch Ort und Zeit und setzt Cluster einer Komposition
der Zufälligkeiten in die anbrechende Nacht.

*Yvonne, du hattest mich nach Alfonso gefragt. Was soll ich dir
erzählen?*
Wir waren uns bei einem Volkshochschulkurs begegnet, den er abhielt. *Die Geheimnisse der Teilchenphysik.* Für
wissbegierige Laien spann er seine Fäden. Die Folgen für
mich ahnte ich nicht. Man spricht von Hochenergiephy-
sik, senkte sich in mich ein. Der Mann mit seiner Hoch-
energie sprengte den Vortragsraum, der aus dem Aus-
stellungsraum einer bankrotten Fabrik für Schuhsohlen
hervorgegangen war. Die Zuhörer und die paar Zuhöre-
rinnen lauschten gebannt. Ich durchstreifte das bartlose
Gesicht des Professors. Es war so entspannt, dass man
früher gesagt hätte, es sei milde. In den Mundwinkeln
warteten angepasste Formen des Lächelns auf ihren Abruf. Mich erregte die glatte Stirn, die nichts verriet von der
Anstrengung, mit der hinter ihr gedacht und geforscht
wurde. Jung war ich gewesen, 35. Jedenfalls empfinde ich
das von heute aus gesehen als jung. Ich sonnte mich darin, die eifrigste der Teilnehmerinnen zu sein.

Kannst du das nachvollziehen, Yvonne?
Nach und nach waren Alfonso und ich auch privat gegenseitige Teilchenbeschleuniger geworden. Ein Arsenal
tat sich mir auf, von dem ich vorher trotz einigermaßen
guter Schulphysik keine Ahnung gehabt hatte. Nicht hätte haben können, tröstete er mich. Vieles sei neu. Ich
erfuhr von Apparaturen, in denen man Teile von Teilchen auf andere Teile von Teilchen schießt, beispielsweise Elektronen auf Positronen. Was bei diesen Aktionen

herauskommt, zufällig herauskommt, nimmt man unter die Lupe. Alfonso hat es für mich zusammengefasst: Man hält Ausschau nach bekannten Teilchen und hofft dabei, bisher unbekannte Teilchen aufzuspüren. Geschöpfe, mit denen sich Alfonso Tag für Tag und bis in die Nächte hinein herumplagte. Oft genug klagte er, diese kleinen Dinger machten ihm das Forscherleben schwer.

Yvonne, manchmal tat er mir Leid.
Kurz vor seinem Tod erzählte er von einem jungen Forscherehepaar, das gemeinsam an einer Doktorarbeit sitzt. Sie senden Teilchen in den Beschleuniger und verfolgen sie und messen. Aus den Messungen werden Schlüsse gezogen. Das ist normal. Erst am Ende der mehrjährigen Arbeit würde das Pärchen wissen, ob es diese Teilchen, über die sie umfangreiches Material zusammentragen, überhaupt gibt. Und falls es sie gibt, ob sie zum Zeitpunkt der Messungen existierten. Ob sie hinterher noch vorhanden sind, wäre eine neue Frage. Nein, hatte sich Alfonso kurz darauf verbessert, neuerdings wüsste man, dass es sie gibt. Doch das Jungforscherehepaar fände trotz allen technischen Einsatzes nicht heraus, wo sich die Objekte gerade befänden.

Findest du das nicht auch verrückt, Yvonne?
„Nimm den Laser", sagte er. „Mit ihm lassen sich Atome präzise anregen und kontrollieren. Er spannt einen riesigen Bogen der Veränderung von unserem Alltag bis hin zu unserem Weltbild."
Die Sterne und ihr Funkeln hätte Alfonso in dieses grundlegende Gesetz eingeschlossen, die Sterne, die sich mir hier auf dem Weg mit jedem Schritt unmerkbar nä-

hern oder von mir weichen. Quantensprünge in neu gefüllte Realitäten, das war Alfonsos Reich.

Ich hoffe, ich schildere es verständlich, Yvonne.

„Man träumt von einem Quantencomputer. Dann könnte man die Elektronenrechner aus dem Verkehr ziehen." Abwrackprämie – und weg, wäre die Lösung von heute.

Einiges tat sich mir auf, verspätete Blüten, nachdem Alfonso nicht mehr lebte. Es gibt Bilder aus unserer gemeinsamen Zeit, die endlos ihre Farben wechseln, ihr Tempo, ihre Helligkeit. Sie kriechen an Stellen und in Situationen hervor, die ich nicht immer als unschuldig bezeichnen würde, und fangen mich ein.

„Oder nimm zwei Photonen, die über große Entfernungen hinweg ein abgestimmtes Verhalten zeigen, das mit der klassischen Physik nicht zu erklären ist."

„Wozu ist das gut?", fragte ich.

„Zumindest Militärisches oder Kriminelles wird stets mitbedacht. In diesem Fall wird das plötzlich erkannte Phänomen dazu benutzt, Nachrichten abhörsicher zu übertragen."

Das für mich Undurchschaubare hatte Alfonso mir geduldig erklärt. Mir, der eifrigen Fragerin bei der Veranstaltungsreihe der Volkshochschule, mir, die seine Freundin wurde, seine Verlobte, seine Frau und die nun seine Witwe ist. Ich hatte mitgezogen und war mitgezogen und mitgezogen worden.

Angeblich haben sich die Eigenschaften der Atome über Jahrmilliarden hinweg nicht merklich geändert.

„Eines Tages, bilden sich manche Kollegen ein, wird es Uhren geben, die nach Milliarden Jahren auf die Se kunde genau gehen. Allerdings werden es die, die das behaupten, nie erleben."

Die Nacht ist übers Gelände gewachsen und kauert sich in die Vertiefungen. Es ist ihr nicht vergönnt tiefschwarz zu werden. Oben und Unten sind nicht zu unterscheiden. Verstreute Lichtpunkte neben Lichterketten der Zivilisation und milchiges Mondlicht verhindern es. Ich hebe den Kopf. Auch Rechts und Links orte ich nicht mehr als zwei verschiedene Richtungen. Im Gehen stelle ich mir Alfonso an meiner Seite vor. Wir gehen und lassen sich die Dimensionen verwischen. Ich will mich anlehnen. Da weht mich Kühle an und ich bin kurz vor dem Stolpern. Du bist nicht mehr da, Alfonso. Ich laufe in deinen Atem hinein.

„Du planst einen Rahmen der Experimente. Ansonsten musst du dich auf deine Intuition verlassen."

Alfonso liebte das Wort Intuition. Es war eine Grundlage seines Bewusstseins. Manchmal fürchtete ich, er verirre sich so tief in der Annahme dieser Schöpfungskraft, dass er eines Tages daran straucheln würde.

Ehrlich, Yvonne, ich bekam Angst, er und seinesgleichen seien einer der unzähligen Systemspinnereien verfallen, die uns umgeben.

„Wäre es nicht Zufall zu nennen, was ihr entdeckt und wann die Entdeckung geschieht?", fragte ich.

„Nein, Zufall ist – zu zufällig. Ich meine uneingeschränkt Intuition. Die ist im Gegensatz zum Zufälligen metaphysisch zielgerichtet."

Ich setze mich auf eine Bank, höre geisterhaftes Rascheln und Knacken und sehe kahle Zweige das herabdrängende Mondlicht aufspießen. Geschichten aus verwunschenen Märchenwelten erwachen. Alfonsos

Geschichten, die sich an den Verfolgungsjagden nach dem unvorstellbaren Existierenden entzündeten. Von wissensdurstigen Jägern aufgescheuchte Winzlinge bevölkerten Alfonsos Hoffnungen. Aus unsichtbaren Nestern gefallen sind sie zu klein, um sie mit irgendeiner zur Verfügung stehenden Vorrichtung zu vermessen. Es sind gefühlte Existenzen. Alfonso und seine Kollegen bejubelten neu aufgestöberte Teilchen. Es war die Freude von Schneekönigen, die darauf hoffen, dass der Schnee, über den sie in Ekstase geraten, nie schmelzen wird.

Besessen kämpfte Alfonso darum, die Teilchen in eine gefühlte Ordnung zu bringen. Unermüdlich probierte er einen Gesichtspunkt nach dem anderen aus, um das Durcheinander wenigstens auf dem Papier in Reih und Glied zu zwingen. Dieser Wahn band mich an ihn. Das war die eigentliche Bindung zwischen uns gewesen: Sein Forscherdrang und meine skeptischen Nachfragen.

„Du musst die kleinen Geschöpfe nach ihren Eigenschaften ordnen. Größe und Gewicht sind nur zwei davon! Das schier Unglaubliche ist, dass man auf diese Weise Vorhersagen über Teilchen wagen kann, auf die bisher niemand gestoßen ist.“

Zwölf Teilchen und zwölf Antiteilchen habe ich im Ohr. Da machen sich gleich die zwölf Monate in mir breit, die zwölf Apostel oder der Zwölffingerdarm.

Ich fröstele. Es ist unvernünftig sich der Kühle ungeschützt auszusetzen. Trotzdem bleibe ich sitzen. Kräftige Schritte hallen durch die geschwärzte Stille und ich ducke mich hinter ein Gebüsch ein paar Meter vom Weg.

Im Jahr 1999 waren wir zu Besuch beim Fermi-Lab in New York, alles geheim und abgeschirmt, keine Chance für mich, Weltbedeutendes zu besichtigen. Schon gar nicht den sagenumwobenen Tevatron-Beschleuniger.

Die Schritte haben sich entfernt, der Mensch kam nicht vorbei und ich raffe mich zum Rückweg auf.

In einer Nacht hörte ich Alfonso im Tiefschlaf neben mir nach dem Higgs-Boson stöhnen wie nach einer heiß ersehnten Geliebten.

„Higgs-Boson, wer ist er, sie oder es?" löcherte ich meinen Mann am Morgen. Gemeinsam rüsteten wir uns im Badezimmer für den Tag und er griff ganz altmodisch eingeschäumt nach dem Rasierer. Für den Elektrorasierer hatten wir keinen passenden Umstecker aufgetrieben, eine Ironie im Physiker-Dasein. Während der Forscher seine Mimik in die Gegenseite der zu bearbeitenden Wange verzog, schwärmten seine Erklärungen aus.

„Higgs-Boson ist ein Baustein des Standardmodells der Teilchenphysik. Völlig unbewiesen." Linke Wangenseite verzogen.

„Aha. Und?" Ich überlegte, ob ich mir ein paar Lockenwickler eindrehen müsste.

„Es soll dafür verantwortlich sein, dass die uns bekannten Elementarteilchen eine Masse besitzen." Rechte Wange verzogen.

„Ach so." Ich nahm Abstand von der Lockenwickleridee und begann mein Haar zu toupieren.

„Das schwerste der sechs Quarks, wir nennen es Top-Quark, hat den Kollegen letzte Woche eine schöne Bescherung geliefert. Au – ich bin diese Rasiererei nicht mehr gewöhnt." Er tupfte die Stelle mit Kleenex ab.

„Geschnitten?"

„Nicht ernsthaft. Letzte Woche haben sie rausgekriegt, dass das Top-Quark durch einen merkwürdigen Zerfall einzeln statt paarweise erzeugt wird." Kinn nach vorn gereckt.

„Na und?" Mir standen die Haare zu Berge und ich begann sie mit den Händen in eine angemessene Lage zu drücken. Worin liegt denn das Unerwartete? Zwillinge sind doch bei Mensch und Tier die Ausnahme, wieso ist Top-Quark-Single eine solche Sensation, dass sich Alfonso bei dem Gedanken daran ins eigene Fleisch schneidet?

„Das ist wichtig für das Einkreisen des Higgs-Bosons. Die Kollegen hier im Lab behaupten, sie kennen all seine Eigenschaften. Bloß nicht die genaue Masse. Nur Obergrenze und Untergrenze des Gewichts sind klar." Kopf gesenkt, Oberlippe ins Visier genommen. Abtasten mit der Hand nach letzten Stoppeln.

„Und?" Besser war meine Frisur nicht herzurichten. Ich machte die Schüttelprobe.

„Im Bereich zwischen 150 und 170 Milliarden Elektronenvolt muss man suchen, um auf das genaue Gewicht zu stoßen."

Vergeblich suchte ich in der Schublade nach meinem Lippenstift. „Lass uns frühstücken."

Ich garantiere nicht, dass alles hieb- und stichfest ist, was ich von mir gebe, Yvonne.
Die Wissenschaftler selbst sind sich untereinander nicht einig. Ich hätte mehr aufschreiben sollen von dem, was Alfonso mir mitteilte. Jetzt hat es seine Halbwertszeit in mir erreicht und strömt seiner Verfallszeit in meinem Gedächtnis zu.

Ich hätte den Stoff, die Stoffe, genauer bewahren sollen, Yvonne,
dann hätte ich das schwarze Loch meiner gegenwärtigen Lebenspha-
se besser füllen können. Hätte.

Auf das Laufen im Dunkel habe ich mich eingestellt,
mein Gang wird meditativ. Die Gedanken fallen in mich
hinein oder aus mir heraus. Sie geben sich den Anschein
wenig mit mir selbst zu tun zu haben.

Die Begeisterung riss meinen Mann mit sich fort, weil
er sie mir mitteilen konnte. Das war alles. Er konnte sie
mir mitteilen, ich teilte sie nicht ganz mit ihm. Ich hörte
zu und stellte Fragen. Stellte in Frage. Nach seinem Tod
argwöhnte ich, dass es ein Trugschluss war, diese Beses-
senheit Liebe zu nennen. Das ist auch falsch. Wir waren
zwei Systeme, die sich verwoben, sich bedingten, in einer
rauschhaften Beziehung verschmolzen und sich verwandelt voneinander trennten.

Yvonne, das würde ich dir erzählen.

Ich bin auf dem letzten Abstieg meines Rückweges angekommen, die Füße tun mir weh und in den Waden spannt
es. In überfallartigen Stößen frischt die Luft auf, stürzt
sich auf meine Gesichtshaut und entfacht eine Wärme in
mir, die von innen dagegenströmt.

Die Siedlung ist erreicht. Automatische Leuchten, Be-
wegungsanzeiger, springen an, wenn ich an den Gebäuden vorbeigehe, und setzen eine Kette aus Leuchtflecken
in die Nacht, die vorne aufspringen und vom Ende der
Kette her einer nach dem anderen erlöschen. Mein Tempo, nach dem langen Tag möchte ich endlich nach Hause,
gibt den Rhythmus für Aufflackern und Verlöschen an.

An einem Abend in seinem bescheidenen Junggesellenappartement mit der glucksenden Isar vor den Fenstern hatte mich Alfonso an sich gezogen, mich ausgezogen, Hülle um Hülle, T-Shirt und Jeans und die Unterwäsche, als Letztes den Slip. Stück um Stück hatte er mir genommen und geflüstert und liebend geschwärmt:

„Wenn man all diese Materie von dir nimmt, bleibt dein weicher Kern und wenn ich den mit meinen beschleunigten Teilchen zur Erregung bringe, entsteht in dir und aus dir, was neu ist, und es ist ganz anders als du oder ich."

Das ersehnte Kind war es nie geworden.

Das, Yvonne, würde ich dir nicht mehr ausplaudern.
Du gibst Signale ein, die sich addieren.
Das zeigt die Berechnung im Ablauf der Zeit.
                                        Wer?

19. Tagebücher

Wieder zu Hause von meinem Gang durchs Nächtliche, stöbere ich nach meinen Tagebüchern aus den Jahren mit Alfonso. Auf den kräftigen Rücken stehen gut lesbar unsere gemeinsamen Ziele: *München, Paris, Hamburg, USA, Schweiz* ... Es war ein Selbstbetrug zu denken, Vergangenes lasse sich abwimmeln. Ich nehme das gesuchte Heft mit dem breiten Rücken in die Hand und wundere mich über das dünn gewordene Papier und die esoterische, verblasste Kulischrift. Die lässt meine ohnehin flüchtige Handschrift angekränkelt aussehen. Es sind die Aufzeichnungen aus Palo Alto in den USA. Unauslöschlich verbinde ich sie mit den prall gefüllten Regalen einer *Halle des Wissens.*

∗ ∗ ∗

Palo Alto, USA, 15. Juli 1994

Wenn ich etwas nicht genau weiß, frage ich Alfonso. Er sitzt da und rechnet und skizziert auf einem Blatt herum. Das tut er gern, falls er das hat, was andere Leute ruhige Minuten nennen. Mit Fragen, die mich bewegen, darf ich ihm stets kommen. Davon fühlt er sich nie behelligt oder aus seinem Nachdenken gerissen. Im Gegenteil, es tut ihm gut, mit jemandem darüber zu sprechen, der sich nicht beruflich in Strings oder energiegeladener Leere verheddert.

Die Stringtheorie, erklärt er mir, geht davon aus, dass alles Bestehende an einem seidenen Faden hänge. Natürlich nicht wörtlich. Ich mag Alfonsos Humor, der sich an Mund und Stirn reibt. Wenn ich es richtig verstanden habe (den folgenden Text diktiert mir Alfonso), „handelt es sich bei der String-Theorie um ein Bündel physikalischer Theorien. Sie kreisen um etwas, was ihre Forscher als fundamentale Gebilde vermuten. Nämlich um submikroskopisch schwingende Fäden. Die werden als Urgebilde des Weltalls angesehen. Nach einer möglichen Sicht sollen sie als geschlossene Schleifen (Umfang zehn minus hoch elf cm) einen zehndimensionalen Raum bilden. In ihm stehen sie miteinander in Wechselwirkung. Die Traum-Physiker hoffen zu belegen oder herauszufinden, dass die String-Theorie bzw. die mit Anwendung der Supersymmetrie entstandene Super-String eine einheitliche Quantenfeldtheorie aller Wechselwirkungen der Elementarteilchen sei."

Beim Nachlesen ersetzte ich damals „sei" durch „ist".

„Du steckst mittendrin, Alfonso, in diesen zehndimensionalen Utopiegebäuden hoch minus elf", sagte ich.

„Strings sind ein Gedankenexperiment, Vera, nicht mehr. Sie sind nicht bewiesen, nicht belegt. Wir Teilchenphysiker sind allesamt Mystiker", beharrte er. Die Mystik sei die Dimension, die sechste oder siebte oder achte, die ihnen Weite schenke.

„Wir glauben an Kräfte, die wir nicht beweisen können. Besser gesagt, wir wissen um Kräfte, die unbeweisbar sind. Und wir wissen aus Erfahrung, dass wir uns auf ihre Existenz verlassen können. Verstehst du?"

Ich verstand nicht, aber ich nickte und schrieb es nieder.

* * *

Für die Deutung dieser unbeweisbaren Kräfte, auf die Verlass sein soll, wäre Georg zuständig mit seinem feinen Lächeln und der in ewige Weite gerichteten Sicht. Doch Georgs theologisches Terrain lässt sich ebenso schlecht vermessen wie Alfonsos Teilchenwirrwarr.

Die Aufzeichnungen stelle ich an ihren Platz zurück. Dass Staub an meinen Fingern hängen geblieben ist, ist eine Mahnung. Wenn ich wüsste wofür. Ich hole ein Tuch und wische über alle Tagebücher.

Nach Alfonsos Tod gab ich seine Unterlagen, die er daheim aufbewahrte, aus der Hand. Für mich besitzen sie keinen Wert, glaubte ich. Ich durchschaue sie nicht, die Skizzen, die Notizen, die Abbildungen, das technische Kauderwelsch. Trauer vermag uns trotzig zu machen. Dem Institut für Teilchenphysik in Karlsruhe, dem letzten Tätigkeitsort meines Mannes, überließ ich seinen wissenschaftlichen Nachlass, ohne weiteren Anspruch darauf zu erheben. Heute bereue ich das. Das junge Forscherehepaar hat mit an Sicherheit grenzender Wahrscheinlichkeit – ist die Ausdrucksweise teilchenwissenschaftlich korrekt? – seine Dissertation abgeschlossen. Das Pärchen ist im Rennen. Es heimst Preise für das Werk meines Gatten ein und erwähnt dessen Anteil nicht. Die Jungen drängen sich ins Geschäft.

Mit dem Abstauben bin ich fertig und möchte das Tuch wegbringen. Das viele Licht im Raum kommt mir zu Be-

wusstsein. Sparmaßnahmen, Umwelt, Stromrechnung.
Ich sehe mich um, welche Lampen überflüssig sind, entdecke einen Zettel auf dem Teppichboden, bücke mich
und lese:

Zuerst benutzte man Analogrechner
mit ihren vielen Röhren.
Später wurden die Rechner
aus digitalen Bausteinen erstellt.
Sie besaßen elektrische Einheiten für
plus, minus, geteilt durch und mal.
Das vereinfachte die Bedienung.
Manche Schaltungen dividieren und integrieren,
wenn man etwa einen Verstärker oder mehrere hat.
Man kann Signale eingeben, die sich addieren.
Die Integratoren sind furchtbar wichtig,
sonst funktioniert es nur auf einer Ebene.
Die Kondensatoren …

Was da gestanden hatte, war verwischt und unlesbar geworden. Dann:

Und hinten kommt die Summe rein.
Man führt ein Steckfeld ein.
Ist der Stecker eingesteckt, kann man Schalttypen
auf Integral umstellen.
Nun zeigt sich die Berechnung im Ablauf der Zeit.
Integral d plus oder x kommt heraus.
Integral y plus a mal y ergibt die Konstante b.
Das ist die gekoppelte Integralgleichung.
Man kann die Integrale auch verkabeln.
Ungeachtet dessen, ob es Sprünge macht, man kann die Systeme
von nicht linearen Differentialgleichungen lösen.
Anwendung: Flugzeug, Auto, Beschleuniger,
Regelungstechnik, Kybernetik, Reaktortechnik.

Hybridrechner bestehen aus Analog- und Digitalrechner.
Man kann jede Stelle an den Bildschirm schicken.
Du kannst an den Parametern
mit Hilfe der menschlichen Intuition steuern.

Es ist meine Schrift. Das beunruhigt mich. Ein Text wie
Konkrete Poesie. Alfonso hätte es mir verständlicher erklärt.
Vielleicht sind meine Erinnerungen, auf die ich mich be-
rufe, von Trugbildern überschattet.

Religion verdichtet.
Auch unser Leben.
  Alfonso oder Georg?

20. Schreibsonntag

Heute mache ich auf Rückzug. Ich will mich aufs Schreiben konzentrieren. Schon geht allerhand durcheinander in mir. Gleichgültig, womit ich mich beschäftigen will, ich lande bei einem meiner Männer. Was ist vorgestern zwischen Georg und mich gekommen? Der Missklang in unserer kurzen gemeinsamen Geschichte lähmt mich. Ich möchte an der verlorenen Seite Alfonsos kuscheln. Es muss eine unheilbare Sollbruchstelle zwischen den beiden unterschiedlich ausgerichteten, angerichteten, zugerichteten Männern geben, mit denen ich intim war. Den Teilchenphysiker und mich hatte unsere Unterschiedlichkeit zusammengeschweißt. Zwischen Georg und mir herrscht Bevormundung und unsere Unterschiedlichkeit bedroht unsere Beziehung. Ich fürchte, dem seitherigen Leben Georgs und seinen Folgen nicht ausweichen zu können. Georg will ich haben, doch seine Vergangenheit soll ihre Fangarme nicht nach mir ausstrecken. Auch er soll von mir nichts miterben. Beim Zusammensein mit Georg muss ich Alfonso beiseiteschieben, um mich Georg zu öffnen. Das Hin und Her lähmt mich.

Für so fromm, wie es mein neuer Lebensabschnittspartner ein Berufsleben lang hatte sein wollen, halte ich mich nicht. Ich bin zwar nicht ganz religionsabstinent, was Aufgeschlossenheit für Konfessionen und Religionen einschließt. Einem religiösen Dogmatismus verweigere ich mich jedoch. Sich abgrenzen, andere dadurch ausgrenzen, den Ausgegrenzten Angst machen, ihnen Strafen androhen wie auf Erden so im Himmel, weil irgendwann die irdischen Strafen nicht mehr ausreichen: In derlei Muster eingezwängt sehe ich Religionen. Alfonsos Quantensprünge waren auch auf dem Boden der Religion gelandet. Das Göttliche sei eine Beziehungsstruktur, an der wir teilhaben können. Beim Bemühen, sie zu begreifen, werde sie zu eingleisig interpretiert. Alfonsos Theorie der *Energiegeladenen Leere* hat ihre Finger ewig mit im Spiel.

Alfonso: „Wir nehmen an, alles Sichtbare sei aus Materie erbaut und mit Logik erfassbar. Unsere Logik fällt ins Leere. Weil für uns Menschen die Vorstellung von Leere unerträglich ist, füllen wir sie mit Bildern. Auf der Suche nach Namen für Gott setzt der Bilderstreit ein. Auch die Teilchenphysik hüllt ihre Bilder in unsere gängige Sprache. Für die neuen Sachverhalte müssten die Forscher eine neue Sprache schaffen."

Ich schaute auf und Alfonsos drängende Augen sogen mich ein. Intelligenz und Forscherdrang ließen sie selten schlafen, wahrscheinlich nicht einmal hinter geschlossenen Lidern.

„Und was machen die von vorneherein zwischen Diesseits und Jenseits orientierten Schwestern und Brüder, die Theologinnen und Theologen?"

„Vergiss nicht, die Vertreter der verschiedenen Religionen dazuzurechnen. Alle installieren ihre Gefühls-, Erfahrungs-, Denk- und Glaubenssysteme in Urformeln, die sie für sich in Anspruch nehmen. Über uns Physiker runzeln die nur die Stirn."

Installieren hatte Alfonso wieder gesagt. Religionen als Installation. Seitdem geht mir das nicht aus dem Sinn.

„Wenn wir darüber diskutieren, ob Gott so oder so oder so ist, führt das zum Chaos zwischen den Glaubensrichtungen. Hört auf, über Abbilder des Göttlichen zu streiten. Es sind kolorierte Schemen, die ihr beschreibt und festlegt. Enthüllt lieber, was dahinter steckt. Nähert euch ihm. Dann sind wir uns alle viel näher. Eine andere Sprache wäre dazu nötig. Eine, die in uns angelegt ist, die nicht mehr über Worte geht und nicht über Begriffe fassbar ist."

Natürlich ist es für eine Schriftstellerin hart, geradezu vernichtend zu hören, dass ihr Material, die Sprache, nicht mehr greift. Dass ihr Handwerkszeug nicht weiterhilft auf der Suche nach dem Kern des Seins. Auf dem Weg zur Transzendenz.

Der Teilchenphysiker wollte ein weiteres Stück vom großen Kuchen der Betrachtungen mit den Theologen teilen: die Zeit. Zeit sei weitgehend ein philosophischer, die Weltanschauung umkreisender Begriff. Es werde Zeit und das fand ich hinreißend doppelbödig ausgedrückt, dass sich die Naturwissenschaften dieses Phänomens bewusster annähmen.

„Berechnen müssten euch Armen das die Mathematiker?"

„So gut sie das können. Allerdings sind ihre Stellen hinter dem Komma nicht exakt genug." Bei der Äußerung hatte er sein skeptisches Lächeln gezeigt.

Nein. Heute will ich schreiben. An meinem häuslichen Lieblingsplatz, dem Laptop, versinke ich in der Datei *Rom – Stadt zwischen Diesseits und Jenseits*. Der Text handelt von meiner Reise mit Georg. Wir trafen uns in Florenz am Zug, um gemeinsam nach Rom zu fahren. Kaum hatten wir uns im Abteil eingerichtet, in dem wir allein saßen, hatte ich viel nachzufragen. Georg war ein Suchender in St. Christoforo in der Toskana gewesen. Es habe sich um einen Kurs über systemische Familientherapie und Familienseelsorge gehandelt, erzählte er mir und schien erfüllt davon. Der Begriff systemische Familientherapie sagte mir nichts. Weil ich keine Familie habe, benötige ich keine entsprechenden therapeutischen Hilfen. Das Systemische muss bewundernswert sein. Ich lauschte Georgs Erklärungen, während wir aus Florenz hinaus ins Ländliche rumpelten. Dem einzelnen Problembeladenen gehe im Verlauf von Gesprächen auf, in welcher Weise seine persönlichen Nöte mit Familie, Partnerschaft, Beruf, Gott und Glauben zusammenhängen. Das Wichtigste ist: Er soll selbst einen Weg finden sie zu lösen.

Georg nahm meine Hand und presste sie an die Lippen. Mich durchflutete warme Sehnsucht. Just da schob der Schaffner die Tür auf, um die Fahrkarten zu kontrollieren, und riss uns aus unserer scheuen Intimität. Ich wartete auf die Muße, diese Form der Therapie ganz praktisch erklärt zu bekommen. Georg sollte sie mir an Fällen schildern, ohne seine Neutralität als Therapeut zu verraten. Hoffentlich gelingt es mir bei Problemen genügend Abstand zu gewinnen, um sie in den Griff zu bekommen. Dass ein Eheloser vorgibt, Fachmann für Ehe und Partnerbeziehungen zu sein …

Der Zug hielt, lebhafte Leute stiegen zu, suchten mit viel Umschweif ihre reservierten Plätze bei uns auf, schnitten unseren dünnen Faden der Nähe ab und verwickelten uns in ihre Anmerkungen zur Zugverspätung und deren Folgen.

In Rom ging uns unsere Geschichte endgültig unter die Haut. Die Stadt überschwemmte uns mit ihrem Gemisch aus Heiligkeit und Scheinheiligkeiten. Deren Wurzeln können auf der einen Straßenseite erstaunlich diesseitig sein und auf der anderen philosophischen oder religiösen Fantasien und Planungen entsprungen. Georg brachte mir so viel mir Unvertrautes nah. Ich schwamm beglückt hindurch und verdrängte, wie Regeln, die erhöhen wollen, zu Schranken der Erniedrigung werden können und Worte, die vorgaukeln zu befreien, sich in Geißeln verwandeln. Rom ist der Ort, das zu begreifen.

Heute beim Bearbeiten tarne ich sämtliche Enthüllungen, kürze, streiche und verschweige. Es geht nicht um mein Leben, es geht um eine gute, verkaufsfähige Form. Zusammengeschrumpft werden die Seiten Platz im geplanten Sonderheft *Ungewöhnliche Reisen* finden.

Zweimal überhöre ich Telefonklingeln, drei kleine Imbisse mit aufgewärmten Maultaschen und was *Gesundem* gönne ich mir und schlucke animierendes Wasser. Mehr Unterbrechungen gestatte ich mir nicht.

Am Abend habe ich die Reisegeschichte mit einer heftigen Liebesszene am Schluss geschafft. Niemand würde uns enttarnen, obwohl auch im verfremdeten Bericht mein Partner ein Mann mit einem besonderen Blick für Sakrales ist.

Mein Tagwerk, eine Handvoll Glück, speichere ich auf einer DVD und mache zwei Ausdrucke. Den einen deponiere ich in dem teuren Plastikordner, den ich mir neulich leistete, den milchig durchsichtigen mit den roten und gelben Blütenintarsien auf Vorder- und Rückseite. Den zweiten Ausdruck lege ich im abgegriffenen

Sammelordner ab. Beim Schließen der Datei schlägt die Bildschirmfläche ins Grau um und transportiert den unsichtbar gewordenen Text in ein unfassbares Reich. Bei funktionierendem Abruf wird er sich zurückverwandeln in Seite eins bis vier. Ich warte. Langsam klingt die Stimmung aus und der Tag legt sich auf meine Sonntagshaut. Nun bin ich frei für den erträumten Roman.

Ich habe die falsche Taste berührt,
eine Katastrophe in Szene gesetzt,
die sich nicht mehr stoppen lässt.
Wer löscht mir das Programm?

Juri Krögel

21. Verhängnisse

Das war eine furchtbare Torheit von mir. Manchmal macht man Dinge, die man bei besserem Nachdenken vermieden hätte. Gleich beim Betreten unseres Verlagsgebäudes tue ich mich wichtig und dringe nach kürzestem Anklopfen bei Frau Obermüller ein. Sie ordnet auf ihrem Schreibtisch, steht deshalb vor ihm und kehrt mir den Rücken zu. Nervös wühle ich in meiner braunen Ledertasche, die ich gern als Sack fürs Büro verspotte. Es passt zwar viel hinein, aber sie hat entweder zu viele oder zu wenige Reißverschlüsse, Schnallen und Fächer, als dass sie durch und durch praktisch wäre. Während ich den Text über Rom herausnehme, fällt mir in meiner Unruhe, meiner Schusseligkeit etwas aus der Manteltasche. Ich sage „Hoppla" oder „Ach" oder Ähnliches. Meine Chefin ist schneller und hebt es auf. Es ist das Mädchenbild, das Yvonne am Samstag in meinem Auto unter dem Sitz fand. Frau Obermüller sieht es kurz an und reicht es mir. Ihr blasses Gesicht nimmt ungewöhnliche Züge an.

„Ach das", gebe ich betont beiläufig von mir, „keine Ahnung, woher das kommt." Das stimmt sogar in gewisser Weise.

„Am Montagmorgen schon die Übersicht verloren", schlägt es mir ironisch ins Gesicht, „da kann die Woche heiter werden." Sie läuft um den Schreibtisch herum und nimmt Platz. Wegen dieser verletzenden Ironie habe ich die Szene gespeichert.

Ich strenge mich an mit einem nicht zu warmen Lächeln über die Verletzung hinwegzuhuschen. An diesem Tag möchte ich es auf keinen Fall mit der Chefin verderben. Ich muss auf gut Wetter machen und halte mein Skript in Händen.

„Das ist nett!", sagt sie, was ich als überraschend freundlich empfinde nach ihrer Bemerkung von eben. Hoffentlich muss ich nicht kürzen, ich kenne das ewige Gebot des Zusammenstreichens und Änderns. Bei fremden Texten fällt es grausam leicht, bei eigenen ist es schmerzhaft. Sie blättert durch den Text, scheint angetan und gelangt zur letzten Seite. Über meine Schlusspointe freut sie sich nicht. Das erkenne ich an ihrer gerafften Stirn und den verkniffenen Augen. Die sind mir neu an ihr. Ihre üblichen Markenzeichen sind routinierte Geschäftsmäßigkeit mit geglättetem Gesicht und ungetrübtem Blick. Offenbar liest sie die letzten Zeilen. Plötzlich, aus dem Zusammenhang gerissen, fordert sie mich auf ihr das Foto erneut zu zeigen. Es erinnere sie an jemanden. Ich ziehe es wieder heraus. Woher ich es hätte, fragt sie, dass es mir in den Ohren scharrt, und streicht sich eine Haarsträhne aus dem Gesicht.

„Am Wochenende wurde es in meinem Auto gefunden", sage ich wahrheitsgemäß. „Ich habe keine Ahnung, wer es ist", füge ich nicht ganz wahrheitsgemäß an.

„Sie hatten Ihr Auto verliehen." Ich höre kein Fragezeichen hinter dem Satz. „An diesen Herrn, mit dem Sie im *Elias* waren", fährt sie fort und ihr Gesichtsausruck gibt vor Bescheid zu wissen.

„Kennen Sie ihn?", möchte ich fragen, unterlasse es lieber.

Mit unbewegter Miene bis auf die Augen und eine enttarnte Stirn betrachtet sie das schlecht aufgenommene Mädchengesicht.

„Ich habe mich getäuscht", sagt sie, dass es mich fröstelt. Jedes Wort betont sie und lässt jedes Wort ganz für sich stehen. Sie reicht mir das Bild und ich fühle, dass es angebracht ist zu gehen.

Heute wüsste ich nicht, ob es mich eher überraschte oder kränkte, dass sie mir mein Skript nach einer halben Stunde überbringen ließ mit der Bemerkung, der Text gehöre nicht in das vorgesehene Magazin.

Kaum mache ich mich, den Montagsschock im Nacken, an die Tagesarbeiten und schaue nach den frisch eingetroffenen Mails, da finde ich eine Mitteilung von Sakina Bano:

Es ist etwas dazwischen angekommen, kann das Skript nicht baldigst zuliefern.

Natürlich greife ich zum Telefon in der Hoffnung auf die beruhigende Erklärung, es handele sich um ein Missverständnis. Wohlwissend, dass diese undurchschaubare Frau oft monatelang nichts von sich hören lässt und gern in der Versenkung lebt.

„Kein Anschluss unter dieser Nummer", zirpt es im Hörer. Ich denke, ich hätte mich vertan, und wähle neu.

„Kein Anschluss unter dieser Nummer." Eine Handynummer hat sie nicht herausgerückt. Ich hatte nicht hartnäckig genug darum gebeten, werfe ich mir vor. Wir hätten es einfach fordern müssen. Die Nummer wechsele sie in den verschiedenen Ländern. Die lokalen Anbieter seien preisgünstiger und praktischer. Und ich glaubte es!

Ich sinke kurz zusammen, wehre mich gegen den Schmerz, der sich mir durchs Rückgrat presst, und eile zur Chefin. Auch wenn es wegen des Romtextes zwischen uns gärt, es hilft nichts. Wieder klopfe ich zu knapp an, warte auf kein *Herein,* reiße sie aus einem Skript, das leider nicht mehr meines ist, und werfe ohne lange zu fackeln die Neuigkeit in den Raum:

„Ich glaube, Sakina Bano ist auf dem Rückzug."

Ein Blick, den ich vor diesem denkwürdigen Tag nie derart zwiespältig wahrgenommen hatte, nimmt mich ins Visier.

„Für das Frühjahrsheft werden wir voraussichtlich nichts von ihr haben", füge ich an und hätte lieber einen besseren Satz gefunden.

Dann gleitet es hin und gleitet es her, ich äußere mich vorsichtig, wir bewegen uns über Eis, auf dem Brocken festgefroren sind. Anstoßen, Ausrutschen und Hinfallen, das sind die Gefahren, vor denen ich mich als kleine Angestellte zu hüten habe. Wir müssen uns einigen, ob wir Sakinas geplantes neues Buch überhaupt ankündigen sollen. Oder ob wir das Ganze besser streichen und unter den Tisch fallen lassen. Es streichen müssen. Ich gebe mir den Anschein, ich dächte laut und gäbe meiner Chefin die Chance sich einzufädeln.

„Aufbruch in die Tiefe", zieht die Herrscherin über den Verlag einen Bittermund. „Das war es ja wohl."

Gleich packt sie ihr Sinn für das Praktische und sie entwickelt genau die richtige Temperatur für weitere Aktivitäten. Dafür bin ich ihr fast dankbar. Unsere offiziellen Formulierungen seien intern abzusprechen für den Fall, dass uns Anfragen erreichten. Blieben wir von solchen verschont, hätten wir Stillschweigen zu wahren. Der Druckerei wäre aufzutragen die Planungen für das Buch zu stoppen. Vorerst und auf unabsehbare Zeit. Ohne Angabe von Gründen nach außen. Die drei dahinter gesetzten Ausrufezeichen denke ich mir.

Kurzerhand werden sämtliche betroffenen Mitarbeiter und die Hauenstein als einzige Mitarbeiterin außer mir zu einer Konferenz zusammengerufen. Besonders dringlich unser Buchhalter Eduard Sprangmann und der Druckereivertreter. Es droht ein schwarzer Montag zu werden. Punkt zehn Uhr treffen wir uns im abwertend Versammlungskabuff genannten Raum am Ende des Flures. Dort stapelt sich alles Mögliche, deshalb ist es eng für die Stühle an zwei zusammengeschobenen Tischen.

Die Neuigkeit wird reglos vorgetragen, eine Losung zum Tage. Das Palaver setzt ein und ich begreife: Die Situation für mich wird rettungslos. Orlander pult in der Nase, sagt, das mache eine Menge zusätzliche Arbeit und hat keine Ahnung, ob welche auf ihn zukäme. Emil Fuchs, der heimlich von Weltberühmtheit als Designer träumt, was mir die Hauenstein zugetragen hat, beklagt den Verlust des Prestiges. Sprangmann weigert sich über den finanziellen Verlust zu spekulieren. Die Hauenstein bejammert die vergeudeten Stunden für die bisherigen Vorbereitungen. Wie ich sie kenne, hat sie noch keine Minute dafür investiert. Es schwelt fort. Die Stimmung heizt sich auf mit der Unberechenbarkeit eines drohenden Orkans. Für den Ausbruch sorgt Frau Obermüller. Die allgemeine Unzufriedenheit bündelt sich in der Schelte, die sie über mich ergießt.

„Sie hatten engen Kontakt zu Frau Bano und waren dafür verantwortlich ihn zu festigen. Sie haben diese Autorin wesentlich aufgebaut. Sie hätten spätestens beim letzten Treffen vor drei Tagen heraushören müssen, dass die Sache faul ist."

Die Frau ist in Rage. Es kommt zu einem Dammbruch, in dem die Fluten aus mehreren Richtungen auf mich niedergehen. Bei Madame Obermüller öffnen sich alle Schleusen:

„Dass uns die Pakistanin einfach in Stich lässt, ist schlimm genug. Möglicherweise hintergeht sie uns, betrügt uns nach Strich und Faden. Steht unter Druck. Oder sie will sich absetzen. Den Vorschuss sind wir los. Gut, dass ich ihn trotz Ihres Drängens nicht erhöhte. Die Anzahlung können wir in den Wind schreiben."

Sie steht auf, um mich ins Visier zu nehmen oder weil ihre Empörung sie nicht länger auf dem Stuhl hält. Ruckartig stößt sie sich in die Senkrechte, ein aufgescheuchter Geier, und obwohl ich mich, so weit es in der Enge geht, von ihr entfernt gesetzt habe, tritt sie noch einen Schritt zurück. *Von mir?*

Ich fürchte sie tut es, um nicht am Ende dabei zu landen, mit der Faust auf den Tisch zu schlagen. Trotz der Empörung würde ihr das nicht stehen. Das wissen alle hier. Das Blut, das ihr ins Gesicht geschossen war, ist bis auf ein paar rote Flecken gewichen.

„Sie plapperten, die doppelte Höhe der Vorauszahlung wäre angemessen", bedroht sie mich. „Sie gaben sich reichlich naiv. Den Verlag und sein Image ruinieren solche Dummheiten, wenn die Angelegenheit in den Medien ausgeschlachtet und zur Affäre hochgespielt wird. Machen Sie sich das klar?"

Das tue ich längst.

Ich entsinne mich nicht, jemals derartig mit Worten verprügelt worden zu sein, nicht einmal in der Schulzeit von den Typen unserer Gegenclique. Da möchte man in den Boden versinken. In solchen Momenten fühlt man sich allen Untergehenden der Welt nahe.

„Sehen Sie bitte zu, dass Sie die Frau auftreiben und unsere Abmachungen durchsetzen!"

Gut, Sakina pflegt zwar keinen geradlinigen Stil, doch bisher kriegte sie stets die Kurve. Letztlich stand das Material pünktlich zur Verfügung, und wir bereiteten es auf und verkauften es gut. *Ich* hatte es vorwiegend aufbereitet und *wir* hatten es verkauft. Das Wort *ich* mag ich hier nicht ins böse Spiel bringen. Das erinnert mich an Jenny.

Was die Obermüller nachballert, ist ein Trommelfeuer aus der Hölle. Sie droht, mich für allen Schaden verantwortlich zu machen, den wir hätten, falls die Bano aus ihren Verpflichtungen aussteige. Abgesehen davon, dass mein Platz hier – sie weist auf den Stuhl, auf dem ich sitze – sowieso äußerst wackelig sei. Das *Sowieso* muss ihr herausgerutscht sein. Jedenfalls erkläre ich es mir in der Situation nicht anders. Obermüllers rotstichige Haare geraten in Aufruhr. Die übliche Strähne löst sich und ringelt sich an der Seite nach unten. Die Chefin steckt sie nicht fest, wie sie es sonst automatisch tut.

Ich bin gelähmt. Was ich höre und sehe, gerät ins Ungefähre. Jedes gezielte Denken hält sich von mir fern. Ich erwäge, dies und das zu machen. Bei einer Detektei anzufragen, ob sie Sakinas Verbleib ausfindig machen könne. Im Internet zu surfen, um auf neue oder alte Hinweise zu stoßen. Mich an die Botschaft zu wenden – an welche denn? – und Auskünfte über Dauer und Gültigkeit des Visums für die Abgetauchte zu erbitten. An Sakinas Wohnung vorbeizugehen. Falls die Adresse stimmt. Tausend Dinge und Aktionen drehen sich in mir. Und was ich tue, ist, dazusitzen, mich mit Unansprechbarkeit zu wappnen und zu warten, bis er ein Ende findet der ganze Tag und der folgende und sich Hoffnungsschimmer zeigen. Im besten Fall meldet sich Sakina morgen, liefert übermorgen das Vereinbarte und das Ganze verrutscht zu einem Missverständnis. Wie viele Ausgangspunkte für Katastrophen wären von den Betroffenen am liebsten zu Missverständnissen erklärt worden, ehe das Unglück seinen Rachen aufriss!

Zu Hause bin ich kurz davor, den von Obermüller abgelehnten Text über Diesseits und Jenseits in den Papierkorb zu knallen. Ich reiße mich am Riemen, werfe das Skript auf das Garderobenschränkchen und ärgere mich über das halbschräge Foto, das mal wieder zu Boden fällt. Ich lasse es liegen. Alles liegen und stehen lassen ist mein wutgeladener Wunsch. Schließlich hebe ich es doch auf und lege es mit aufs Schränkchen.

Mit einem Mal heißt mein Lichtblick Georg. Liebe als Ausweg bei Katastrophen, das wäre mein Motto. Ich halte Liebe für einen Ausweg aus meinem Tief.
    Flatterfrau: *Der Weg kommt mit dem Gehen.*
    Mein Kopf droht zu platzen. Ich wünsche mir davonzufliegen, ein angeschossener Vogel, der durch einen kleinen Riss zwischen sich aufbäumenden Wolken entschwindet, um in sein letztes Stück Freiheit zu taumeln.

Nein, niederzuflattern. Von jemandem aufgefangen und beruhigt zu werden in meinem Sturz. Umfangen sein von Armen, die mich schützen. Zugleich schrecke ich zurück. Georg ist ein Berufsseelsorger mit Sonderausbildung für Menschen, die aus dem System fallen. Für ihn bin ich nur der Fall einer Fallenden. Er kennt sich aus in den Therapien, die einen dazu bringen den Hals aus der Schlinge zu ziehen. Mit Hilfe von Einsicht durch Gespräche.

Alfonso hatte mich umklammert, um selbst den Grund nicht unter den Füßen zu verlieren.

Alfonso: „Wir erleben mehr als wir begreifen. Wobei ich mit *begreifen* wörtlich meine, einen Gegenstand in die Hand zu nehmen und ihn aus dem Zusammenhang herauszugreifen. Wir haben Fähigkeiten, was wir sehen, auch anders zu sehen. Mit jedem Schritt nach vorne verändert sich der Ausschnitt vor uns. Meine Perspektive ändert sich. Mein Anblick der Welt ändert sich. Gehe ich schrittweise rückwärts, geschieht es ebenso. Neue Wirklichkeiten erschließen sich mir. Bevor ich einen Gegenstand in die Hand nehme, nehme ich ihn aus unterschiedlichen Blickwinkeln wahr. Gehe ich hinter diese Möglichkeit der Wahrnehmung zurück, schwingt etwas durch mich hindurch, was nicht begreifbar ist. Ich fühle es, bin aber nicht in der Lage, es zu benennen.

Um dorthin zu gelangen, muss ich meinen Verstand abschütteln. Ein an sein Denken gebundener Naturwissenschaftler dringt nicht in diese Dimension vor."

Georg hätte ich solche Predigtsätze zugeordnet, nicht dem Physiker. Meinen Verstand will ich abschütteln. Wärme und Festigkeit wünsche ich mir. Durchwoben mit

Träumen, um die Angst zu vergessen meinen Job zu verlieren. Die Enttäuschung über das unharmonische Ende nach dem Konzertbesuch mit Georg ist verrauscht. Sie wird von der Demütigung, die ich heute im Beruf erlitten habe, überlagert. Am liebsten würde ich die Fallen, die mir das Leben gegenwärtig stellt, ins Abseits treten und mich verkriechen. Rückzug ins Kloster. Dort hat man seine relative Ruhe, seine Versorgung, seinen Rhythmus, seine Zeiten zum Beten. Beten heißt Träumen, um Hoffnungen auszusprechen für sich und andere. Beten heißt, sich dem Anschein hinzugeben, man lebe in tiefer Geborgenheit. Siehe Georg. Ich bin nicht katholisch und zweifle in meinem jetzigen Zustand an solchen Aussichten auf Geborgenheit. Dann heißt es eben, anders über die Klippen zu kommen.

Ich stelle mich ans Fenster und staune über einen nach Tagen aufleuchtenden Himmel. Er mokiert sich über meine düsteren Innenschichten. Eine geheime Kraft muss ihm von gestern auf heute das Kommando gegeben haben: Mache dich leer. Das Gewölk gehorchte bis auf kleine Schlieren über der ausgefransten Baumlinie am Horizont. Ich greife zum Handy.

Georg und ich haben, besser: Georg hat strenge Regeln fürs Telefonieren ausgemacht. Er ruft mich an, nicht ich darf den Kontakt herstellen. Es ist eine heilige Regel zwischen uns. Er wisse besser, wann wir miteinander sprechen können, ohne dass es in falsche Ohren gerät. Seither fügte ich mich. Nun will ich mich nicht mehr gängeln lassen. Ich verlange nach einem tröstenden Wort, einer schützenden Hand. Pfeif auf die Vertraulichkeit,

Gott hört sowieso mit, sage ich mir trotzig und wähle die Nummer. Georg wieder im Rausch erleben, nicht mehr wissen, wo er anfängt und wo ich aufhöre. In Hingabe baden, sich in Glut verströmen. Nicht die Kälte eindringen lassen, die mich zu ergreifen sucht. Meine Verletzungen will ich übertünchen, ausstreichen. Fortlieben.

Es ist ein Wunder, ich erreiche ihn. Er klingt schwer verständlich, entfernt und hohl, versenkt in eine Krypta.

„Wo bist du?"

Statt mir zu antworten, erteilt er mir einen Verweis, als sei ich ein Schulmädchen. Er flüstert oder er hält die Hand vor den Mund, um die Stimme vor der lauschenden Umgebung zu dämpfen. Ich gebe nicht nach:

„Ich möchte mit dir zusammen sein."

„Wie stellst du dir das vor?", meine ich zu hören.

„Warm und eng, enger und wärmer als in Rom. So stelle ich mir das vor. Kommst du einmal abends zu mir?"

Da höre ich nichts mehr von ihm. Ich stelle mein Handy ab.

Da,

in den Falten dieses Sterns,
zugedeckt mit einem Fetzen Nacht
liegen sie und warten Gott ab.
                    Nach Nelly Sachs

22. Verluste

Es schellt an der Tür um die Zeit, wenn die meisten Leute die Tagesschau ansehen und die Luft deshalb am ehesten rein ist, sagt man. Theologen lieben reine Luft und ich öffne. Ich habe es kommen sehen und wagte es nicht darauf zu spekulieren. Mit dem schwarzen eleganten Hut, seinem Markenzeichen, steht er da. Sein Bart kommt mir im Licht der Außenlampe über der Haustür grauer vor, als ich ihn in Erinnerung habe, grauer, weißer. Das wechselt. Georg war zweimal bei mir in der Wohnung gewesen. Wir haben uns kopflastig benommen wie auf einem Konvent und uns keine Intimitäten gestattet, so sehr es in mir brannte.

„Geht es dir gut?", fragt er. Federnd nimmt er die Stufen und steht in meiner Wohnung.

„Leg ab", sage ich und reiche ihm einen Bügel, auf den er seinen ewig schwarzen Mantel hängt. Ich freue mich, dass er den Pullover anhat, den ich mag, den dunkelblauen mit den Wellenlinien in Pastelltönen. Ein Gleichnis für die Wogen des Lebens. Den Seidenschal, sicherlich auch aus einer gesegneten Werkstatt, legt er sorgfältig gefaltet neben dem Hut auf dem Schränkchen ab.
Er sieht das Foto nicht und legt seine Sachen darüber.
Es ist nichts Ungewöhnliches, dass ich mich täusche. Ein aggressiver Reflex in mir verlangt nach Gewissheit.

„Kennst du das Mädchen?", frage ich und greife nach dem Bild unter dem Schal.

„Nein. Warum sollte ich?" Und gleich darauf: „Woher hast du das Foto?"

„Ich habe es im Auto gefunden. Dir muss es rausgerutscht sein."

Er schaut genauer, nimmt es nicht in die Hand. Es sei das Mädchen einer Frau aus der Gemeinde, sagt er und streicht sich vor dem Spiegel über die glatten Haare, als gäbe es da eine Kleinigkeit zu bändigen.

„Wie alt ist das Mädchen?", lasse ich nicht locker.

Schulterzucken. „Acht oder zehn."

„Die ist niedlich, die …"

„Leni …", er beißt sich auf die Zunge: „Margarete, Susi, woher soll ich das wissen?" Seine Ungeduld schreibe ich seiner Sehnsucht nach mir zu.

„Nicht Leni?"

„Ich habe mich vertan. Ich kenne sie nicht. Was schaust du mich so an?"

Ich will mir einprägen, wie Menschen aussehen, die sich irren.
Er öffnet die Schnürsenkel behutsam, jede Bewegung zelebriert er und schlüpft aus seinen Halbschuhen. Ich entsinne mich nicht, wer zuerst die Hände ausstreckte. Wir liegen uns in den Armen. Sein fester Griff, sein Mund, seine Haut, ich füge mich diesem von mir erhofften Überfall. Lange lassen wir nicht voneinander, streicheln uns, kuscheln uns aneinander und sagen nichts. Jedes Wort könnte verräterisch sein. Oder falsch. Ich öffne die Schlafzimmertür, schiebe ihn hindurch, mache nur die Nachttischlampe mit dem blauen Licht an, drücke ihn auf mein Bett, beginne ihn auszuziehen, zuerst einen So-

cken, stoße auf keine Gegenwehr, nehme den anderen Socken ab.

„Zieh dich aus", flüstert Georg.

„Eins du, eins ich", flüstere ich, ein Spiel, bei dem man flüstern muss. Unbeholfen versucht er mich aus dem rosafarbenen Pulli zu bekommen.

„Streng dich an", ermuntere ich ihn, die Losung für das, was heute Abend, heute Nacht zu erwarten wäre zwischen uns.

Er muss schon mit anderen Frauen geschlafen haben, er stößt so geübt zu. Wir haben es doch erst zweimal miteinander geschafft. Oder er ist ein Naturtalent, ein vergeblich gebremstes Naturtalent.

Die Nachttischlampe mit dem blaustichigen Licht hatte sich Alfonso erträumt. Es ist geschmacklos, dass sie leuchtet, während ich es mit einem anderen Mann tue.

Als wir die Glut hinter uns haben, zieht er die sommerliche, viel zu dünne Decke über uns und liegt lange auf mir. Dort ist er leichter für mich auszuhalten als Alfonso es war. Der hatte mehr Gewicht. Den hatte ich deshalb nach seinem Höhepunkt gern zur Seite gerollt. Georg lasse ich auf mir liegen und warte, ob er einschläft.

Ich war weggeträumt, da höre ich: „Ich glaube, es ist besser, wir trennen uns."

Ein Fanfarenstoß, der mich aus meinem Traumdösen reißt.

„Warum?", hätte ich fragen wollen. Oder: „Warum fällt dir das ausgerechnet jetzt ein?" Oder: „Was hat das mit glauben zu tun?" Ich fürchte, es ist nacheilender Gehorsam, dass ich mir solche Fragen untersage. Meistens bin ich Georg gehorsam nachgeeilt. Zu oft stelle ich nicht die entscheidenden Fragen.

Er steht auf, wirft die Decke von sich, von uns und kleidet sich an. Umständlich tut er es, das verraten mir die Geräusche, die beim Suchen, Überziehen, Zuknöpfen, dem Schließen des Reißverschlusses, dem tiefen Luftholen und dem lauten Ausatmen in der psychedelischen Beleuchtung zu mir dringen. Ich halte die Augen geschlossen. Schließlich nehme ich wahr, dass die Tür geöffnet wird.

„Adieu", sagt er sachlich und herb, nicht liebevoll, nicht zärtlich. Nicht einmal die Decke breitet er über mich.

Ich stelle mich taub, verkneife mir eine Erwiderung. Nach einer Weile wird erst die Wohnungstür, dann die Haustür zugezogen und jemand geht am Haus entlang abwärts. Ich habe geglaubt, Georg sei längst davon. Es ist kalt und unangenehm. Ich decke mich nicht mehr zu.

Wieder habe ich einen Fehler gemacht, habe einen Kratzer in der Grammophonplatte verursacht, über den die abgerissene Komposition nicht hinauskommt, an dem sie stecken bleibt, stecken bleibt, stecken bleibt …

Mich packt der Zorn.

„Verdammter Priester, das war`s ja wohl." Zwischen Wut und Verletztheit reißt ein Abgrund in mir auf. Vor Minuten waren wir glücklich miteinander gewesen. War ich glücklich gewesen.

Ich haste durch die Wohnung und lösche die Lichter bis auf das Lämpchen im Flur und das bläuliche Licht an meinem Bett, ein unbewusstes Bemühen, unsichtbar zu werden. In der Halbdüsternis bei geöffneter Schlafzimmertür schlüpfe ich in meine Klamotten, schnell, überhastet und werfe mir meinen Mantel über. Da sehe ich einen Zettel an den Türgriff gespießt. Die Schrift erken-

ne ich nicht gleich, ich reiße das auffällige Papier ab und prompt rutscht es mir aus den Fingern. Es scheint eine neue Masche zu sein, dass mir Dinge entgleiten. Das sei kein Zufall, hätte Alfonso mir gepredigt und Erika Krämer hätte sich mit ihrer Frühkindlichkeit eingeblendet. Ich will keine Predigten mehr hören, einerlei von wem, fluche ich, hebe es auf und lese im Funzellicht:
Wünsche keinerlei Kontaktaufnahme mehr. Georg.

Wieder und wieder lese ich es, bis ich begreife, dass es mir gilt. Nein, den Zettel werfe ich nicht in den Papierkorb, sondern entsorge ihn im Mülleimer, wohin ein Liebes-Kadaver gehört. Es durchfährt mich:
Georg nimmt den geliebten schwarzen Hut und den Wohltätigkeits-Seidenschal vom Schränkchen, sieht das Foto wieder, entdeckt meinen Artikel über das diesseitige und jenseitige Rom und liest ihn.

Beides finde ich nicht mehr. Oder täusche ich mich und habe den Bericht gar nicht dort abgelegt? Ich drücke Lichtschalter, mache aus der Höhle ein flammendes Lichtermeer, durchforste meine Taschen, schaue in sämtlichen Räumen nach. Vergeblich.

Zwischen Besinnungslosigkeit und Ärger reiße ich das Auto aus der Garage und fahre los. Als ich unten auf die Hauptstraße stoße, meine ich Georg an der Haltestelle zu sehen. Abends verkehren die Busse selten. Ich übergehe einen winzigen Impuls hinüberzufahren, Georg einzuladen und zu tun, als sei dieses „Adieu" nicht gewesen und als gäbe es das schräge Mädchenfoto und Georgs Abschiedsdenkzettel nicht und als hätte ich den Artikel einfach nur verlegt.
Ich lenke in die Stadt zur Spätvorstellung im *Cinema*.

Der Film ist mir gleichgültig, vorher und hinterher. Den mitleidigen Augenaufschlag des überstylten Kassenmädchens und was das junge Ding über mein Zuspätkommen sagt, stecke ich weg. Ohne von einem Anweiser behelligt zu werden, husche ich durch die Tür, platze mitten in den Hauptfilm und ertaste einen Platz am Rand. Ein Schmarren von Handlung, in den ich mich leicht hineinfinde, weil er so gewöhnlich ist. Eine Gemengelage aus Liebe und Hinterhalt tobt. Der beleibte Alterserotiker berauscht sich an jugendlichen Brüsten. Der Sound ist unerträglich für meine Verfassung.

Ohne genau hinzugucken, weiß ich, was abläuft. Das verkaufen sie einem gern. Und was ist mit meiner Alterserotik? Im Moment berührt mich nichts. Kein Sex, keine Heimlichtuerei. Keine leisen Bilder. Keine strahlenden Bilder. Ich bin aus einem Teil meines Selbst herausgefallen und in einen anderen Teil hineingeschlittert.

Am Schluss geht der eine affig davon und die andere gafft ihm unschlüssig nach. *The End.* Die Zuschauer erheben sich hörbar und nehmen mir die Gelegenheit nachzudenken, falls ich es wollte.

Sich außerhalb des Wochenendes einen Kinobesuch zu leisten, ist gewagt. Kurz nach Mitternacht lege ich mich schlafen, das braune Ding auf dem Stuhl neben meinem Bett fällt mir nicht auf. Das Telefon schellt. Wahrscheinlich meldet mir die Mailbox, wer während meiner Abwesenheit anrief. Ich reagiere nicht.

Am frühen Morgen reißt mich der raketenartige Aufstieg eines Flugzeuges vom 15 Kilometer entfernten Flughafen gleichzeitig mit dem Läuten meines Telefons aus dem Schlaf. Betäubt warte ich ab.

Beim Aufstehen, diesmal hält es mich bis zur möglichen letzten Minute im Bett, sehe ich das Ding. Es muss Georg unbemerkt im blauen Dämmer aus der Hosentasche gerutscht sein. Diese verflixten Taschen. Als ich die Börse in die Hand nehme, erkenne ich sie. Mir wird mulmig zumute. Entweder weil ich das Portemonnaie öffne oder weil ich den Telefonhörer in der Nacht nicht abgenommen habe. Ich schaue in die Kartenfächer, finde den Ausweis, die Scheckkarte, eine Mehrfahrtenkarte für die Zone drei, mit der Georg nach Hause hätte fahren wollen. Ich mag es nicht glauben. Lange betrachte ich es. Ratlos drehe ich das Foto um.

Unsere Leni wird 16 steht auf der Rückseite und das Datum: 31. Juli 2003. Ganz unten in der Ecke ein M., mit dem ich nichts anfange. Das Bild erinnert an das Foto, das Yvonne in meinem Auto fand, ist aber aus einer anderen Perspektive aufgenommen. Hier ist jene Leni gut zu erkennen. Ich vergewissere mich, man irrt sich gern, das Foto aus dem Auto liegt wirklich nicht mehr in der Diele.

Brav nehme ich es auf mich mit dem Polo vor meinem Arbeitsbeginn am Möbelklotz vorbeizufahren, in der Straße zur Strohsteige zu parken und im Stift vorzusprechen. An der Pforte gebe ich meinen Umschlag mit dem Portemonnaie gleich dem Bruder Benedikt ab, der am Empfang sitzt. Er lächelt mich an, einer, der über alles im Himmel wie auf Erden Bescheid weiß, nimmt den Umschlag an *Pater Georg Kurier* prüfend entgegen und verspricht ihn ins Fach zu legen. Was hätte er anderes tun sollen? Ich rühre mich nicht, stehe da, erwarte etwas, eine Frage zum Beispiel. Einen Augenblick rührt sich Bruder

Benedikt nicht, steht da, erwartet etwas, eine Erklärung oder eine Mitteilung zum Beispiel. Er lächelt sein gottbefohlenes Lächeln von Bruder zu Schwester.

„Soll ich Pater Georg rufen lassen?", unterbricht er das Schweigen.

„Ist er im Hause?", frage ich und merke sofort, dass ich mich mit der Frage weit aus dem Fenster lehne, weil sie *mir* neue Unannehmlichkeiten bescheren wird. *Uns* denke ich nicht mal mehr im Stillen.

Da wählt Benedikt im Haustelefon.

„Was soll ich ausrichten?"

„Ich hätte gern ein Beichtgespräch."

Jemand meldet sich. Der Bruder verdeckt die Muschel: „Wie war doch bitte der Name?"

Ich nenne ihn.

„Bruder Georg, hier steht eine Frau Marten und bittet um ein Beichtgespräch."

Er sei terminlich gebunden und stehe nur nach Voranmeldung zur Verfügung, wellt sich die Antwort durch den Draht. Boing. Jedenfalls finde ich mich kühn, steige die Stufen hinab und nehme draußen das Steuerrad meines Autos in die Hand, das mir nun niemand mehr streitig macht.

Ein Herr, ein merkwürdiger Typ mit schwarzem Mantel und Hut sei am Vortag spät abends hier gewesen, erzählt mir Ahlers. „Sah aus wie ein Monsignore, na, Sie wissen, was ich meine. Behauptete, er wäre ein Freund von Ihnen, aber Sie seien nicht da. War wohl ein verkleideter Bettler. Er fragte, ob ich ihm Geld für die Rückfahrt nach Stuttgart gebe. Hab ich getan."

Ob sich Georg melden wird?

Das Jahr verzäht
seine Frequenzen von Atem und Pulsschlag
im späten Herbst
bis in den Winter hinein.
Meteorologisch unvorhersehbar werden
Evaluierungsversuche verzweifelt
im Internet geblogt.

Jenny Hard

23. Wendezeit

Ein Anruf bei meiner Buchhändlerin genügt, nach zwei Tagen halte ich das Buch in der Hand. Sofort lese ich mich ein in die mir fremde Welt geistiger Behinderungen. Selbst wenn ich die Erfahrungen aus der Sternenhalde mit einfließen lasse, habe ich längst nicht genug Material für entsprechende Romankapitel. Das Thema, das in meinem seitherigen Leben keine Rolle spielte, wird mich fordern.

Die folgenden Wochen schleichen. Das tägliche Geschehen nehme ich aus einem für mich untypischen Abstand wahr. Kaum ein Ereignis packt mich mit Haut und Haaren oder drängt sich in meine Träume. Das hat mit Flucht zu tun. Stehe ich unter der Dusche und bearbeite mich mit der Massagebürste, streife ich Strich um Strich altes Fell ab und fühle, dass meine Haut neues Blut ansaugt. Vergangenes und Zukünftiges liegen miteinander im Clinch. Manchmal fürchte ich, sie löschen sich gegenseitig aus und mir bliebe nur das erstarrte Gegenwärtige. Hochmütig habe ich gedacht, die Vergangenheit sei abzuschütteln. Du darfst dich frei fühlen, beruflich und privat, beschwichtige ich mich und glaube es selbst kaum.

Das Verhältnis zu meiner Chefin ist abgekühlt. Ihre Aufträge prasseln als Befehle auf mich nieder. Gebe ich nicht Acht, legen mich Frau Obermüllers Androhungen, mich zu entlassen, das undurchsichtige abrupte Ende meiner Beziehung zu Georg und Sakinas Abtauchen in neue Ketten.

Was ich unternehme und was ich dabei wahrnehme, ist geprägt von Verlangsamung bis zur Zeitlupe. Mein Schwung ist dahin. Das ist der Grund, weshalb ich mich nicht mehr täglich mit dieser ausdrücklichen Gier ans Schreiben mache.

Vor seinem eigentlichen Ende rinnt mir das Jahr aus den Händen. Mit einem Schlag, dem Übergang des Spätherbstes in einen kalendarischen Winter, komme ich mir alt vor. Als seien Müdigkeit und Ermattung Hinweis auf das Altwerden.

Ich merke, dass mir persönliche Kontakte in der Nähe fehlen. Alfonso hatte mich eingelullt, die Verbindungen zu seinen entfernten Kollegen und teilweise deren Familien habe ich nicht weiter gepflegt. Sakina Banos Verschwinden wird mir persönlich von der Firma angelastet. Ich bin verwirrt.

Da beschließe ich, mich nach Grunbach aufzumachen. Die Strecke habe ich mit Yvonne auf dem Weg zum Wohnheim der Sternenhalde genommen und den Rosalieweg finde ich auf Anhieb. Vor dem Haus Nummer 17, einem schlichten Anderthalbfamilienhaus, halte ich an und wundere mich über geschlossene Fensterläden im Souterrain. Zwei Namensschilder neben den Klingelknöpfen geben Krug an und das dritte, das untere, ist verklebt. Mühsam erkenne ich die Buchstaben durch den hellen Klebestreifen: Sakina Bano Masrur. Auf mein Klingeln hin regt sich erwartungsgemäß nichts und ich werfe einen Zettel ein:

Liebe Sakina, hoffentlich geht es Ihnen gut. Bitte melden Sie sich!

Vorsichtshalber schiebe ich auch bei Krug eine Notiz ein. Man möge mir bitte etwas über Frau Sakinas Verbleib mitteilen, falls man informiert sei. Mit matter Hoffnung kehre ich um. Es kam keine Rückmeldung.

Die Weihnachtstage sind leer. Ich lade niemanden ein und werde nicht eingeladen. Die Familie meines Bruders hat mich nicht völlig vergessen. Zu viert verbringen sie das Fest auf Teneriffa, melden sie vor dem Abflug auf einer Karte mit Konfektions-Weihnachtsmann. Kleingedruckt ist eine Blindenorganisation als Spender der Karte angegeben.

Ich gehe spazieren und lese viel und ohne allzu große Genauigkeit. Nach einer Woche merke ich, dass ich nichts geschrieben habe, keine Weihnachts- oder Neujahrspost, keine literarische Zeile. Der Silvestersekt schmeckt mir nicht zu den schalen Vormitternachtsprogrammen im Fernsehen. Angeödet schalte ich den Apparat ab und stelle die angebrochene Flasche in den Kühlschrank. Ahlers geht am Silvesterabend aus, die Türgeräusche verraten es. Das verstärkt mein Gefühl des Verlassenseins ungeachtet dessen, dass ich mit dem Ahlers bis auf gelegentliche Flurplaudereien kaum etwas zu tun habe. Die Silvester-Zischer und Kanonenschläge überstehe ich im Bett, vor Einsamkeit fühle ich mich matt. Unter der Daunendecke schaue ich durch ein Brennglas in mein gegenwärtiges Leben und wirble die Bruchstücke der Bedrohungen durcheinander, bis sie sich aufspalten, vervielfältigen und ständig neue Aspekte hervorbringen.

Die Trennung von Georg und mein Verdacht, dass er mehr über Leni weiß, als er zugibt, schütteln mich. Ich drücke meinen Kopf ins Kissen, das sich zunehmend feucht anfühlt.

Wünsche keinerlei Kontaktaufnahme mehr.

Georg gab mir keine Gelegenheit den Grund oder die Gründe für seinen Rückzug in einem Gespräch zu klären, systemische Therapie hin oder her.

Am Abend darauf steht *er* vor meiner Tür. Er trägt ein zu bunt kariertes Flanellhemd, das gut und gern ein Arbeitshemd sein könnte. Hellbrauner Sakko, dunkelgraue Hose. Peinlich. Ich gebe mir einen Ruck und bitte ihn in meine Wohnung. Wir setzen uns ins Wohnzimmer und ich hole den restlichen Sekt aus dem Kühlschrank. Mit den üblichen Sprüchen garniert folgt das Anstoßen aufs Neue Jahr. Ob es mir gelingt die angestrebte Zurückhaltung auszustrahlen, weiß ich nicht. Dann sagt er, er fliege übermorgen für drei Wochen nach Thailand und wolle mir deshalb Bescheid geben. Automatisch rücke ich mit meinem Sessel zwei Handbreit ab.

„Nach Thailand?", frage ich und Ahlers nickt. Ich ahne Peinliches, Unangenehmes, Übles und nehme mir vor, mich auch fortan auf Distanz zu ihm zu halten. Er drückt mir eine Kontaktadresse in die Hand, *falls etwas ist.*

„Chiang Mai", lese ich und zitiere den Titel eines Berichts in unserem *HIN UND WEG:* „Die Stadt im Quadrat."

„Nordthailand", nickt er.

„Alles Gute und gesunde Heimkehr!"

Alfonsos Zufallstheorien hin oder her, es *ist* Zufall, dass ich gleich darauf mitten in der Woche, am ersten Donnerstag des beginnenden Jahres, eine neuerliche unerwartete Begegnung habe. In der Fußgängerzone entdecke ich Yvonne. Ich haste ihr nach und wäre genauso gern vor ihr weggelaufen. Mein harsches Benehmen beim Abschied nach dem Besuch in der Sternenhalde gehört mit zu meinen gegenwärtigen Verschiefungen. Ich komme mir klein vor, bucklig von mancherlei Krümmungen und unansehnlich. So stehe ich neben ihr, als ich sie vor dem französischen Schuhladen einhole. Lachend erkennt sie mich.

„Schön, dass ich dich sehe!", jubelt sie, „ich wollte mich früher mal bei dir melden, immer habe ich es verschoben. Typisch Leben!"

Sie umarmt mich und ich bin überwältigt von ihrem Auftritt, mit dem sie unsere Vertrautheit unerschrocken und unbändig zur Schau stellt und mein Gleichgewicht stabilisiert. Mit ihrem nicht ganz echten Lachen stößt sie eine Leichtigkeit aus, schwerelos wie der Rauch einer Filterzigarette. Ein älterer Herr bleibt stehen, lächelt erst uns zu, dann vor sich hin und trottet weiter. Ich möchte eine Art Wiedergutmachung an Yvonne leisten und lade sie ins Café *Zum Geiger* ein.

„Superidee!" Sie trippelt mit mir los.

An einem ruhigen Fenstertisch mit dem Blick auf den Blarerplatz machen wir es uns bequem. Mantel, Jacke, Einkaufstüten und Taschen, unser ganzer Krempel duckt sich mit dem Flair eines unorganisierten Lagerplatzes auf den leeren Stühlchen. Bei Mohnkuchen nach Balkanart, für den das Café berühmt ist, genießen wir unseren Cappuccino.

„Was Neues?", fragt sie zwischen zwei Gabelportionen.

„Unsere pakistanische Autorin Sakina Bano ist verschwunden", sage ich, „wir wissen nicht wohin", und nehme den ersten Schluck.

„Oh", meint sie, „von der hast du mir nichts erzählt. Das ist stark. Muslimische Ausländerinnen setzen sich allerhand Gefahren aus. Ihr solltet die Polizei einschalten. Die Sicherheitsorgane. Falls es für solche Fälle bei uns welche gibt."

Ähnliches hatte ich während der Standpauke im Verlag überlegt, ohne Ernst zu machen. Ich bin hingerissen von Yvonnes Weltläufigkeit, die den banalen Alltag durchdringt.

„Das müsste ich mit meiner Chefin besprechen."

„Tu das unbedingt!", drängt mich Yvonne.

Ich schaue hinaus auf den Platz. Ein Familienclan mit drei heranwachsenden Pummelchen schlendert vorbei. Dann konzentriere ich mich wieder auf uns. Yvonne hat zugenommen. Fältchen werfen ihr Halbbögen unter die Augen. Müdigkeit trotz der Schulferien, schätze ich.

„Wie geht es dir?"

„Ich bin schwanger." Sie sagt es nicht begeistert, nicht abwehrend. „Mal sehen, wie das Wetter wird", hätte ähnlich geklungen.

Ob sie von mir erwartet, dass ich sie mit Fragen bedränge, überlege ich, schweige und warte und denke, dass wir uns ein zweites Stück Kuchen bestellen müssen. Wir entscheiden uns für die Haustorte mit der Apfelfüllung.

„Wahrscheinlich im dritten Monat."

Da rechne ich rückwärts und lande bei Anfang Oktober. Ein Reiseunfall kommt nicht in Betracht.

„Interessiert dich das?", fragt Yvonne und jeder hätte einen Vorwurf herausgehört.

Beim zweiten Bissen, den ich mit den Lippen von der Gabel in den Mund schiebe, finde ich, dass die Haustorte diesmal zu süß schmeckt und zu cremig ist.

„Natürlich", gebe ich zurück, „ich überlege, was ich fragen soll." Endlich: „Wer ist der Vater?" Sie nimmt die Aufforderung an.

„Der Vater ist Geologe und Biologe und Prähistoriker oder was Ähnliches und erforscht Festlandplatten und Pflanzenkulturen und weiß der Himmel was alles. Am liebsten in Fernost. Querbeet, Thailand, Kambodscha, Burma. Pakistan. Dschungel und Himalaja. Dort findet er es aufregend interessant für sich. Keine Ahnung, wo er steckt." Mit gezwungenem Lachen schiebt sie nach: „Wo er sich versteckt."

„Tsunami und Erdbeben?", frage ich, um zu reagieren.

„Das auch", zuckt sie mit den Schultern, „jedenfalls hat er bei mir einen Wirbelsturm und ein heftiges Beben verursacht." Plötzlich ist sie mürrisch, was ich nicht an ihr kenne. „Verschwunden. Ich höre nichts mehr von ihm. Die Uni, mit der er zu tun hat, ist angeblich nicht informiert. Die Botschaften und Konsulate winken ab oder reagieren nicht. Seine Freunde und Kollegen zucken mit den Schultern. Das sei schon öfter so bei ihm gewesen. Jedes Mal sei er nach `ner Weile wieder aufgetaucht. Das soll ein Trost sein. Der Kerl ist wie vom Erdboden verschluckt – und das als Geologe."

Häme steigt uns ins Gesicht.

„Die einen sagen, er sei mit einer Frau durchgebrannt. Andere munkeln, er hätte sich ins Religiöse verdünnisiert. In die Richtung hätte es ihn schon früher gezogen. Manche tippen auf Unfall. Von einem Verbrechen, in das er geraten ist, will man nicht ausgehen. Um mich zu beruhigen, schätze ich mal. Seine Spur verliert sich seit seinem Abflug im Oktober. Zum Abschied haben wir miteinander geschlafen. Peng. Er wüsste selbst nicht genau, wohin es ihn verschlägt, außer nach Fernost, Thailand, behauptete er. Von da an Funkstille. Seine Eltern nehmen es gelassen hin. Ihr 35-jähriger Spross sei von Natur aus grenzwertig abenteuerlich. Man habe nie gewusst, ob und wann er abhaut oder aufkreuzt. Schließlich sei er ein erwachsener, selbstständiger Mensch. Offenbar haben seine Alten kein besonders enges Verhältnis zu ihm. Sagen wir mal, keine Standleitung. Sein alter Herr machte mir Vorwürfe, als ich was von meinen anderen Umständen erwähnte. Jede Frau mit Verstand hätte die Umtriebigkeit seines Sohnes schnallen müssen und sich nicht ungeschützt zu ihm legen dürfen. Kondome bekäme man in jedem Drogeriemarkt. Außerdem sei ein Vaterschaftstest angebracht, falls ich gedächte, irgendwelche Ansprüche zu stellen. Im Übrigen wünschen sie keinen Kontakt mehr zu mir. Ich auch nicht mehr zu denen. Der Idiot. Scheiße. Das Kleine will ich bekommen.“

„Und deine Eltern?“ Mir ist der Appetit vergangen und ich zerstochere den Kuchen.

„Die wissen es nicht. Ich wollte bei denen ausziehen. Jetzt …“

„Und jetzt?“

„Ich freue mich auf das Kind. Ende Juli soll es kommen. Es wird mir helfen, mich zu verankern."

„Wo seid ihr euch begegnet, er und du?"

„Das ist eine lange Geschichte." Auch sie fängt an den Kuchenrest zu zerbröseln. „Wir kannten uns von unterwegs. In einem Hotel in Kambodscha, in Phnom Penh, sind wir aneinander vorbeigelaufen. Small talk. Wie es eben ist, wenn sich Europäer weit weg von Europa begegnen. Er arbeitete dort geologisch und ich war unterwegs nach Seam Reep."

Ich wittere einen Bericht für *HIN UND WEG*. Der würde mich retten. Yvonne mit ihrem mitreißenden jugendlichen Redestil könnte ich als Ersatz für Sakina Bano einführen. Sie schaut gehetzt auf die Uhr, springt auf und ruft nach der Bedienung.

Von jetzt auf nachher bricht sie auf wie ihr verschollener Typ. Die zwei passen gut zusammen.

„Du, ich muss gehen", sagt sie. „Es war nett dich zu treffen. Wir telefonieren mal. Ich will meine Bewerbung zum Sonderschulstudium rausschicken. Das eilt." Schon hat sie ihre Jacke an und die Tasche in der Hand, ich reiche ihr die Einkaufstüte der Boutique *Isabelle* nach und habe keine Zeit mehr zu fragen, was Neues, Schönes darin ist.

„Ich zahle", sage ich. Wahrscheinlich habe ich ihr alles Gute gewünscht.

Mit *Danke, Tschüs* öffnet sie die Glastür und steht auf dem Platz, der historisch getränkt ist mit religiösen Glaubensseufzern. Der modische Bogensaum ihres Flanellrocks schwingt bei jedem Schritt. Sogar die schwarzen Strickstrümpfe lassen ihre Beine schlank aussehen. Sie sollte es ihren Eltern rasch mitteilen, finde ich.

Donnerstag, der 5. Januar 2004. An die neue Jahreszahl muss man sich gewöhnen. Anfangs werde ich mich ein paar Mal verschreiben. Ich bleibe sitzen. Donnerstags habe ich frei. Der Freitag wäre praktischer. Frau Obermüller besteht darauf, dass freitags alle anwesend sind, um einen gewissen Wochenabschluss auf die Reihe zu kriegen. Sie hat Angst, man arbeitet sonst donnerstags, gierig auf ein langes Wochenende, zu schlampig.

Yvonne und das zu erwartende Baby ... *wünsche keinerlei Kontaktaufnahme mehr.*

Alfonso und ich hätten gern Nachwuchs gehabt, es hatte nicht geklappt. Kinder – eine Gabe Gottes.

Ich zahle nicht, bitte um ein Glas Wasser pur, nicht eisgekühlt, sondern leicht angewärmt. Um den Blarerplatz mit seiner unruhigen Ruhe besser zwischen den gerafften Gardinen hindurch zu überschauen, wechsele ich den Stuhl. Zum ersten Mal betrachte ich das Gemeindehaus mit seinem nüchternen gelben Farbton bewusst. Auf den Namenspatron kann ich mir keinen Reim machen: Wann er lebte, was er für seine Stadt, seine Gemeinde tat. Ob heutzutage Überbleibsel seiner Energie in Erkenstadts Protestantenleben wirksam sind. Alfonso spricht von den Energien zwischen den Dingen. Davon, dass die Dinge nicht Materie bleiben, wenn man tiefer und tiefer in sie eindringt und sie unablässig in kleinere Einheiten zerlegt. Bis man zu dem Punkt vorstößt, an dem sich die registrierbare Materie auflöst in Potenziale von Energie.

Das Gebäude ist der Vorbau der Franziskanerkirche, die sich ins fast Unsichtbare duckt. Dort hinten, Georg, dort in der Kirche war unsere erste Begegnung. Erinnerst du dich? Ich ging am Ende der Andacht, die du hieltest, nach vorn, um ein paar Sätze mit dem Priestermenschen auszutauschen, weil ich sein Gesicht aus der Nähe betrachten wollte. An jenem Abend begann unser Lied der Liebe, ein leises Lied, das in Rom ein hohes wurde. Und nun – verklungen ist?

Menschen laufen gelassen oder zielstrebig zwischen dem Café und dem klerikalen Gebäudekomplex hindurch. Ein junger Mann sieht sich um, macht kehrt und eilt in dieselbe Richtung zurück, aus der er gekommen ist.

Nur dann nehmen die Nullen und Einser die Gestalt an,
die wir Matthäuspassion nennen.

24. Gang durch die Stadt

Endlich zahle ich. Draußen stolpere ich in eine Stadtführung.

„Der Name des Platzes verweist auf Ambrosius Blarer. Der war ein bedeutender Reformator Württembergs." Die ältliche Führerin gibt es jubelnd von sich und ist sich sicher Lebensbedeutsames zu verkünden.

Ich gehe weiter und stoße auf die langjährige Postagentur an der Ecke. Regale und die Ladentheke drinnen, einst prahlende Designerstücke vom Fließband, sind geräumt und geben einen Hochmut des Verlassenseins durch die schmutzigen Scheiben von sich, der mich schockiert. Mit dem Papier- und Kleinkram verschwand der Charme. Der Anfang mancher Jahre: Dinge verschwinden, Einrichtungen werden aufgelöst, Geschäfte und Beziehungen aufgegeben. Arbeitsverhältnisse geraten ins Wanken. Energieströme löschen sich aus.

Jemand stellt sich neben mich und wirft seinen Schatten, den ich einen Moment lang für meinen eigenen halte, in die geplünderte Agentur. Als er zurückweicht, stehe ich wieder allein da. Ein paar Drähte von Abmontiertem staksen über der Eingangshöhle nach oben. Den öffentlichen Briefkasten hat man abtransportiert.

Alfonso: „Die pure Materie ist keine Form. Sie bildet Formen. Diese und die Wechselbeziehungen zwischen ihnen sind alles, was uns zur Beschreibung der Welt bleibt. Form ist nur eine Anordnung von Materie, die

Gestalt annimmt. Ich kann sie in die Hand nehmen. Weil sie handfest ist, lässt sich über sie reden. Wo ich hingreife, habe ich Festes, Spürbares, Fühlbares in den Fingern. Alles um mich herum ist aus solchen Brocken gebaut. Der Lehmklumpen der ersten Schöpfung passt dazu. Zwischen den Brocken tummeln sich die Kräfte. Auf diese Weise beschreiben wir die Welt. Die einen stützen sich auf das, was wir sehen und anfassen können. Die anderen ergründen die Wechselwirkungen, das sind unkonkrete Wirkungen."

Wir saßen am Küchentisch.

„Wie kriege ich es hin, dass der Tisch seine Form ablegt und die reine Materie bleibt?"

„Ich zerlege ihn."

„Gut, du nimmst Beil oder Säge und zerstörst."

„Ich habe Stücke, Splitter, Spreißel."

„Du machst weiter und kommst zum …"

„Atom."

„Wäre das die letzte, reine, kleinste Materie?"

„Zählt ein Atom überhaupt zur Materie?"

Alfonso war stolz, dass er mich auf die Fährte gesetzt hatte, die sein Forscherleben ausmachte, ihn vorantrieb und ihn beunruhigte. In solchen Situationen, in denen er die Herzstücke seines Forschens jemandem erklären durfte, wurde er ruhig und geduldig. Das breite Lächeln, das ihn selbst schützen sollte vor der Unerbittlichkeit seiner Thesen, verzog sich. Beim Atom habe man festgestellt: Es sei keine Materie mehr, es sei bereits Form. Alfonso, da kam ich nicht ganz mit. Es war zu viel für mich.

„Schwierig?", fragtest du und flüchtetest dich in deine geliebte Musik. „Denke an die Matthäuspassion. Stell dir das Orchesterwerk vor mit seinen Oboen, Celli und den anderen Instrumenten. Nimm mal an, die Musik wird auf eine CD gebrannt oder, wie man es früher machte, auf eine Schallplatte gepresst. Bei der Schallplatte wird es anschaulicher. Dort wird die Musik auf eine Linie gebracht. Sie wird in eine Linie gezwängt. Du kennst die Platten gut. Die Linie, die Rille, ist nur verwackelt. In der Verwackeltheit, in der Form der Linie steckt die Klangfülle. Du siehst, die Form ist viel wichtiger als die Schellackplatte, in der die Musik bloß eingekratzt ist. Mehr nicht. Diese Form wird beim Abhören in Schallwellen verwandelt. Sie treffen dein Ohr, werden in dein Hirn geleitet – und du hörst die Passion. Leg die Schallplatte weg und greife zur CD. Dort ist es überschaubarer und trotzdem geheimnisvoller. Du findest nicht einmal eine Rille, lediglich Nullen und Einser, die auf einer Spirale aufgereiht sind und von einem Laser abgetastet werden. In dieser Reihenfolge zwischendrin, in diese Reihenfolge eingeklemmt ist das, was wir Matthäuspassion nennen. Es sind nichts als Nullen und Einser, die uns ergreifen."

Damals wusste ich nicht, dass wir es Mendelssohn Bartholdy verdanken, dass die Matthäuspassion wieder ans Tageslicht kam. Und dass ich das erfahren würde, weil mich meine nächste Liebe zur jüdisch-deutschen Philharmonie einladen würde. Und dass die Kränkung dieser Liebe an jenem Abend einsetzen und sich fortfressen würde bis zur Trennung. Weil die Energieströme einander auslöschten.

Ich verlasse das Kopfsteinpflaster, bei dem man sich mit jedem Schritt davor hüten muss den Fuß zu verknacksen, und durchquere die tiefer gelegenen Grünanlagen.

Kein Hund, kein unerlaubter Fahrradfahrer, keine Beziehungen oder Bekanntschaften stören mich. Aus dem Braungrün steige ich die Stufen hinauf in die Gassen. Zwischen Kaufhäusern, Boutiquen, einem nicht zu großen Supermarkt und der Streu aus Läden in Fachwerkhäusern ist es erschreckend menschenleer.

Vor dem Neuvital-Reformhaus steht die stadtbekannte dicke Blonde. Das Gute in mir wallt auf und ich kaufe ihr das neueste *trottoir*-Heft ab, das Monatsheft der Obdachlosen und Arbeitslosen, in der Hoffnung, dass die Frau mittleren Alters nicht auf immer und ewig auf der Stelle treten muss. Zum Kaufpreis lege ich zwei Münzen drauf. Kaum halte ich das Heft mit seinem ordinären Billiggeruch in der Hand, bin ich mir nicht sicher, ob ich es lesen oder gleich in einem Papierkorb entsorgen werde. Vor den Augen der Blonden stecke ich es ein.

Zu Hause habe ich es doch durchgeblättert und den Hauptartikel gelesen: *Wie der Mann wirklich ist – biologisch – kosmetisch – charakterlich.* Offenbar sind Männer genauso kompliziert wie Frauen und jeder Mensch ist eine Person für sich und ich sollte mehr Nachsicht mit Georg üben. *Üben,* dachte ich. Auf einmal habe ich Alfonso mit seiner auf eine Sache konzentrierten Sichtweise und Georg mit seiner Sehnsucht nach Verinnerlichung besser verstanden. Zwei Männer auf Rückzug. Ausgerechnet ein *trottoir*-Heft musste mir zu der Erkenntnis verhelfen.

Ich bummle an Cafés und Kneipen vorbei. Viele schließen, ehe man sie richtig wahrgenommen hat, und neue tun sich auf. Ausströmende Tagesdünste überlagern die Morgengerüche. Kurz vor zwölf finde ich mich am

Rand der Innenstadt. Im Internationalen Buchladen will ich mich nach Reisebuchneuausgaben umsehen. Daran merke ich, dass ich meinen drohenden Hinauswurf aus dem *Windwechsel* unbewusst übergehe. Ein Hinweisschild *Wegen Inventur geschlossen* zwingt mich zur Umkehr.

Wie soll ich meinen Roman von der reisebesessenen jungen Frau nach der Schilderung des Bahnhofsszenarios anlegen? Das Kind, das unterwegs ist, erweitert und verengt die Lebensrealität seiner Mutter, der Hauptfigur. Die Wirklichkeit und meine erfundene Geschichte müssen sich reiben, damit keine lebende Person erkennbar ist. Die Hauptfigur sollte ich auch für mich auf keinen Fall Yvonne nennen. Das würde die Geschichte in die Enge treiben. Meine Bilder müssen aufsteigen und ihre Flügel ausbreiten dürfen. Es pocht in mir, weil es schwierig geworden ist, das Heft zwischen erdachtem und wirklichem Leben fest in der Hand zu halten.

Auf dem Bogen zurück in den Kern der Stadt grüße ich einige Male oder werde gegrüßt. An einer Stelle gebe ich mich mit einem belanglosen Modeschaufenster für Damen ab Größe 48 ab, weil sich nichts Besseres an der Seite findet. Dort warte ich, bis die von allen guten Geistern samt Ehemann verlassene Schwatztante Neuberg mit ihren Einkaufstüten abgezogen ist.

Yvonne bekommt ein Baby. Wird das meinen Romanentwurf beeinflussen?

Ein Akkordeonspieler durchweht das Einkaufssträßchen mit russischen Sentimentalitäten. Mutterseelenallein. In seiner Steppe. Ich fühle mich ihm nahe. Mit freudigem

Nicken bedankt er sich für die Münze und dehnt die Ak-
korde. Für mich. Da lächele ich in meiner Alltagseitelkeit
ebenfalls.

Die dicke Linde
vorm Fenster
der Kindheit
verdunkelt den Raum.
　　　　Viola Kühn

25. Babysachen

Manchmal, wenn man sich geschwächt fühlt, mit seinen
Beinen in einer Kuhle mit nachgiebigem Boden steckt
und mit dem Kopf irgendwo anzustoßen droht, was ich
nicht Himmel nennen möchte, hilft es einem heraus, sich
von heute auf morgen um jemanden zu kümmern, der
selbst zu kämpfen hat. Telefonieren ist da eine Hilfe.

In der Woche nach unserem Treffen im Café raffe ich
mich auf und rufe abends bei Yvonne an. Sie ist ein Türgriff für mich. Sobald ich mich seiner bediene, öffnet sich
ein Raum, der mich beim Betreten lockert. Darauf hoffe
ich auch dieses Mal. Nach einigen Anläufen erreiche ich
sie. Sie scheint an den Apparat gehastet zu sein. Ich höre
sie keuchen. Es sei alles in Ordnung bei ihr, sagt sie. Sie
scheint mit meinem Anruf gerechnet zu haben, jedenfalls
tut sie nicht erstaunt.

„Dem Kind geht es gut!", lacht sie. „Wahrscheinlich
kriege ich mal eine Cerclage."

„Welchem Kind?", frage ich, weil ich nicht gleich begreife und das Fremdwort kenne ich nicht.

Sie erklärt es mir. „Das ist eine Schnur um den Mut-
termund, damit das Kleine nicht zu früh rausrutscht. Ich
hoffe, es klappt ohne. Das Einsetzen soll unangenehm
sein. Drei Tage Klinik und stressige Medikamente. Was
tut man nicht für seinen kleinen Fratz."

Womit man alles rechnen muss, wenn man schwanger ist.
Sie gehe zu den vorgesehenen Untersuchungen, müsse ihren Blutzucker regelmäßig messen, das sei zwar lästig. „Weißt du, das gehört eben dazu." Eine Ultraschalluntersuchung lehne sie ab. Sie nehme an, was komme, Junge oder Mädchen. Das erfahre sie früh genug, wenn man ihr den Wonneproppen in den Arm lege. Außerdem seien die Vorhersagen wackelig, womöglich habe man sich auf die falsche Farbe für die Babysachen festgelegt. Im Juni fängt ihr Mutterschutz an. Der Termin sei praktisch, er verlängere ihr die Sommerferien.

„Übrigens gelte ich in der Sternenhalde offiziell als Hilfskraft und werde eine Stufe besser entlohnt. Praktikantinnen bringen es nur zu einem Taschengeld."

Das zu hören beruhigt mich.

„Die Schüler wissen, dass ich ein Baby erwarte. Dauernd schleicht jemand an und will meinen Bauch betasten."

Gemeinsam mit Frau Rarer versuche sie der Gruppe Vier anschaulich begreiflich zu machen, wie ein Kind im Bauch heranwachse. Mir wird unbehaglich. Yvonne ist nicht zu bremsen. Die ersten Sachen träfen ein und Annette habe sich in den Kopf gesetzt ein Lätzchen mit Ärmelchen zu stricken. Deshalb bringe eine Handarbeitskollegin der ganzen Gruppe Stricken und Häkeln bei. Was ein heftiges Unternehmen sei. Vor lauter von den Nadeln gerutschten Maschen habe man manchmal kaum Platz auf dem Fußboden, um die Füße draufzustellen. Yvonne prustet los. Es muss ihr umwerfend gut gehen, wenn sie so herzhaft darüber lacht.

„Nach der Entbindung werde ich rasch wieder arbeiten", höre ich. „Meinen Eltern habe ich es gleich nach dem Treffen mit dir gesagt."

„Wie haben sie reagiert?" Ich fühle mich ins Vertrauen gezogen, sonne mich darin und finde, ich dürfe die Frage unverblümt stellen.

„Mein Vater brummelte sein Naja. Das war alles. Meine Mutter freute sich sofort auf das Kleine. Sie seufzt zwar, das Baby hätte geordnetere Verhältnisse verdient. Und was machst du, ist dein neues Werk vorangekommen?"

Der Schwenk ist eine beißende Frage, die ich eher fürchte, als dass ich mich über sie freue.

„Ich recherchiere", sage ich und finde mich hinterhältig, schließlich ist Yvonne ein Opfer meiner Recherchen. Das Fachbuch zum Einlesen, Yvonne zum Aushorchen.

Dann schweige ich. Im Moment klemme ich mich hinter nichts. Vor zwei Monaten sah ich das anders, meinte, ich sei einem unstillbaren Schreibwahn verfallen. Das war ein Irrtum.

„Du sagtest mir neulich, du wolltest dich zum Sonderschulstudium anmelden", fällt mir ein. Es ist ein Rettungsanker. „Hat das geklappt?"

Wahrscheinlich ist es ungeschickt eine Schwangere unverhohlen nach beruflichen Aufbauplänen zu fragen. Sie wird Nein sagen müssen und das wäre ein neuer Schmerz für sie.

„Voraussichtlich erhalte ich die Zulassung, sagt der Chef. Ich muss nur das mit dem Kind regeln."

Es wird hart werden, schätze ich und behalte es für mich.

„Ich habe da was in Aussicht."

Das klingt tröstlich, hoffnungsvoll. Eine Nothoffnung, die in Selbsttäuschung verschwimmen wird. Das täte mir weh für Yvonne. Ich frage nach der Dauer des Mutterschutzes und bin froh, dass mir auf Anhieb die Bezeichnung für die gesetzliche Regelung einfällt, die ich nie nötig hatte. Sechs Wochen vor der Entbindung und zwei Monate danach sei man vom Arbeiten befreit und erhalte finanzielle Unterstützung. Ich wage nicht nach der Höhe zu fragen. Ein Jahr Elternzeit könne sich anschließen. Die Nachbarin werde bei der Betreuung helfen, verspricht sie. Sie habe sich immer ein zweites Kind gewünscht und freue sich auf das Erlebnis, ein *normales* aufwachsen zu sehen. Das Wort normal schneidet mir ins Herz. Die Frau arbeite halbtags in der Krankenhauskantine. Und Yvonnes Mutter wird zuverlässig einspringen.

„Yvonne, wir werden das hinbekommen", sagen sie.

Der Verbleib von Yvonnes Liebespartner, dem Vater ihres entstehenden Kleinen, dem Herumtreiber, der Fernes durchkämmt – man wüsste gern, wo der seine Zelte aufgeschlagen hat.

„Wenn ich etwas für dich tun kann …", ein Pro-for-ma-Angebot von mir, von dem ich hoffe, dass Yvonne nicht zu direkt darauf zurückgreift. Doppelstimmiges „Alles Gute". Auflegen.

Am nächsten Tag ertappe ich mich nach meinem Feierabend bei *A bis Z,* dem größten Kaufhaus vor Ort, beim Stöbern in der Babyabteilung. Ich streichle über Bodys, Jäckchen und Höschen, Hemdchen, Strampelchen, was da aufgereiht ist oder auf den Wühltischen ausliegt. Die Winzigkeit macht mich weich. Die Größenbezeichnungen sagen mir nichts, doch die Farben und die Modelle fangen mich ein, je länger ich schaue. Gern würde ich mich jemandem in die Arme werfen und mich trösten lassen. Eine zickige Verkäuferin postiert sich wortlos neben mich und ordnet, was ich auseinandergefaltet habe. Jeder ihrer energischen Handgriffe ist ein Vorwurf gegen mich. Schuldbewusst kehre ich ihr den Rücken und trotte in die Bücherabteilung. Ich lande bei Reiseliteratur und Sprachführern, die Regalbretter sehen mir wohl an, in welcher Branche ich wurzele. Ich gebe nicht auf und gerate in Kochschnickschnack und Trivialliteratur. „Kann ich Ihnen helfen?" Jemand Freundliches verweist mich auf einen Extratisch mit Büchern für werdende und gewordene Eltern. Dankbar nehme ich eins nach dem anderen in die Hand und merke, dass ich nur die Umschläge betrachte und die Bücher unaufgeschlagen lasse. Eine Last aus Trauer und vergeblichen Bemühungen wandert von meinen Händen in meinen Körper. Schließlich traue ich mich Glücksgeschichten über Kinder aufzuschlagen. Ihr Zauber schmerzt mich. Ich erwische ein Comic für Jugendliche: *Hey, meine Alten sind schwer erziehbar*. Da geht es mir besser.

Das Schwanken zwischen dem Sehnen nach weichherziger Elternschaft und der Angst vor der Vereinnahmung durch Nachwuchs nehme ich mit nach Hause. Unterwegs lächle ich Mütter mit kleinen Kindern an. Es ist ein Experiment. Die wenigsten wirken entspannt und lächeln oder grüßen zurück.

An einem der folgenden Tage habe ich beim Aufwachen Bauchweh und verspüre Übelkeit.

Scheinschwangerschaft. Du hast dir eine Scheinschwangerschaft eingehandelt.

Briefe aus Erdrillen,
unbekannt, unbekannt versandt
an mich,
als kenne mich da einer.
Wer denn?
Was will er denn?
Nennt mich bei meinem Namen …
                    Unbekannt

26. Verwischte Spuren

Ich sitze am Büroschreibtisch, früher hätte man in meinem Gemütszustand am Bleistift gekaut. Heute ist das nicht mehr modern. Ich stehe auf, gehe ans Fenster und kultiviere den Nichts-mehr-sehen-wollen-Blick ins Ungefähre. Nichts könnte ich von diesem Draußen beschreiben, weil ich nichts sehen will. Eine vom Leben Ausrangierte, so komme ich mir beim Betreten des Verlagshauses vor.

Die Blinksignale des Telefons sind Lichter, die den Pfad durchs Nachtdickicht beleuchten, dass einer hinausfindet. Ein Funken von Verantwortung lässt mich auf sie reagieren und ich gerate an eine Männerstimme, die von sehr weit her zu kommen scheint. Das mitschwingende Rauschen macht sie noch unverständlicher. Den Namen verstehe ich nicht, ich frage nach und begreife keinen Zusammenhang. Meine Ohren pochen vor Konzentration und filtern ein unbeholfenes Englisch aus der Leitung. Manche Sätze bestehen nur aus Brocken oder wimmeln von falsch benutzten Wörtern. Verständliches mischt sich hinein, das mich aufs Neue auf eine falsche Fährte setzt.

Nach einer langen Kette von Holpersteinen komme ich dem merkwürdigen Anruf auf die Spur. Offenbar ist es ein Mann aus Pakistan, dessen Namen mir nichts sagt, selbst wenn er deutlich ausgesprochen würde.

„Wer sind Sie, wer sind Sie?", schreie ich dazwischen. Das Ganze ist mir lästig.

„Sakina, Sakina", klingt es heiser.

„Was ist mit Sakina? Sprechen Sie deutlicher!"

„Bad news..." Genuschel, Sprachsturmrauschen durch den Äther, vermutlich über Kontinente hinweg.

„Sprechen Sie deutlicher!" Ich brülle, wiederhole den Satz und jedes Bruchstück aus Wörtern. „Wer sind Sie? Wie ist Ihr Name?" Das Klopfen an der Tür negiere ich. „Woher rufen Sie an?" Ich trommle den Hörer auf den Tisch, als wäre auf die Art ein Bodensatz an Verstehbarem herauszuhämmern. „Was ist Sakina zugestoßen?" Meine Frage bleibt in der Luft hängen. Es ist nichts mehr zu hören außer dem erneuten Klopfen an der Tür.

Ich drehe mich um, bleibe sitzen. Frau Obermüller tritt grußlos ein. Ihr Gesicht ist zerknautscht, die Schminke unordentlich aufgetragen und fleckig verstrichen. Galliges wird in mir geweckt und spuckt mich ins Kommende.

Am frühen Morgen in solch einem Zustand. Das kann heiter werden, Chefin.

Verwirrt schaue ich sie an und blinzele. Mir ist, als blinzele sie zurück. Sie schiebt sich einen Stuhl heran und stellt ihn neben meinen. Ich verstehe das Signal und bleibe gehorsam sitzen, ich, eine bereits Durchgestrichene. Eingesunken wie eine alte Frau, als sei *sie* die Durchgestrichene, setzt sie sich neben mich und nimmt meine Hand. Das halte ich für ein Versehen und ziehe sie zurück. Ein schlechter Regisseur hat unsere Rollen vertauscht.

Jetzt, was denn?

„Frau Marten, bitte helfen Sie mir! Ich möchte Ihnen etwas sagen."

Ihre Gesichtszüge zerfallen nach diesem Satz. Was sie zusammenhielt, muss einer Zerfallszeit geopfert worden sein. An den Rändern rund um die Himalaja-Karte unter der edel gemeinten Glasplatte krümmen sich vom Tageslicht in Grüngrau getränkte Schlieren. Ein schlammiges Gelände, denke ich, und verfange mich. Schweigend panzere ich meine Mimik. Je mehr Obermüllers Gesicht verfällt, umso mehr panzere ich meines.

Jetzt nicht, jetzt nicht, lass dich auf nichts ein. Dich hat sie auch in Stich gelassen, als du einen Arm nötig hattest, der dich hält.

„Was kann ich für Sie tun?", frage ich von oben herab. Es ist ein ironischer Rollentausch, eine Attitüde, in der ich mich nicht auskenne. Bei aller Hilflosigkeit, mit der sie hereinkam, hat Frau Obermüller genug Energie zum schlecht kaschierten Tadel gegen mich. Denn prompt hebt sich die Augenbraue. Ich stehe auf, die Anspannung halte ich nicht im Sitzen aus. Ein Verweis mit der linken Hand, ich setze mich. Taxiere meine Chefin. Tue, als merkte ich nicht, dass sie ihre Fingernägel betrachtet. Das Regal mit den Ordnern lenkt mich ab.

„Dieses Bild, dieses Foto", sagt sie endlich, „haben Sie es noch?"

„Welches Foto?", hätte ich am liebsten geheuchelt, so eine Sache vergisst man doch nicht. Angestrengt schaue ich zur Seite und täusche Nachdenken vor.

„Das mit dem halbschattigen Mädchengesicht", springt sie mir bei.

Da nicke ich. „Es könnte sein."

Das Telefon blinkt sich zwischen uns. Ich will auf die Taste drücken, auf irgendeine.

„Lassen Sie!", sagt Frau Obermüller und legt mir die Hand auf den Arm. Das ist keine Befehlsgeste, es ist die vertraulichste Geste, die sie mir je zeigte. Ich gebe nach und ziehe meine Hand zurück. Das Blinken wird von alleine aufhören.

„Sie meinen das Foto von der Leni?"

Unter ihren Augen erkenne ich schwarze Schatten. Die machen den Blick unsicher und lassen ihn in einem Ausdruck zwischen Skepsis und Trauer ertrinken. Da verbindet mich ein weicher Schmerz mit ihr und ich richte meinen Oberkörper betont auf, um es zu verbergen.

„Leni ist meine Tochter", sagt sie und sie muss merken, wie mich dieser Satz trifft.

Sie springt auf, nestelt mit den Händen über Haare und Rock, ohne sich Mühe zu geben wirklich aus dem Lot Geratenes zu begradigen.

„Es bleibt strikt zwischen uns!" Sie spricht so leise, dass ich sagen würde, es ist gehaucht. Wieder nimmt sie meine Hände, diesmal beide, und drückt sie fest. Sie lächelt mich an, lässt los und langsam, zögernd, nachdenklich geht sie hinaus. Ich mache keine Anstalten, ihr die Tür zu öffnen oder sie hinter ihr zu schließen.

Nach diesem Überfall bleibe ich reglos sitzen. Endlich schüttele ich meine Arme aus. In Zeitlupe lege ich sie über Kreuz auf meine Schultern und kuschele mich ein vor der unerwartet wie ein Cape über mich geworfenen schwesterlichen Vertraulichkeit. Wovor soll es mich schützen?

Und wer ist Lenis Vater?

Hätte ich ganz kühn gefragt, hätte sie es mir womöglich gebeichtet. Ich habe nicht gefragt. Demnach hat es mich in jenen Momenten nicht sonderlich interessiert. *Yvonne – und nun die Obermüller.*

Nach Feierabend fische ich ein Ansichtskärtchen von Ahlers zwischen viel zu vielen Reklamesendungen aus dem Briefkasten:
Liebe Frau Marten, bin gut hier angekommen im Norden Thailands. Die Arbeit mit den Jugendlichen macht Spaß. Hoffentlich ist auch bei Ihnen alles in Ordnung. Mit herzlichen Grüßen bis bald …
Bambusbüschel, blauer Himmel, Holzhäuser.

Es ist das Zusammentreffen energiegeladener Systeme, hätte Alfonso gesagt: Yvonne ruft am selben Abend an. Ihr Typ hat sich mit einem langen Brief gemeldet. Das sei sein dritter an sie, behaupte er. Mindestens drei Wochen muss der unterwegs gewesen sein. Die anderen sind wohl verloren gegangen. Da stimmt zuviel hinten und vorne nicht, schließt Yvonne. Ihrem Freund seine Vaterschaft mitzuteilen, dazu habe sie bisher keine Gelegenheit gehabt. Sie sei sich nicht sicher, ob es nicht eine größere Überraschung für ihn werde, wenn ihn das Kleine anlächelt.

„Aha", denke ich boshaft, sie weiß wenigstens, wer der Vater ist.

„Falls er sich bis dahin mal sehen lässt, der liebe Tommy Krug. Hab ich gedacht, weil ich ewig nichts von ihm hörte. Mannomann, den Hammer erzähle ich dir gleich. Erst mal das andere", vertröstet sie mich und macht mich neugierig. „Er schreibt, er hat kurzfristig einen Zwischenstopp in Pakistan gemacht, um ein Gutachten zu erstellen. Im Norden will die Regierung einen Stausee anlegen.

Mit deutscher Hilfe. Uralte steinerne Kunstwerke müssten vor der Überflutung gerettet werden."

Da mische ich mich ein. Wir diskutieren, ob es vernünftig ist, Gelder zur Rettung von Steinbildern einzusetzen, statt sie den bedürftigen Menschen zukommen zu lassen.

„Was heißt überhaupt, Geld vernünftig einzusetzen?"

Er plane, eine Organisation zu gründen, um das Stauwerk zu verhindern. Von einheimischen Politikern werde es befürwortet. Mit denen gäbe es deshalb Streit und eine pakistanische „Rechtlerin", eine Sakina Sowieso, kämpfe ebenfalls für das Stauprojekt. Er als Wissenschaftler sei für den Erhalt der Figuren. Stauseen würden in Zuverlässigkeit und Funktion gern überschätzt.

„Hast du nicht was von einer Pakistanin gesagt, die sich von euch zurückgezogen hat? Und wie hieß die?"

„Sakina Bano!", sage ich. „Es ist sicher jemand ganz anderes", wiegle ich ab. „Die kombinieren ein Arsenal von gebräuchlichen Namen. Das kriege ich durch meinen Job mit."

„Ich dachte nur", meint Yvonne. Dann schwärmt sie, Tommy habe vor, sich nach dem Auftrag im Norden Pakistans in Richtung Burma zu begeben, um alte Freunde zu treffen. Über die südliche Grenze Burmas soll es nach Nordthailand gehen. Dort setzt er seine Forschungen über Mangrovenwälder und Luftgemische in Höhlen fort. Leider werde er keine zuverlässige Kontaktadresse haben, sei hoffentlich über seinen Laptop per E-Mail erreichbar. Falls die Technik funktioniere. Bisher habe sie das nicht getan. Deshalb die Briefe. Im Himalaja, was immer man dazu rechne, gäbe es keine Internet-Verbindungen oder überhaupt zuverlässige Elektrizität. Das kenne sie ja. Mit dem Handy klappe es nur per Zufall. Nach schier endlosem Herumprobieren mit den unterschiedlichen Anbietern hätte er es aufgegeben.

„Und ich habe mir solche Sorgen um uns alle drei gemacht." Yvonne jubelt erlöst. Das Kind rechnet sie schon dazu.

„Und wo ist der Hammer?", halte ich es nicht mehr aus.

„Er hofft, zum Geburtstermin Ende Juli bei mir zu sein. Das ist der Hammer", empört sich Yvonne, „und ich habe ihm nichts von meiner Schwangerschaft gesagt."

Auf keinen Fall solle sie sich Sorgen machen. „Das fällt ihm spät ein", sind wir uns einig. Jederzeit könne sie sich an seine Eltern wenden.

„Vonwegen", empört sie sich und schnaubt, „der Alte hat mich ganz schön runterrasseln lassen. Der muss es seinem Filius ausgeplaudert haben. Und wieso haben seine Eltern Kontakt zu Tommy und sagen mir nichts davon und ich bekomme ewig keinen?"

Darauf weiß ich natürlich keine Antwort.

„Er schreibt noch, wenn das mit dem Studium zur Sonderschullehrerin in Ordnung geht, überbrücken wir die Zeit. Die Hochzeit käme eben später dran und die Hochzeitsreise wird besonders prächtig. Er denkt an Kambodscha, wo wir uns das erste Mal im *Hotel Home* begegnet sind. Oder wir streifen durch Bangkok, machen die Hochzeitsfahrt auf den Khlongs, ersteigen den Tempel der Morgenröte und knien zu guter Letzt vor dem liegenden Goldbuddha im Wat nieder. Mensch, Vera, stell dir das vor. Ist das nicht irre?"

„Ja, Yvonne." Das Mädchen schüttelt einen ganz schön hin und her.

„Und ich hatte Albträume, ehrlich!"

So ein Universalumtriebiger sollte es doch auf irgendeine Weise schaffen eine rasche Verbindung herzustellen mit der Frau, mit der er zum Abschied geschlafen hat. Der Träumer.

Dem heimtückischen Tommy misstraue ich. Rein gefühlsmäßig. In Grunbach stand ich wohl vor dem Haus seiner Eltern. Dort wohnte auch Sakina Bano. Eventuell sogar er. Das frage ich nicht. Vor Yvonnes Ja hätte ich Angst.

Verblüfft nehme ich zur Kenntnis, was sich um mich herum tut. Die Fäden laufen in die Ferne, bloß ich bin in meiner Enge gefangen. Die Pläne von Flatterfrau und Sternenhalde liegen in meinem Kopf auf Halde.

„Yvonne, wie geht es dem Sohn deiner Nachbarin?"

„Die Polizei hat die Typen längst erwischt. Habe ich dir das nicht erzählt? Typische und polizeibekannte Bahnhofsstraßengestalten. Sie stehen vor dem Hauptschulabschluss und nur einer von ihnen hat eine Lehrstelle in Aussicht. Der Polizeipsychologe hat mit ihren Eltern gesprochen. Anschließend ist er mit den drei Jungen in die Sternenhalde gefahren. Willi Kromer, unsere gute Seele vom Dienst, hat sie unter seine Fittiche genommen. Ich bewundere, wie die Männer das hingekriegt haben.

Und seitdem kommen die Schläger, sag ich hoffentlich besser: Ex-Schläger, jeden Donnerstag in die Sternenhalde rauf und packen mit an. Ich glaube, sie empfinden es nicht mehr als Strafe. Sie lassen sich darauf ein. Womöglich passt die Vorübung in ihr künftiges Berufsbild. Und der Rektor hat geschafft, dass ihnen die Tätigkeit bei uns als Praktikum anerkannt wird. Auf jeden Fall wird es positiv in ihrem Zeugnis vermerkt. Ein schönes Fitzchen

Hoffnung in der Trübsal des aggressiven Musters, findest du nicht?"

Yvonne badet in einem Redefluss. Voller Energie vertäut sie die Gegebenheiten, damit sie nicht zerfasern. Sie holt Luft zum neuen Ansturm: „Mensch, Vera, komm rauf und schau dir die Bahnhofsstraßenhelden an."

Und wenn du aus unserem Fenster guckst,
läuft der Schatten auf dem Kopf.

Costas

27. Die Bahnhofsstraßenhelden

Die Briefmarkenstelle ist im Untergeschoss des Wohnheimes der Sternenhalde untergebracht. Am mir vertrauten Parkplatz holt mich Yvonne ab. Auf dem Weg zum Haus knirscht der Schotter unter den Füßen und ich hoffe, dass es diesmal kein ungutes Vorzeichen ist.

Roberto empfängt uns im Flur vor dem Eingang zur Sammelstelle. Er ist jung, kräftig, glatzköpfig und forsch. Heute hat er den Laden in der Hand. In seinem nicht durchschaubaren Dreitagebart-Gesicht zwinkern dunkle, leicht verkniffene freundliche Augen schelmisch und hintenherum. Ich erwische mich beim Zurückzwinkern, bis mir die Vermutung kommt, es sei eine Angewohnheit oder gar ein tiefgründig verankerter Tick bei dem jungen Mann, und ich unterlasse es.

„Heute haben wir alle Hände voll zu tun!", sagt er, nimmt den Kasten in die linke Hand und begrüßt uns mit der rechten. Yvonne bedankt sich, dass wir gerade deshalb oder trotzdem hereinschauen dürfen. Kurz und bündig stellt sie mich als eine interessierte Freundin vor.

„Fallt nicht über die fünf großen Blechcontainer." Robertos breites Lachen baut uns eine Brücke. „Jede Woche beschenkt uns die Bausparkasse Schwäbisch Hall mit ihren eingegangenen Geschäftsumschlägen. Ihr habt Glück, dass ihr heute reinschaut. Super Container, was?" Er trommelt an einem herum. „Die sind voll bis obenhin", fügt er an, falls wir den geringsten Zweifel an der großzügigen Gabe aus Schwäbisch Hall hätten. Roberto strahlt, stellt seinen Kasten oben in einen der fünf offenen Container, mitten hinein in die Papierflut, öffnet für uns die Tür zum Arbeitsbereich und ruft drinnen die drei Jungs zusammen, derentwegen wir hergekommen sind. Die haben es nicht eilig aus ihren verschiedenen Ecken anzuzockeln.

„Das sind sie", flüstert Yvonne und schaut diskret an ihnen vorbei, an Reso und Illi in Schlapperhosen und Sweat-Shirts und an Mechi, dem Jungen mit einem grauen eng anliegenden, an Ärmeln und in der Taille viel zu kurzen Kapuzenjäckchen. Unsereins kennt nicht mal die Bezeichnung dafür. Schnell verbinde ich die Namen der Jungen mit sichtbaren Äußerlichkeiten, um sie mir besser zu merken. Reso: dunkle Kurzhaare mit eingefärbten gelben Strähnen, davon wächst eine bis zum Nacken. Illi ist ein Kasten von Jungen, mindestens drei Piercing-Ringe zähle ich in der Eile. Und der Letzte, Mechi, hämmere ich mir ein, Mechi, der mit der grauen Pullijacke, ist der kleine Geduckte.

Gedämpftes Februarlicht dringt spärlich durch die Fenster herein und wird vom Licht der Deckenlampen abgedrängt. Beim Umherschauen will ich meine Wissbegier, mein Befremden, meine Unsicherheit nicht zu offen zeigen. Nach und nach finde ich durch die von tischhohen Raumteilern abgetrennten Partien. Ziemlich scheu stelle ich mich zur ersten Arbeitsgruppe. Zehn Behinderte sitzen an zwei langen weißen Tischen, etwa gleich viele Männer wie Frauen, überschlage ich. Verzerrte Gesichter, eingeschränkte Gesichter, aufgedunsene, dazwischen zwei hübsche reihen sich auf. Junge Männer, junge Frauen und ein paar Ältere. Manche schauen zu uns auf, anderen sind wir in ihrem Gleichmut egal. Vor jedem Platz liegen zentimeterhohe Stapel von Briefumschlägen und dahinter stehen kleine Kästen.

„Wie heißt du?"

„Paulchen. Und du?"

„Vera."

„Wo wohnst du?"

„In Erkenstadt."

„Hast du den Krieg erlebt, Vera?"

„Nein, zum Glück war der vorbei."

„Das ist gut für dich. Aus dem Krieg kommt man immer ohne was raus. Wie war der Krieg, Vera?"

„Schlimm, sehr schlimm. Meine Mutter hat mir erzählt, die Kinder mussten üben aus dem Kellerfenster rauszuklettern, wenn eine Bombe ins Haus eingeschlagen hat."

„Und habt ihr was zum Essen unten im Keller gehabt?" Seine Augen rutschen auseinander. Eine rahmenlose Brille soll sie bändigen und schafft es schlecht. Äußerlich passt sie gut zu ihm. Jemand Einfühlsames muss sie ausgewählt haben.

„Lass, Paulchen", mischt sich Yvonne ein. „Vera hat dir doch gesagt, dass sie den Krieg nicht erlebt hat. Sie war noch gar nicht auf der Welt damals." Ich vermute hinter der Stirn des jungen Mannes ein Hirn, das mehr versteht, als es sagt.

Ein Mädchen, eine junge Frau, kauert Paulchen gegenüber, das Kinn fast auf der Tischplatte. Die verschiedenen Entwicklungs- und Lebensphasen, die man Menschen von der Geburt bis zum Alter zuschreibt, scheinen hier fester gemauert, wenig fließend. In einem frühen Stadium des Reifens bleiben die Behinderten stehen, bis sie sich in vorzeitiges Altern schleichen. In den Verfall. Auch dessen Geschwindigkeit weicht von unseren Normen ab. Schmitz und Wolf haben mich auf das, dem ich hier begegne, vorbereitet.

„Ich bin Costas", sagt ein dünner Zappelphilipp und lässt seine Schere fallen.

„Costas, nicht immerzu die Schere fallen lassen!", mahnt Reso mit kumpelhafter Freundlichkeit und bückt sich. Anbiedernd bewundernd beäuge ich sein Piercing-Arrangement.

„Festhalten, sonst passiert was!", droht er und reicht Costas die Schere.

Der schert sich nicht drum. Sich nicht um die Schere scheren, klingt pfiffig, finde ich, da zirpt Costas dazwischen.

„Kennst du Griechenland?", fragt er mich und wartet mein Nicken nicht ab. „In Griechenland ist es ganz heiß von der Sonne. Und wenn du aus dem Fenster guckst, läuft der Schatten draußen auf dem Kopf. Weißt du, ich wohne in der Gruppe 86. Besuchst du mich?"

Da hätte ich ihn am liebsten in den Arm genommen, ihm die dunklen Locken zerzaust und gelogen: „Ja, ganz bestimmt!".

„Willst du nachher Kaffee trinken?", werde ich vom Nachbartisch herüber gefragt in einem kräftigen Alt, den ich dem zarten Wesen nicht zugetraut hätte.

„Mal sehen", sage ich, weil ich die Abläufe hier nicht kenne.

„Das kostet 20 Cent", ergänzt die Blonde mit dem Kurzhaarschnitt, der sie modisch aussehen lässt.

„20 Cent für jede Tasse", werde ich von dem strahlenden Vollmond belehrt, dessen kleine obere Schneidezähnchen aufblitzen, als wäre das Drumherum zu schnell gewachsen.

Aus einem der Sammelkästchen für die breitflächig ausgeschnittenen Briefmarken tönt der Hinweis:

„Paulchen zahlt den Kaffee gleich fürs ganze Jahr." Es hört sich nach einer Mischung aus Bewunderung und Befremden an.

„Und für den Urlaub mit!", strahlt Paulchen, der viel zu große Kerl für den kindlichen Spitznamen.

„Du musst nur für heute bezahlen", werde ich beruhigt. „20 Cent. Und wenn du zwei Tassen willst …"

„40 Cent", hilft jemand.

An einem der Fenster sitzt eine Frau mit dem Rücken zu den anderen. Ich stelle mich neben sie und schaue hinaus. Nach hinten zu hat man einen Anbau ins ebene Gartengelände gesetzt. Ich stehe da und überlege, welchen Einfluss das Draußen auf die hier Beschützten hat.

„Was machst du da?", frage ich die Frau, die nur Umschläge sortiert. In eines der Kästchen legt sie die Umschläge mit den Marken, ins andere die Umschläge, die nur mit einem Aufdruck frankiert sind.

„Du schneidest nicht?"

„Nein", brummelt sie gleichmütig und sortiert weiter, ein auf Langsamgang gestelltes Fließband.

„Ach so", sage ich und halte jedes Erstaunen aus meinem Tonfall fern.

„Weil", sie sagt es wie eine unschuldig Verurteilte mit abweisendem Gesicht, „weil die sagen, ich haue sie."

Reso steht hinter mir und nimmt mich zur Seite:

„Jasmin geht auf andere mit der Schere los. Neulich hat sie Miriam den Pullover zerschnitten."

Eine Frau wird zur Physiotherapie abgeholt. Sie erhebt sich und räumt ihren Platz ab. Dass eine so unförmige Kräftige sich derart ins Leichtfüßige verliert.

Wenn ich Theaterregisseurin wäre …

„Arbeitet eine Leni hier?", frage ich Roberto.

„Leni Scherholz? Die ist seit letzter Woche nicht mehr da."

Mein Gebäude wankt. Da zimmert man sich ein Gedankengerüst zusammen und es entpuppt sich als brüchig.

„Eine Leni Obermüller", versuche ich es noch einmal.

„Die kenne ich nicht", sagt Roberto, rudert mit den Schultern und tut einen Schritt zu den Arbeitstischen. Er zeigt und erklärt es mir: Die Briefmarken werden großflächig aus den Umschlägen geschnitten und in Kästen gesammelt. Die Reste wandern zusammen mit den Umschlägen ohne aufgeklebte Marken in Abfallbehälter. Neue Umschläge werden unermüdlich von Illi, Mechi und Reso auf die Plätze gestapelt. Roberto geht von Platz zu Platz. Die Helfer haben genug zu tun mit dem Einsammeln und Austeilen.

„Wir legen den Leuten die Umschläge stapelweise unsortiert auf den Tisch. Die schauen, welche Umschläge Briefmarken zum Ausschneiden haben, die anderen fliegen gleich in den Abfall. Die Firma braucht nicht vorzusortieren."

Natürlich interessiert mich die Frage des Briefgeheimnisses.

„Ach", wehrt Yvonne ab, die sich zu uns gestellt hat, „da mach dir mal keine Sorgen. Die können alle nicht lesen. Spätestens hier kriegt man mit, dass man in Deutschland ohne Lesen und Schreiben durchs Leben kommt."

Die drei Jungs grienen auffällig. „Adressenangaben werden beseitigt oder unkenntlich gemacht."

Mehr als 20 Helfer haben gute Einkünfte durch die Briefmarkenstelle. Und dann der Clou im Nebenraum: Reichhaltig frankierte Umschläge, originelle und historische Postkarten und Ansichtskarten bleiben als Ganzes erhalten.

„Zwischen dreißig und dreihundert Euro das Stück. Kriegen wir. Nie ausschneiden die Marken!", gibt uns Roberto in Brocken zu verstehen und wir bestaunen die Schätze. Jahrelang liebevoll zusammengetragene Briefmarkensammlungen werden hier abgegeben. Oft als *letzte Grüße* Verstorbener.

Kontakte laufen heutzutage eher über Telefon oder Internet, immer weniger über Briefpost. Wo sitzen die Briefmarkensammler, die Kunden? Ich verschiebe die Frage.

Die drei Jungen flitzen im Arbeitsraum herum, teilen aus, sammeln ein, Illi schiebt einen weiteren Container herein. Yvonne nimmt mich zur Seite an den halbhohen weißen Schrank mit ein paar Küchenutensilien.

„Die Ex-Rowdys mussten schwören sich tadellos zu betragen und das Briefgeheimnis zu wahren. Nichts wird mitgenommen. Basta. Willi hat eine richtige Zeremonie draus gemacht. Ich glaube, die sind stolz, dass sie ein Geheimnis haben dürfen. Betriebsgeheimnis. Briefgeheimnis. In der Pause spielen sie Fußball und Boccia mit denen hier. Für die ist das Schneiden und Sortieren ein Beruf. Montags bis freitags von halb neun bis um zwölf. Kurze Mittagspause. Nach eins geht es weiter bis um vier. Und an jedem Samstag ist der Verkauf von halb zehn bis um zwei."

Vorsichtig streicht sie über Umschläge und frankierte Ansichtskarten in einem Korb. Ich halte mich zurück. Allerweltsmarken aus dem gültigen Bestand in Deutschland. Frühling, Sommer, Herbst und Winter, selbstklebend, zu je 55 Cent. Ich kenne die gut. Hundert Jahre Fürth, für 45 Cent der gezackte Ausschnitt der historischen Nobelstraße. War ich schon in Fürth? Ich überlege. Da nimmt Yvonne einen Umschlag aus dem Korb und schiebt mich zur Seite. Ich unterstelle ihr, dass sie mich aus Versehen zur Seite schiebt. „Interessant."

Vereinbarungsgemäß will ich mich heraushalten, schaue dann vorsichtig mit. Wir buchstabieren miteinander: GOLDEN JUBILEE CELEBRATION OF CADET COLLEGE PETARO, eckiger Schachtelkomplex mit einem hellen Quadrat-Turm an der Seite. Gleich daneben zeigen drei Marken eine Landschaftsaufnahme ins Flache. Man müsste besser sehen können. Auf einem der Tische liegt eine Lupe, ich greife nach ihr und reiche sie Yvonne. Nacheinander entziffern wir: GOLDEN JUBILEE OF BUSINESS ADMINISTRATION. Das Gemusterte am Horizont und an der Seite, aufgebaut aus einer Folge schwarzweißer Waben, bildet das Parlamentsgebäude. Dreimal zu drei Rupien. Auf der vierten Marke tummelt sich ein quer gestreifter Fisch, der hell umschleiert nach links unten durchs Blaue schwimmt. Jede Marke zu zwei Rupien. Pakistan, Pakistan, Pakistan …

„Hinten setzt es sich fort." Wir drehen den länglichen blauen Umschlag um. Aha, das ist die Vorderseite in unserem Sinn.

„Bei denen sind vorne und hinten vertauscht."

Auch dort eine Marke, nur eine. Ein nationales Symbol, Stern und liegender Mond in Ornamenten eingekränzt zu 12 Rupien. Ich unterbreche das Hinsehen, denn Mechi und Illi streichen in der Nähe herum und sortieren aus einem Korb auf den Tisch. Wir sind Fremde hier, ich jedenfalls, und es wäre mir peinlich beim Übertreten der Regeln ertappt zu werden.

„Hast du nicht gesagt, dass eine Sakina Bano aus Pakistan eure Autorin ist?", fragt Yvonne mit zusammengepressten Zähnen.

„Ja. Verschwunden. Warum?" Ich reagiere abweisend.

Beim Auspacken kippt Illi ein Container samt Inhalt um.

„Der Brief ist an … " und nun flüstert sie Silbe für Silbe: „Sou-bei-da Ba-no, Ro-sa-lie-weg 17, 73799 GRUNBACH. GERMANY."

„Nimm ihn mit!", zische ich mit fast unbewegten Lippen.

„Die Anschrift und den Absender dürft ihr nicht angucken", schreit der mit seinem *Eijeijei*.

„Tun wir nicht", lügt Yvonne, kehrt allen den Rücken zu und lässt den Umschlag in ihrer Umhängetasche verschwinden.

Roberto bringt ein paar hilflose Helfer dazu, mit Illi eine Sendung nach der anderen aufzuheben. Es wäre gemein nicht zu erwähnen, dass jeder rasch reagiert, der in der Nähe ist. Einige lassen sofort liegen und stehen, woran sie just werkeln und hüten sich trotzdem standhaft sich zu bücken.

Im Leben, im Leben geht manchmal was daneben … Selbst die Starken verlieren mal die Marken … lauf, Hannes, lauf, und heb sie ruckzuck auf.

Roberto untermalt die Aktion mit seinen selbst geschmiedeten Gassenhauern, die schweißen die Gruppe aus aktiven Einzelgängern zusammen. Mechi und Reso sortieren derweil am Tisch und helfen Josi und Angi beim Ausschneiden.

Das Aufsammeln ist beendet. Wir verabschieden uns. Ich bin aufgekratzt. Von dem Miteinander. Von der Arbeit als solcher. Dass sie sich finanziell trägt. Von den drei Schlägertypen, die hier anders sind als in der nachtschwarzen Bahnhofsstraße. Davon, wie warm, aber fest Roberto mit ihnen umgeht. Bei ihm bin ich mir nicht im Klaren, ob er nicht auch an einer Behinderung leidet, einer weniger offensichtlichen. Jede Woche, sagt er zu uns, als er uns hinausbringt und im Flur kurz mit uns verschnauft, jede Woche halte er den dreien eine Predigt.

„Roberto", sage ich, flehe ich ihn an, „darf ich nicht irgendwann zuhören?"

„Nee", wehrt er ab und seine Schultern rudern wieder. Er macht kehrt in Richtung Arbeitshalle. Energisch lotst mich Yvonne über die Treppe abwärts. Sicher erinnert sie sich an meinen übereilten Aufbruch nach der Apfelkuchenanlieferung und fürchtet, ich könnte mich auf dieselbe Art und Weise davonmachen.

Wir betreten den Aufenthaltsraum im Untergeschoss. Das heißt, jemand hat einen Tisch und einen Sessel drinnen vor die Tür gerückt. Wir müssen die Möbel zur Seite schieben, damit wir hineinkommen. Passt zum Laden, finde ich, sage es mit Rücksicht auf Yvonne nicht. Drinnen staune ich. Der Raum besteht aus zwei zusammenhängenden Wohnstuben. Die Holzfaltwand dazwischen ist halb offen. Die Sitzecken mit Sofas und Sesseln und nicht zu niedrigen Tischen lösen unruhige Nachdenklichkeit bei mir aus. Zwei Türen führen in den Flur, durch die eine haben wir uns eben gezwängt. Wir treffen niemanden an.

„Die sind alle beschäftigt."

Was sich hinter der Raumkonstruktion verbirgt, möchte ich erklärt bekommen.

„Für mich war das auch neu", sagt Yvonne. „Dahinter steckt ein kommunikativer Grundgedanke. Sobald jemand durch die Türe kommt oder geht oder von dem einen Raum in den anderen will, muss er einen Stuhl aus dem Weg räumen, einen Sessel zur Seite rücken oder jemanden bitten aufzustehen."

Ich stelle mir das vor, nehme meine Hand zu Hilfe und zeichne imaginäre Durchgangsschneisen in die Luft. Soeben haben wir selbst einen Hindernisparcours mitgemacht. Warum diese Umstände?

„Manch einer oder eine würde stundenlang unbeweglich herumsitzen und vor sich hinglotzen und keinerlei Kontakt zu den anderen suchen. Das wollte der Architekt vermeiden. Eine Superidee."

Weit hinten auf der Eckbank lassen wir uns nieder. Yvonne legt den entwendeten Briefumschlag auf den Tisch.

„Pakistan", sagt sie. „Per Einschreiben."

Wir geben das Kuvert hin und her. Das Tagesdatum der drei Stempel ist unlesbar mit schwacher Farbe aufgedrückt und halb verwischt. An einer Stelle lässt es sich erraten. Oktober 2003, bringen wir heraus. Wann hatte sich Sakina verzogen? Nennen wir es einmal so. Wir haben keine Ahnung, wie lange ein Brief von Pakistan bis hierher per Luftpost benötigt. Zehn Tage bis drei Monate, schätzt Yvonne, die gerade diesbezüglich eine unschöne

Erfahrung hinter sich hat. „Falls die Sendung nicht völlig ins Nirwana schwebt."

Auf den Absender habe ich nicht geachtet. Beim Suchen verändert sich Yvonnes Gesicht. Zuletzt ist es derart verbissen, dass ich sie nicht erkannt hätte, wenn sie plötzlich so vor mir gestanden hätte. Schwangerschaftsübelkeit, schätze ich.

„Ist dir nicht gut?"

„Nun echt nicht mehr. Guck dir das an. Der Kerl, dem ich auf dem halben Globus vergeblich nachspüre, mein Diplomforscher, Scheiße, der Tommy, Vater meines Kindes, der es weiß, ohne dass ich es ihm gesagt habe, hat deiner Sakina aus Pakistan geschrieben. Und ich kriege nichts davon mit, dass die es miteinander zu tun haben. Wann ist das Flittchen verschwunden?" Yvonne ist nicht zu bremsen und auch ich bin schockiert.

„Lass mich nachschauen. Ich habe es im Kalender vermerkt. Da hatte ich viel Ärger im Büro. Das war am …" Den Tag hatte ich unter *verhängnisvoller Montag* gespeichert. „7. November 2003", triumphiere ich.

„Das kann nicht wahr sein."

Ich nehme Yvonne den Umschlag aus der Hand. Absender: Rawalpindhi, White House, Guest House. Was läuft da ab? Was ist da abgelaufen?

Yvonne steckt das Beweisstück ein, keine Spur mehr von Samthandschuhen. Vieles im Leben muss man behutsam anfassen, zu vieles. Wir, ein Gaunerpärchen, brechen auf.

Es beginnt zu schneien, ein Flaum legt sich über die Abhänge.

Für Vera:
Erstarrt in Reglosigkeit.
Aus dem Kanon der Fragen
warte ich auf die eine.
Er wartet.
Erstarrt in Reglosigkeit.
Wartet auf Worte:
Erklärung, Mitteilung.
Wir warten:
Liebst du mich noch?
> *Jenny Hard*

28. Jenny

Fast ein Vierteljahr ist unser menschliches Zusammenrücken im nicht ganz schwarzen Wald her. Ich hätte
von mir aus Kontakt aufnehmen können. Jenny war mir
aus dem Blick gerutscht, anderes hatte sich vorgescho-
ben. Nun haben wir uns an der Strippe, falls das nicht
zu altmodisch ausgedrückt ist. Das gängige *Wie geht`s, wie
steht`s?* markiert den Anfang. Die Antworten sind eben-
falls Sprechblasen, *Ooch, ganz gut, danke, alles okay.* Sie sollen die Abwesenheit von besonderen Vorkommnissen
vortäuschen, bis der zu erwartende Schwenk einsetzt.
Jenny: „Ich habe schlaflose Nächte gehabt, um zu erkennen, warum ich in meinen Texten das Wort *ich* umgehe.
Du warst die Erste, der es auffiel und die es mir ins Gesicht gesagt hat. Meine Gedichte, Vera, werden persönlicher, seit sich Schweiß und Blut über Metall und Elek-
tronik legen. Du musst mich unbedingt besuchen, damit
ich dich drücke."
    Ich wiegele ab. Bedeutsam sei das nicht, was ich da

geleistet hätte. Aber das mit dem Besuch stelle ich in Aussicht.

„Oder du kommst mal bei mir vorbei, Jenny, wenn du auf der Durchfahrt nach irgendwohin bist", drehe ich den Spieß um. Jenny wohnt in Wiesbaden mit allerhand künstlerischen Verbindungen.

„Mein nächstes Bändchen ist in Vorbereitung."

Weil ich mir lange keine vernünftige literarische Zeile abgerungen habe, werde ich rot.

„Ich freue mich auf die Texte, ich bin gespannt! Deine technischen Themen finde ich unglaublich aufwühlend." Ich rede und rede, um zu vermeiden, dass Jenny sich erkundigt, woran ich schreibe. Ich mag nicht ertappt werden.

„Ich schicke dir eine Satire, die meine Ich-Verweigerung erklärt. Mir jedenfalls. Das hat mit meinem Bruder zu tun. Ewig hat der sich familiären Verpflichtungen entzogen und war bei meinen Eltern die Nummer eins. Und was macht dein Georg?"

Eilig antworte ich, *ich* in ihren Texten begrüße ich aufs Tiefste und *mein* Georg habe sich nach dem letzten Beischlaf mit der Bemerkung verzogen, er wünsche keinerlei Kontaktaufnahme mehr.

Am übernächsten Tag finde ich die angekündigte Satire im Briefkasten. Auf einer beigefügten Karte dankt mir Jenny handschriftlich und drückt mich mit mehreren Sätzen an sich. Es folgt unübersehbar der dringende, mit Balkenunterstreichungen gekennzeichnete Hinweis, eine Frau habe es sich zu verbitten, von einem Mann einen Spruch *wünsche keinerlei Kontaktaufnahme mehr* ohne Erklärungen, Analyse, Erläuterungen, Begründungen,

Entschuldigungen und dergleichen hinzunehmen. Nicht unterstrichen setzen sich Jennys Ermahnungen fort: Also möge ich mich hinter besagte Beziehung klemmen. Könnte sein, dass ein Halbheiliger da heiße Füße bekäme. Dagegen sei nichts, dass man als Frau behandelt würde, als habe man auf ewig in der Hölle zu schmoren, bloß weil sich ein Zölibatärer nicht habe am Riemen reißen können. Gruß Jenny.

Oh, da liebe ich ihre Sprachgewalt. Ich könnte meinen relativen Neuzugang von Freundin meinerseits an mich drücken.

So unabdingbar wie du wollte ich in der Sprache sein, Jenny.

$$* * *$$

Jenny Hard: Im Kleefeld

Sitzt im gemachten Bett. Hält alles in Händen, behauptet er, was ein Mensch braucht. Klammert sich an die Wurfsendungen für zeitgemäße Lebensgestaltung.

„Wen es halt trifft", ordne ich für mich die Situation.

Hat eine Frau im Bett, ein Gewehr im Schrank und Ziffernkolonnen vor dem Komma auf dem Konto. Hat mit der Politik nicht viel am Hut, weil er die Bagage für käuflich hält und das ausnutzt, indem er sich den führenden Politikern aller Farben und Schattierungen zu Gelegenheiten, die ihm als besondere erscheinen, erkenntlich zeigt. Persönliche Ehrentage eben jener Politiker und Politikerinnen eingeschlossen, sendet er den Volksvertretern Geldscheine aus seiner Privatbank in Briefumschlägen anonym zu. Die Kuverts sind höchstens mit dem Absender versehen: Einer, der es gut mit Ihnen meint. Oder: Einer, der an Ihrer Stelle bei dem neuen Gesetz über dies und das diesen und jenen Gesichtspunkt besser berücksichtigen würde. Oder im schlimmsten Fall: Einer, der an Ihrer Stelle den Hut nehmen würde.

Und er glaubt, falls sich seine Wunschpolitik zufällig

ergibt, an die Wirksamkeit seiner Bestechungen. Zum Rangieren seiner acht Privatautos in der Garage und am Straßenrand benötigt er allmorgendlich, allabendlich bis zu zwanzig Minuten, weil er außer sich niemanden an sie heranlässt.

„Meine Nachbarn drücken sich an den Scheiben die Neidnasen platt", sagt er stolz.

Seine Vorfahren reichen, wenn man ihm glauben darf, über den Hauptpferdeknecht Karls des Großen bis zum Gründer eines römischen Provinzreiches, dessen Namen mit demselbigen unterging. Wahrscheinlich ist der, von dem ich rede, Nachfahre einer Schar am Stiefel gestrandeter Argonauten, was er mit Stapeln historischer Bücher, Zeichnungen, Tabellen, Ahnentafeln, Urkundenabschriften und modernster Farbkopien zu belegen sucht. Jedenfalls nennt er sich Guillermo der Siebte und so redet ihn allgemein seine engste Umgebung an. Wenn sie ihn auch gelegentlich, ohne dass er es mitbekommt, mit der Koseform Jermileinchen verniedlicht. Ich habe für mich einen Kompromiss gefunden, sage Jermi zu ihm und das scheint er hinzunehmen.

Sooft ich zu ihm vordringen will, habe ich mich einer Reihe von Kontrollmaßnahmen zu unterziehen. Von der Namensangabe mit Vorlage des Personalausweises an der Pforte, wo man mich kennen müsste, über die Eintragung in die Besucherliste nebst Datum und Uhrzeit bis zur dutzendfachen Gesichtskontrolle durch die Palastbewohner bei meinem Gang über den geräumigen Flur zu Jermis Gemach.

Wenn ich nach all dem endlich vor ihm stehe, verlangt er noch bevor er mich ordentlich begrüßt hat oder mir Gelegenheit gibt, seine Tagesform einzuschätzen, ich solle die Arme heben, während er mich und meine Handtasche nach Waffen durchsucht.

„Alle Leute sind neidisch auf mich", begründet er seine Unnachgiebigkeit, „auf meine Autos, meine Frau und mein Geld. Deshalb muss ich mich vorsehen."

Ich kenne die Rituale und strenge mich an, sie mit Fassung zu ertragen.

„Wir werden zuerst einen Tee zusammen trinken", verspricht er.

Der Ablauf ist mir ebenso vertraut: Mit Bedauern verweist Jermi darauf, dass seine Frau heute unpässlich sei und zeigt hinüber aufs Bett.

Beim Anblick des graubraunen Haarschopfs über dem abgewandten Gesicht bemühe ich mich verständnisvoll zu nicken. Verständnis wird man heucheln dürfen, ohne Selbstverrat zu üben.

Jermi klatscht in die Hände und anschließend warten wir schweigend. Bis er das Schweigen mit ein paar abfälligen Bemerkungen über sein Personal bricht, das sich nicht darum schere, wenn er es mit Händeklatschen herbeizitiere. Es sei höchst unzuverlässig, heutzutage müsse man eben nehmen, was man bekomme. Völkerschaften aus mancher Herren Länder schwemmten herein, dagegen sei der Ansturm der Argonauten an den Stiefel ein Klacks gewesen. Er seufzt. Man könne nicht einmal sicher vor Gift in Essen und Trinken sein. Das sei keine Neuerscheinung, wenn man wissenschaftliche Blicke in die düsteren Winkel vergangener Epochen werfe. Der Auffassung sei seine Frau übrigens ebenfalls, eine äußerst liebenswürdige und zur Hingabe bereite Person, das einzige ihm nahestehende Wesen. Schade, dass ich sie bei meinen seitherigen Besuchen nicht kennen gelernt hätte.

Leider sei sie gesundheitlich labil. Das sei kein Wunder als Gattin eines exponierten Ehemannes, um den und dessen Besitz sie allgemein beneidet werde. Überhaupt sei nichts so zerstörerisch, so vergiftend wie der Neid. Neid sei das Laster derer, die es selbst zu nichts brächten.

„Leute heucheln Freundschaft und kreisen dich erbarmungslos ein, die Geier." Seine Augen zerschneiden mich.

Ich suche nach einem passenden Zitat, zur Not aus der Bibel, und finde keins in mir. Jermi klatscht erneut in die Hände. Nichts rührt sich. Nach zehn Minuten, er hatte mir ausführlich seine jüngsten Spekulationsgewinne an der Börse darzulegen versucht und wollte just dazu übergehen, sich über mich als kleine Angestellte zu mokieren, da erscheint eine freundliche junge Bedienstete und bringt uns in die Gegenwart zurück.

„Sie haben Besuch, Herr Guillermo der Siebte, da wollte ich Ihnen den Nachmittagstee etwas früher bringen", lacht sie.

Sie schiebt das Tablett auf den Tisch, macht einen Knicks und zwinkert mir zu, ehe sie geht.

„Meine Frau schläft gerade tief", erklärt Jermi, „wir werden ihren Tee zurücklassen."

Er gibt seiner Entrüstung darüber Ausdruck, dass die Bedienung ohne Häubchen und Spitzenschürze auftrete, dass keine Servilität mehr herrsche und keine Kultur der Formen, die vorzeiten in seiner Sippe selbstverständlich gewesen seien.

Wir trinken wortlos, sitzen wortlos da. Gleichzeitig haben wir unsere Tassen geleert.

„Ich muss meine Autos einparken. Den grünen Volvo werde ich morgen zur Werkstatt bringen. Gestern habe

ich einen Kotflügel an der Garageneinfahrt geschrammt", sagt er und starrt auf den Grund der Tasse. „Deshalb darf ich mir heute wenig Zeit für dich nehmen."
Gehorsam breche ich auf, weiß, dass er auffahrend wird, wenn er sich gestört fühlt, und reiche ihm die Hand. Zögernd, das Zögern ist eine seiner Posen, nimmt er sie.
„Unvorstellbar, in welchem Maß mir der Neid der Umgebung zu schaffen macht", sagt er. „Ich kämpfe einen Kampf gegen Windmühlen."
Der Neid gegen ihn ist sein großes, größtes Trauma, das Thema seines verschanzten Lebens. Ich kenne seine Sätze zur Genüge. Plötzlich steht Jermis Gesicht zum Fürchten herb und dunkel vor mir:
„Du beneidest mich ebenfalls", sagt er und hebt die gekrümmten Hände, als würge er jemandem den Hals. Mir fällt das Gewehr im Schrank ein, mit dem er prahlt. „Weil ich es weiter gebracht habe als du. Wiewohl du mir immer vorgezogen wurdest, trachtest auch du mir nach dem Leben."
Das Ende des Satzes ist zerbrechlich geworden und zum ersten Mal erkenne ich seine Augen nicht, Blasen, die auf Wasser schwimmen. Der Abschied ist bündig, ich haste davon.
„Ihr Bruder wirkt in den letzten Tagen unruhig", sagt jemand zu mir und hält mich mit dieser Bemerkung nicht auf.

Ich fliehe aus der psychiatrischen Heimstatt *Im Kleefeld* und stürze mich ins Verkehrsgetöse am Ende des Grüngürtels. Lärm und Staub reißen mich an sich und schlagen über mir zusammen. So habe ich mir das nicht vorgestellt nach der Beklemmung von eben. Es knattert, zischt, pufft und prasselt von allen Seiten auf mich ein und raubt mir den Verstand. Ich finde keine Bank, auf die ich sinken könnte, um das Elend meines Bruders zu beweinen. Verbarrikadiert sich gleichermaßen hinter seinen kindischen Fantasien und seiner fachlichen Belesenheit als vorzeitig emeritierter Professor für frühe Geschichte. Verschanzt sich zusammen mit einem strohgefüllten Wuschelkopf, den er als seine Frau ausgibt. Mit jedem Schritt kriecht mir die Wut ins Hirn und ebnet Pfade für meinen Neid. Der beginnt mich auszuhöhlen. Nimmt mich gefangen. Fäuste in mir schlagen um sich. Ich fürchte zu zerbersten vor Eifersucht auf meinen Bruder, der sich seiner täglichen Sorgen listig auf meine Kosten entledigt.

Ich renne. Die rote Ampel habe ich übersehen. Ich könnte wetten, ich sah Grün. Jemand Kräftiges reißt mich von der Straße. Fast bin ich dankbar für die fremde Gewalt von außen, weil sie meine innere Heftigkeit im Bruchteil von Sekunden beschwichtigt.

„Sind Sie verrückt geworden, wohin wollen Sie?", brüllt er mir durch das Warnhupen eines Lastwagens ins Ohr.

„Ins Kleefeld", sage ich, ohne nachzudenken und erschrecke darüber.

* * *

Jenny wird mir immer mehr zum Vorbild. Obwohl sie bisher ausschließlich Gedichte verfasste, erschüttert mich ihre satirische Erzählung, der ich auf den Leim gegangen bin, bevor ich ihr auf den Grund kam.

Ein wenig Schein
muss scheinbar sein
zum Schein.
        Peter Grathwol

29. Sakinas Beitrag

Es ist kein Stoffkissen für die Altkleidersammlung, das Ding, das mir der Hausmeister Michel auf den Schreibtisch legt und auf dem er seine Hand liegen lässt.

„Ein Päckchen", sagt er und ich argwöhne, er macht einen seiner berüchtigten dummen Scherze. „An Sie, Frau Marten. Ein Einschreiben aus Pakistan. Sprangmann hat unterschrieben. Wird hoffentlich kein Sprengstoff drin sein!", flapst er, „die nähen ihre Bomben gern in Bettzeug ein!"

Ich will es ihm aus der Hand nehmen, Michel rückt es nicht raus. Das ärgert mich. Da schiebe ich seine Hand ganz sanft weg. Er lächelt, sage ich mal: beseelt, und lässt es geschehen. Solch eine Geste hatte ich unserem Hausmeister gegenüber nie gewagt und deshalb bläue ich mir ein, es kein zweites Mal durchgehen zu lassen. Schweigend beuge ich mich über das merkwürdige Ding und scheue mich es anzufassen. Michel sagt nichts mehr. Einesteils bin ich froh darüber, seine Spottlust kesselt einen gern ein. Andererseits lässt mich seine Wortlosigkeit allein in meinem Rätselraten. Der bläulich-weiße Stoff ist ornamental mit Briefmarken beklebt. Dicht an dicht formieren sich die Reihen zu Blöcken. Ein militärischer Aufmarsch, bei dem kein Einzelner auch nur einen Zoll aus der Reihe tanzen darf. Ziviler beurteilt könnte man es für eine besondere Form struktureller Kunst ansehen.

Das Markenarrangement erinnert mich an den Brief in der Briefmarkenstelle. Endlich gebe ich mir einen Stoß und nehme das Bündel in die Hand. Es gibt nach, die Hülle hat wenig Festigkeit in sich.

„Umdrehen", sagt Michel mit einem Befehlston im Stechschritt, der zum Aufmarsch der Marken passt, und weicht keinen Zentimeter.

Er klebt an dem merkwürdigen Ding, als sei er die Marke Nummer soundsoviel zum Wert von soundsoviel jämmerlichen Rupien.

Auch die Rückseite ist akkurat beklebt.

„Das ist ein richtig wertvolles Stück!", sage ich nach gründlichem Betrachten. „Wer schickt uns das? Die Briefmarkenstelle in der Sternenhalde wird jubeln."

„Na, lesen Sie mal!"

Wetten, dass er es gemeinsam mit Sprangmann mehrfach beäugt hat. Ich kenne sie. Am liebsten hätten sie sie geöffnet, die Überraschungs-Sendung aus der Ferne. Um Michels Geduld zu strapazieren, zähle ich die 20 Briefmarken auf der Rückseite laut ab. Durch kräftige runde, gut lesbare Stempel, als seien es die Räder von Autokolonnen oder im schlimmsten Fall von Panzern, wurden sie entwertet. Nein, aufgewertet. Die Vielzahl der Marken weist auf die bescheidenen finanziellen Verhältnisse des Landes hin, erklärt Michel.

„Die Leute dort schreiben selten Briefe oder verschicken Päckchen", sagt er, „im Inland ist das Porto billig, nehme ich mal an. Eine Sendung ins Ausland frisst ganz schön. Bei denen gibt es nur kleine Briefmarkenwerte, weil man große kaum benötigt. Womöglich muss man herumrennen, bis man genug von den Dingern beieinander hat, um das hier", er zeigt auf die in Stoff eingenähte Sendung, „zu frankieren." Beim Betrachten stößt er um ein Haar mit der Nase darauf. Ich schwanke, ob ich ihn für seine Kenntnisse nicht doch bewundern soll. Der Abgebildete verändert von Wert zu Wert seine Farbe, ein Mann mit Pelzmütze, die die Ohren unbedeckt lässt.

„Jinnah, der verehrte Staatsgründer Pakistans", belehrt mich unser Hausmeisterchen. Ich ahne, dass Sprangmann sich in seiner Sucht nach Genauigkeit sofort informierte. Die Augen des auf die Marken gepressten Porträts schweifen vom Betrachter aus nach rechts oben. Ein Blick auf Künftiges. Die Lippen sind leicht geöffnet, verkneifen sich, was sie sagen wollen. Stirnfalten der Anspannung sind nicht mit abgedruckt, man ahnt sie.

Registered, Rawalpindhi und das Datum: 20. Dezember 2003. To Mrs. Vera *Windwechsel-Verlag, Germany.*

Mit dem Absender verbinde ich nichts. Oder? Hussain Jawid, Tourist Guide. Skardu/Abidimabad, Northern Areas Pakistan. Mein erster Verdacht: Vorsicht, da will jemand Geld von dir. Von uns. Solche Briefe können nur Bettelbriefe sein.

Yvonnes Geliebter schrieb aus Rawalpindhi an Sakina Bano, bevor sie aufbrach. Da scheint sich einiges zu verknoten. Skardu, der Landeplatz für die Flugzeuge, und ein Hussain Jawid, der Tourist Guide …

Gut zwei Wochen lang war die Sendung über Länder und Kontinente hinweg unterwegs. Ich beuge mich über meine Landkarte und erkläre Michel, dass Rawalpindi und die Hauptstadt Islamabad ineinander übergehen. Er soll merken, dass ich mich mit dem Land auskenne.

Michel holt sein Taschenmesser heraus, klappt es auf und wir machen uns daran, die Stoffhülle zu öffnen. An drei Kanten ist sie mit deftigen überwendlichen Stichen vernäht und an einigen Stellen mit dicken schwarzen

Placken verklebt. Sie riechen tatsächlich nach Teer. Michel durchtrennt mit ein paar Schnitten das grobe blaue Garn und ich beginne es behutsam herauszulösen. Wer weiß, was an solchem Zeug klebt und welche Krankmacher man sich bei leichtfertiger Berührung zuzieht. Ein Bündel Papierseiten steckt in der ungewöhnlichen Verpackung. Unordentlich, würde man bei uns sagen, sie sind der Breite nach um ihre Mitte gekrümmt. Ich erkenne Sakinas Handschrift.

„Vorsicht!" Wir fürchten das Verrutschen beim Herausnehmen. Hoffentlich sind sie leserlich nummeriert.

Gerade sind wir damit beschäftigt, die Reihenfolge der Blätter zu sichern, da trifft uns ein Anruf von Sprangmann. Ich möge bitte mit der Sendung zur Chefin kommen. Gehorsam raffe ich alles zusammen und lasse Michel nicht dazwischengreifen. Ich muss mich konzentrieren, damit nichts durcheinander gerät, da bleibt mir keine Energie in mich hineinzuhorchen mit welchen Gefühlen ich mich auf den Weg mache.

Wegen der vollen Hände poche ich mit dem Ellebogen an die Tür. Zu laut, finde ich. Drinnen sehe ich das erste Mal bewusst, was Frau Obermüller für einen schönen Ausblick hat. Auch wenn der in Winterruhe gehüllt ist. Im Hintergrund schwingt sich die von Nebelschwaden bestrichene Schwäbische Alb wellenförmig am Horizont entlang.

Sprangmann sitzt in Erwartungshaltung da. Beklemmung hängt in den Winkeln. Ich ziehe die Blätter aus dem Bündel und lege sie auf den Tisch. Die Chefin fordert mich auf die erste Seite vorzulesen. Wir sind sicher, dass der maschinengeschriebene Bericht von Sakina selbst ist. Er ist blumig, wie wir es von ihr gewohnt sind und wir haben Mühe, ihrem Englisch zu folgen. An einigen Stellen einigen wir uns nicht, was gemeint ist. Ich hole mein Wörterbuch. Die Chefin gibt mir irritiert den Auftrag, ich möge eine Übersetzung des gesamten Textes anfertigen.

„Bitte wortgetreu und keine Beschönigungen!", sticht sie nach. Was wir weiter aus dem Stoffpaket fischen, sind Fotos und Zeitungsausschnitte. Sie beschreiben den umstrittenen Staudamm. Der Brief von jenem ominösen Tommy Krug drängt sich mir auf. Teile eines Puzzles, die ich nicht zusammenbringe, bestürmen mich.

Sprangmann entdeckt ein kleines Päckchen in einheimischem Zeitungspapier. Unsereiner findet nicht in die malerische Schrift, die von rechts nach links ihren Ausdruck sucht. Großbuchstaben gibt es nicht. Dafür haben die Buchstaben unterschiedliche Formen und Verknüpfungen, je nachdem, ob sie am Anfang, in der Mitte oder am Ende des Wortes stehen. Ich weiß es von Tim, das ist jetzt bedeutungslos.

Sprangmann wickelt das Päckchen auf. Aus dem Papier schälen sich Sandalen. Die Sandalen, die ich betrachtete, als Sakina im vergangenen November bei mir saß. Gut sichtbar stellt Sprangmann die Schuhe aufs Papier. Ich erschrecke.

„Sakina Bano", hätte ich am liebsten geschrien. Stattdessen flüstere ich es und nehme meine Unterlippe zwischen die Zähne. Braun, vorne verschlossen, die Absätze abgelaufen auf unebenen Wegen. Das Leder an den Sohlenkanten abgeschabt. Ich nehme die Sandalen in die Hand und streiche über sie, bis sie vor meinen Augen verschwimmen. Dann wickele ich sie wieder ein und lege sie zurück. Sie sind das Symbol eines langen Weges und seines Endes.

Die Sendung ist wahrscheinlich keine Lösung unseres Sakina-Bano-Problems. Im Gegenteil, ich fürchte, sie reißt uns tiefer hinein. Mich. Den Verlag. Eduard Sprangmann schaut ins Leere. Er hängt an der Kalkulation, ich kenne ihn und schweige. Die Chefin wiederholt den Auftrag an mich, die Übersetzung umgehend zu liefern. Die müsse kopiert für jeden von uns vorliegen. Morgen.

Sofort mache ich mich daran. In jeder freien Minute zwischen anderweitig drängenden Arbeiten übersetze ich ein paar Sätze. Mein abwehrendes Misstrauen wird bleiben, bis die ganze Wahrheit auf dem Tisch liegt. Möglicherweise wäre selbst dann nicht alles gut zwischen Sakina und mir. Zwischen ihr und uns.

Ich quäle mich durch die Sätze. Sakina sitzt neben mir. Ihr Blick spürt mich auf. Manchmal streift sie in ihren Sandalen mit verdrucksetem Schweigen durch die Landschaft. Gelegentlich lächelt sie. Einmal höre ich sie schreien und weinen. Da hoffe ich, dass ich meinen Auftrag, ihren Bericht in unsere Sprache zu übertragen, unbeschadet zu Ende bringe.

„Rawalpindi im Dezember 2003

Sehr geehrter Verlag *Windwechsel*, liebe Freunde, werte Frau Vera Marten,

Asalaam-u-Alaikum, wie geht es Ihnen, wie geht es euch? Ich schreibe euch aus Rawalpindi. Ich möchte versuchen euch meinen Aufbruch zu erklären. Ihr habt mir alle viel geholfen, besonders Mrs. Vera Marten, Mr. Tommy Krug und Mr. Tim Jonger. Ihr wart hilfreiche Freunde in meiner großen Not. Mr. Tommy hat mich in

Verbindung zu eurem Verlag gebracht mit meinem ersten Text."

Das ist ungeheuerlich. Arme Yvonne. Es wird mich langes Abwägen kosten, ob ich ihr das mitteilen darf oder sie schonen muss. Und falls ich sie schone, ob das ein Verrat an unserer Freundschaft wäre, die eben erst begonnen hat eine engere zu werden. Beunruhigt mühe ich mich weiter durch die Zeilen, gespannt, was wir über jenen Tommy Krug noch aufgetischt bekommen. Es setzt sich fort:

„Mister Tommy Krug hatte mir ein Einschreiben aus Pakistan nach Grunbach geschickt. Ursprünglich war er auf dem Weg nach Thailand und Burma gewesen. Dann sandte ihn eine Entwicklungsstelle zurück nach Pakistan, in den Norden. Er war gebeten worden, die Situation am Nanga Parbat zu prüfen. Das ist unser Hausberg mit seinen 8126 Metern Höhe, auf den ich oft mit meinem Bruder gestiegen bin. Mit Abidim Razool. Für uns ist der Berg wie ein Traum in den Himmel zu kommen. An seinem Fuß, dort in der Ebene, soll ein großer Staudamm entstehen. Sie planen und haben Probleme. Mr. Krug ist wegen des Staudammes im Norden gewesen. Dort hat es viel Ärger gegeben. Die Wasserarmut war groß im Land in jenem Jahr. Im Winter davor hatte es nicht genügend geschneit und geregnet. Deshalb war im Sommer zu wenig Wasser in den Seen. Das ist schlecht für die Erzeugung von Strom und für die Bewässerung der Felder. Die Baltis hoffen auf den Frühling. Die Schneeschmelze ist gering. Jeden Tag leiden wir unter dem Ausfall von Strom. Hier im Norden in den Bergen fällt selten Regen. Eine Handhoch im Jahr sagt man. Die Leute sind zierlich.

Nehmen wir deshalb lieber die Hand eines Mannes. Wir brauchen den schmelzenden Schnee.

Mir haben sie erzählt, in Basha geht es los mit den Bauarbeiten. Unsere Leute sagen, man sieht nicht vorher, ob hier gebastelt wird, wie die Welt bestehen wird oder ob man konstruiert, wie sie untergehen soll. Basha ist eine kleine Siedlung mit Häusern wie in meinem Abidimabad. Keller, Wohngeschoss, flaches Dachgeschoss. Alles ist eckig. Bei Basha kommt der Indus aus den Northern Areas unseres Landes. Er quillt aus dem District Diamir heraus. Wisst ihr, der heißt so, weil ihr gleich die Diamirflanke ahnt auf der Westseite des Nanga Parbat. Von unserem Indus sagen wir, er ist der Vater aller Ströme. Der Kailasch ist der Heilige Berg der Tibeter. Dort springt der Indus ans Tageslicht. Er fließt seinen Weg ins Arabische Meer. In der Schule mussten wir es auswendig wissen: Er ist 3180 Kilometer lang. Er ist der längste Fluss in Südasien, sagte uns der Lehrer Fida Qurban.

Die Bauern haben es schwer überall im Industal und in der Region. Über den Indus bei Basha haben fremde Techniker eine Seilbahn gezogen. Das Seil ist dünn wie der ganze Faden unseres Lebens. Dass man denkt, es zerreißt, wenn das Material hinübergezogen wird. Man denkt es und hofft, dass es gut geht. Ghulam Ali war dort gewesen, als er seine Kuh von der Weide der hohen Deosai-Ebene nach Hause trieb. Er hat einen Umweg gemacht. Drei Tage lang war er unterwegs und die Nächte verbrachte er bei anderen Bauern oder Hirten. Da hat er es gesehen und sie haben überlegt und gesprochen bei ihren Nachtfunzeln, fast bis der Tag neu aufstand. Ich habe ihn getroffen. Er schaute hinüber und sah die Männer am nördlichen Ufer, die mit großem Krach Löcher in die Felswände bohren. Sie wollen prüfen, ob der Fels fest ist oder ob er Löcher hat tief drinnen, sagte man ihm. Tiefe, hohle Löcher. Die könnten eines Tages gefährlich werden. Weil alles fest sein muss. Damit es das hält, was man beim Bauen an den Felsen festmacht. Wir haben viele Erdbeben am Indus. Es sei ein großer Lärm dort bei den Arbeiten, erzählte uns Ghulam Ali, der müde war bei der Rückkehr und sein Chapati verschlang mit den Aprikosen. Er sprach nur, wenn man ihn fragte. So sind die Bauern und Hirten in der Einsamkeit. Sein Shalwar Kamiz, das ist die lange weite Hose und das Kittelhemd darüber und beides einfarbig, den Shalwar Kamiz hatte er zerrissen am Dorngestrüpp, als seine Kuh und er nach einem langen Tag in die Nacht hineintaumelten. Beide waren müde. Der große Lärm am Tag kommt viel von den Hubschraubern. Er legt sich über das ganze Gebiet und presst sich in die Ohren. Die eisernen Libellen landen und steigen auf. Sie bringen Material und Leute und alles Mögliche heran. Wenn ihre Zeit gekommen ist, fliegen sie die Leute, alles Männer, zurück. Sie verschwinden im Himmelsblau an der Gebirgslinie oder in den Wolken. Es ist eine Hölle, das Laute presst sich in die Täler und wird dort eingezwängt.

Die Männer erzählen sich, es gibt Pläne, die Wände zum Stauen des Wassers sollen hoch werden wie Wolkenkratzer. Es werden Mauern, die am Himmel kratzen, sagen sie. Die Steine werden sich selber halten durch ihr Gewicht, hat ein Ingenieur erzählt. Er hat den umstehenden Männern sogar ein Papier gezeigt, um es zu beweisen.

Ghulam Ali sagt, er habe das Papier nicht verstanden mit den vielen Linien und Zahlen und Zeichen darauf. Es ist schwer zu glauben und es sich vorzustellen, sagt Ghulam Ali, denn man sieht es noch nicht. Man wird ein Kraftwerk bauen. In der kleinen Zeitung für die Region steht, sie werden Turbinen einbauen. Ich lese, sie sollen 4400 Megawatt Strom erzeugen. Natürlich weiß ich nicht, wie viel das ist. Der Mann von der Zeitung schreibt, das ist so viel wie vier Atomkraftwerke zusammen Strom liefern könnten. Dann muss es viel sein. Jetzt kommt das Schlimmste. Sie werden Wasser sammeln und es nicht abfließen lassen und auf diese Weise einen See schaffen. Der wird so groß sein, dass er 32 Dörfer und Siedlungen verschlingt. Viele Leute weinen deshalb, wenn sie für sich sind. Ich denke, ohne den Stausee werden wir alle nicht haben, was man Zukunft nennt. Das ist – wie sagt ihr? – ein Konflikt. Ich habe es im Wörterbuch aufgeschlagen.

Nun schreibe ich euch, was weiter eintraf. Von Chilas aus besuchte Mr. Krug die Höhlen und Felsbilder. Er war zweimal dort. Vor vier Jahren und jetzt im Herbst. Er sollte mit nachdenken über die alten Zeugnisse verschiedener Kulturen. Steinerne Botschaften und Bilder aus der Zeit, in der wir noch nicht buddhistisch waren und lange noch nicht Muslime.

Jetzt muss ich euch erklären, warum ich hastig abgereist bin im November.
Von Chilas aus machte Mr. Krug im Oktober auch einen Besuch bei meiner Familie in Abidimabad. Dort war man im Schrecken. Meinem Bruder Abidim Razool ging es schlecht mit seinem Körper. Die Arme und die Beine ge-

horchten ihm nicht mehr gut. Das war der kalte Winteranfang oder auch nicht. Mein Bruder konnte sich nur mit Hilfe setzen. Nicht aufrichten. Der Arzt, der unsere Leute bis an die Grenze nach Kaschmir betreut, rief in der Klinik in Rawalpindi an. Ihr glaubt nicht, wie mühsam es ist, von uns aus irgendwohin anzurufen. Es gibt nur zwei Stellen, die Polizei oder eine Klinik, wo du ein Telefon findest. Hast du Pech, ist die Verbindung nicht möglich. Die Leitungen sind schlecht, die Turbinen liefern nur Strom für ein paar Stunden. Dann haben sie Pause. Du zählst Tage ab, bis du die erreichst, die du sprechen möchtest. Bei euch gibt es Handys, bei uns nicht. Ich kenne mich da nicht aus, unser System ist lückenreich.

Die deutsche Ärztin im Hospital Center in Rawalpindi sagte, die Behandlung für Razool muss fortgesetzt werden. Man soll ihn wieder in die Klinik zu ihnen bringen. Immer wieder. Sein Zustand ist schlecht. Sie fürchten, er erholt sich nicht, wenn die Familie zögert. Trotz der Fortschritte, die er seit dem Unfall vor vier Jahren gemacht hat.

Wenn ich das Wort Baltoro höre oder lese oder schreibe, muss ich weinen. Ich werde euch erklären warum. Mein Weggehen von euch im November hängt damit zusammen und auch mein Kommen zu euch damals. Am Baltoro-Gletscher ist er abgestürzt. Ich habe euch nicht gesagt, dass *Der Sturz* Abidim Razools Geschichte ist.
Gerade war eine Verschlechterung bei meinem Bruder eingetreten. Deshalb habe ich mich sofort aufgemacht ihn zu sehen. Ich habe bei Mrs. Vera, bei dem geschätzten Verlag *Windwechsel* um einen erhöhten Vorschuss gebe-

ten. Obgleich ich an dem Tag nicht wusste, ob ich euch das Geld mit meinem Schreiben zurückbringe eines späteren Tages.

Nun bin ich hier in Rawalpindi. Man sagt, das ist die ärmere Schwester von Islamabad, unserer Hauptstadt. Ich wohne bei Bekannten in der House II Road in Selttown. Es ist kein Slum, wie er sein könnte. Es ist ein bescheidenes Viertel zum Wohnen und für Händler. Durch die Gassen werden Karren geschoben. Händlerautos mit Melonen, Gemüse oder Fisch halten an. Viele verschiedene Läden gibt es. In den großen Städten, hier in Rawalpindi und drüben in Islamabad, hast du oft viele gleiche Geschäfte nebeneinander. In der einen Straße drängeln sich Haushaltswarengeschäfte, in einer anderen gehen schmale Läden tief ins Haus hinein für Teppiche. In der Nachbargasse siehst du Möbelgeschäfte und am Rand Laden an Laden für Autoersatzteile. Hier im Viertel meiner Freunde ist alles gemischt. Allerdings findest du drei Friseure, zwei Bäcker und mindestens vier Lebensmittel- und Obstlädchen in unserer Gasse auf einem kurzen Stück. Ein Laden drängt sich an den anderen. Manche sind baufällig. Manche ganz schön ordentlich. Das ist viel großzügiger als in unserer Siedlung am Indus mit dem Blick auf den Nanga Parbat. Man kennt die Nachbarschaft schnell in der House II Road und auch die Kauernden im Straßenstaub. Neulich war ein Mann mit dem Tanzbär hier. Der Bär bewegte sich abwechselnd zum Tamburin und zur Flöte und alles war ganz bunt.
Frauen kaufen alleine ein, das ist kein Problem. In Baltistan, in Abidimabad, dürfen manche nicht einmal Geld in die Hand nehmen. Aber ich tue es dort.

Das Einkaufen ist nicht so wichtig für mich hier, dass ich viel darüber schreiben muss. Jeden Tag besuche ich meinen Bruder im Hospital. Deshalb bin ich hier. Die Anlage ist sauber, ungewohnt sauber bei dem Staub in der Stadt. Der Staub liegt über dem ganzen Land. Natürlich musst du achtgeben, wenn du zwischen Menschen bist. Wo musst du das nicht? Die Stadt ist heutzutage nicht ganz friedlich. Ihr lest es in euren Zeitungen oder ihr seht es im Fernsehen, dass es manchmal Unruhe gibt oder Kriminelle. Die behaupten, was sie tun, ist politisch oder religiös.

Ich weiß nicht, für welche Zeit ich hier bleiben werde oder hier bleiben muss. Ich strenge mich an, dem geschätzten Verlag weitere Seiten zu schicken.
Bitte überweisen Sie das Geld für diesen Beitrag auf das Konto meines Kusins Hussain Jawid, Tourist Guide Skardu, Code No. 458, National Bank of Pakistan, Number 57. Er wird mir das Geld zuteilen."

Am Tag darauf bitte ich Orlander meine Übertragung zu kopieren.

„Nicht gut geschlafen?", fragt er und streicht sich über die Nase. Es liegt keine Verächtlichkeit darin.

„Ich glaube, ich habe überhaupt nicht geschlafen", gestehe ich ihm. Schwankend, ich bin wirklich hundemüde, bringe ich die Kopien zu Sprangmann. Die Vorzimmer-Hauenstein schnappt sie mir aus der Hand, in ihre Raffgier quetsche ich meine Bitte, der Chefin eine der Kopien ins Fach zu legen.

„Fleißig, fleißig", lobt mich Rosemarie, man könnte denken, sie würde dafür bezahlt.

Hoffentlich hat sie meinen verächtlichen Blick nicht aufgeschnappt. Gleich wird sie, was an Arbeit für sie anfällt, aufs Nötigste runterfahren und stattdessen schmö-

264

kern, um sich möglichst umgehend mit den Neuigkeiten auf der Etage zu brüsten.

Zurück an meinem Schreibtisch entdecke ich einen kleinen Zettel und falte ihn auf. Mit kaum leserlicher, vom Urdu beeinflusster Handschrift ist in Englisch vermerkt:

Bad news. Meine Kusine starb bei einem Attentat in Islamabad. Wir schicken Ihnen die letzten Seiten ihrer Aufzeichnungen und die Schuhe. Sie tragen die Spuren der Wege, die Sakina Bano Masrur auch in Ihr Land führten. Meine ganze Familie sagt danke für Ihre Hilfe für Sakina Bano Masrur. Wir werden immer zu Allah für Sie beten und sagen Salaam.

Hochachtungsvoll
Hussain Jawid und die ganze Familie

Beim Öffnen des Kissenbezuges hatten wir die Mitteilung übersehen. Ich sitze da und weine in den dröhnend rauschenden Fluss hinein, der mir von seiner Quelle in Tibet bis zur Mündung ins Arabische Meer nie mein Spiegelbild zugeworfen hat. Ich lehne mich an die Berge, die ich nie bezwang, und der ewige Staub brennt mir in den Augen. Mir ist, als flöge ich davon. Die Enge presst mir die Lungen zusammen. Ich halte es nicht mehr aus, lasse alles liegen und stehen und renne davon. Sprangmann sieht es und ruft mir eine Frage nach. Im Park finde ich mich.

Was geblieben ist,
anschauen.
Reste langer Mühe
in fremden Händen
vergoldet,
unzugänglich geworden mir.

30. Sprung – Sprünge

Seit einigen Tagen ist es anders als gewohnt zwischen unserem Geschäftsführer Sprangmann und mir. Er steckt im gewohnten grauen Sakko mit dezenter Krawatte. Seine Krawatten pflegen so dezent zu sein, dass ich nicht eine einzige von ihnen spontan beschreiben könnte. Vertraulichkeit ist die größte Stärke dieses gepflegten Typs mit dem Fingerspitzengefühl, worauf und auf wen er zu achten hat. Einer, der nie in ein Fettnäpfchen tritt, weil es nicht zu ihm passen würde. Unablässig strahlt er seine männlich geprägte menschliche Wärme aus und bei genauem Hinsehen bemerkst du eine beamtenmäßige Kühle, die ihn vor der Chefin schützt. Etwas ist anders, auch heute, das merke ich sofort.

„Ich sollte einiges mit Ihnen besprechen", sagt er im Vorübergehen auf dem Flur. „Vertraulich", fügt er hinzu, was mich nicht überrascht. „Am besten bei mir. Ich rufe Sie an." Er schaut vielsagend und schon ist er verschwunden. Manches in dieser Firma bleibt verschwommen.
Der Wurm knistert im Gebälk.
Sofort krümmt es sich in mir. Mein Verlangen nach Ungebundenheit kämpft mit der Scham über einen möglicherweise demütigenden Abgang.
Zu den Peinlichkeiten gehört, dass ich von Obermüllers

Tochter Leni weiß. Ob es das Mädchen ist, von dem Roberto in der Briefmarkenstelle sagte, es sei nicht mehr bei ihnen? Scherholz, Obermüller – der Leitung der Sternenhalde müsste etwas über den Vater bekannt sein. Yvonne brächte es heraus, falls ich sie überhaupt mit dem Thema belasten darf.

Ständig schwanke ich, ob ich ihr von Sakinas Bericht erzählen soll, in dem Tommy Krug erwähnt wird. Es ist schwer einschätzen, ob ich ihr damit einen Stein vom Herzen nehme oder einen dazu packe. Bei allem Hin und Her finde ich keine hilfreiche Antwort. Die Geheimniskrämereien mit Schweigepflicht, in die ich geraten bin, zehren. Offenheit, Lebendigkeit und Heiterkeit in mir und um mich herum haben sich verflüchtigt. Schwermut lauert. Die Schwermut eines trüben, fast schneelosen Winters, die Schwermut des Verlassenseins, die Schwermut des Überflüssigseins.

Wünsche keinerlei Kontaktaufnahme mehr.

Ein Schamanenspruch, von einem Priester zur Abwehr böser Geister nach seinem gegen die heiligen Regeln verstoßenden Koitus über mich geworfen.

Vera, du bist in Gefahr.

Innerlich zwänge ich mich probeweise in Wanderschuhe, um den *Windwechsel* wörtlich zu nehmen und loszuziehen. Gut, sie drücken, neue Schuhe tun das gern. Anfangs werde ich Blasen beim Gehen bekommen. Nach und nach weitet sich das Schuhwerk.

Sprangmanns telefonisches Zeichen scheucht mich auf. Zweimaliges Klingeln, Pause, erneutes zweimaliges

Klingeln, das betriebsinterne Signal für solche Abmachungen.

Er empfängt mich stehend gleich an der Tür und bietet mir nicht an mich zu setzen. Der Blick aus seinem Zimmer prallt auf die Betonwand des Nachbargebäudes. Bis zu diesem Tag hielt ich es für lieblos und unüberlegt, dass man dem Sprangmann Durchblick und Weitsicht abverlangt und ihm kaum Ausblick gewährt. Heute sehe ich es wie eine Verschwörung der Chefin gegen ihn. Wo er schon unter ihrem Vater arbeitete und dessen vertrauter Kollege war. Unsinn. Ich leide unter Zwangsvorstellungen. Das Zimmer ist zufällig düster und aussichtslos.

„Sie sind unter Druck geraten", sagt er und ich höre beim besten Willen keinen Vorwurf heraus. Er ist der einzige Mensch in der Firma, der manchmal fragt: „Wie geht es Ihnen, Frau Marten?"

Jetzt fragt er es nicht. Er bekam meine Flucht in den Park mit und rief mir eine Frage nach, vor der ich davonrannte. Das wäre Antwort genug auf Fragen nach meinem Befinden.

Ich verscheuche Regungen aus meiner Miene, um mich auf das Folgende gefasst zu machen. So hätte ich ausreichend Fläche zum Spiegeln meiner Reaktion zur Verfügung.

„Frau Marten, ich möchte Ihnen unter Auflage höchster Verschwiegenheit mitteilen, dass sich . . ." Er hält inne, faltet die Hände und senkt seinen Kopf darüber. Als er ihn wieder hebt, klingt es wie Geheimnisverrat: „ . . . Frau Obermüller zurückziehen und den Verlag aufgeben will."

Das Schweigen nach dieser Mitteilung hilft mir. Ich

schaffe es nicht, die Widersprüche zu kontrollieren, die in meinem Gesicht ihre Kämpfe austragen.

Er: „Ich teile es Ihnen mit, damit Sie sich angemessen umorientieren."

„Danke", sage ich, weil mir nichts Besseres einfällt und weil ich denke: „Das tue ich innerlich bereits."

„Nochmals: Strengste Vertraulichkeit." Seine Augen sind drohende Ausrufezeichen. Das kenne ich nicht an ihm.

Er geht an seinen Schreibtisch, diesmal schlurft er. Offenbar ist alles gesagt, zu dem Sprangmann bereit ist, sich hinreißen zu lassen, ein Jünger aus den Jahrgängen des verstorbenen Chefs. Vereinsamt stehe ich da, öffne die Tür und verziehe mich wortlos.

Anschließend hocke ich an meinem Schreibtisch und brüte. Vom ratternden Faxgerät, das irgendeine Mitteilung herausruckelt, lasse ich mich nicht aufscheuchen und hoffe auf ein tot gestelltes Telefon. Wo ich einen neuen Job fände … Eine Firma löst sich auf und ich werde mit ihr abgewickelt. Oder sie wird verkauft. Hätte ich eine Chance übernommen zu werden, falls ich es wollte? Bei Gelegenheit rücke ich dem Sprangmann mit einem Packen Fragen auf die Pelle. Diskret natürlich. Für heute nehme ich mir vor Frau Obermüller aus dem Weg zu gehen.

Yvonne erzählte, dass sie vor Monaten gezwungen war, Bewerbungen ins Blaue zu schicken. Sie schilderte, was einem da ins Haus steht

Bis auf eindeutig zweideutige Angebote kommen knallharte Absagen oder deine Bittgesuche verlieren sich trotz des beigefügten Rück-

portos. Oder du fällst Computerklicks zum Opfer — und weg bist du samt deiner Chance.

Einen Strudel aus abgesendeten Bewerbungen sehe ich vor mir, von denen kaum eine ordentlich beantwortet wird.

Mit Frührente und Hartz IV, Kram, mit dem ich mich nie abgab, werde ich mich beschäftigen müssen. Selbst Alfonso, der mystische Naturwissenschaftler, hatte sich nicht entsprechend abgesichert und schon gar nicht mich.

„Es gibt keine Materie, wenn man nur weit genug in die Tiefe geht."

Alfonso, das stellt sich jetzt als fataler Trost heraus. An eine Früh-oder-Spät-Rente für mich hättest du denken dürfen, so viel Materialismus wäre gewiss erlaubt gewesen. Aber, beruhige ich dich und mich, mir bleibt das Vermögen aus deinen wissenschaftlichen Hinterlassenschaften. Zu deinen Lebzeiten waren die Tantiemen, Honorare, Umsatzbeteiligungen, Vergütungen für Urheberrechte, ich müsste nachschauen, wie sich das alles nennt und zusammensetzt, jedenfalls waren die Sondereinnahmen geflossen. Ein Springbrunnen, der nicht versiegte. Natürlich hattest du den besseren, den alleinigen Durchblick. Längst hätte ich mich nachdrücklich darum kümmern sollen. Das habe ich verschlafen. Erst hieß es, das junge Ehepaar, das am Institut promoviere, solle unbegrenzten Zugriff auf deine Unterlagen und Forschungsarbeiten haben und unbeschränkt darüber verfügen. Dadurch verankere sich die deutsche Forschung besser in der internationalen Teilchenphysik. Später sehe man weiter. Jetzt ist später. Die Dissertationen müssten abgeschlossen sein. Niemand benachrichtigte mich. Oder

es waren Hinweise bei mir eingetroffen und ich hatte sie nur als Routineinformationen zur Kenntnis genommen: *Die und die Arbeit ist beendet. Paula und Markus Kran haben über die und die Teile promoviert und mit summa cum laude abgeschlossen. Die Fakultät gratuliert.*
Man hatte sich an Alfonso gehängt. Ich hätte mich häufiger melden sollen, um die Verbindungen zu halten.

Das Telefonblinken nervt mich minutenlang, trotzig nehme ich nicht ab. Zum Glück gibt der Anrufer auf. Rosemarie Hauenstein bringt ein Fax an. *Zur Kenntnisnahme, bitte umgehend zurück!* OM ist drohend handschriftlich darüber gesetzt. Darunter schwankt die schwarze kräftige Handschrift des Absenders zwischen Schreibschrift und Druckbuchstaben und die Neigung der Schrift wechselt manchmal mitten im Wort.
Offenbar weiß die Person nicht, in welche Richtung sie gehen soll.
„Sir, Asalaam-u-Alaikum, how are you? Sir, please send us more money on my account … "
Es folgen Kontonummer und Bankleitzahl bei der National Bank of Pakistan, Zweigstelle Skardu. Ich vergleiche die Angaben mit denen aus Sakinas Schreiben. Sie sind identisch. In dem neuen Fax bittet der uns bekannte Hussain Jawid um Geld, bettelt, bedrängt uns. Die Therapie seines am Baltoro abgestürzten Kusins Abidim Razool müsse fortgesetzt werden. Danke im Namen Allahs und Dank für das, was wir für die Familie seiner Kusine Sakina Bano Masrur weiterhin tun werden. Wie wir es bei unserem großen Herzen gewiss vorhätten.

Kusins und Kusinen sind die doch alle, wehre ich ab, während ich halb belustigt, halb ärgerlich lese. Gleich darauf zucke ich zusammen und schäme mich meiner flotten Denkweise.

Bei einem Attentat in Islamabad habe Sakina Bano den Tod gefunden. Zwölf Personen seien getötet worden, viele wurden verletzt. Sie habe die christliche Kirche besucht, um Freunde zu treffen, die ihr geholfen hätten. Und um das Team unter christlicher Leitung, das Abidim Razool im Krankenhaus versorgte und pflegte, zu sehen. Sie wollte sich bedanken und die neue Rate für die Behandlung hinterlegen. Sakina war in die Kirche gegangen, um für das in ihrem Herzen zu danken, was Gott und wir für sie und ihren Bruder getan hätten. Da fielen die Schüsse und Sprengkörper explodierten. Auf dem Weg ins Agha-Khan-Krankenhaus sei sie verstorben. Nun liege die ganze Familie nackt und bloß da, ein Kieselstein, der blank gescheuert wird von den Wettern, die auf ihn niedergehen.

Sakina. Ereilt jemanden, den wir kannten, der Tod, wollen wir wissen, auf welche Weise es geschah. Erst dann rundet sich unser Bild vom Leben des Verstorbenen ab und wir geben ihn innerlich als Toten frei.

In einer christlichen Kirche bei einem Attentat, das den Christen galt. Das Blut, die Schreie derer, die in den Gebetsraum eingezwängt sind. Wut, Trauer, Verzweiflung und Zorn explodieren mit nach draußen, entsetzt Flüchtende stoßen die Tür auf. Attentäter: Menschen, die ihre Kleinheit nicht annehmen können, zur Bombe greifen, um sich groß zu machen. Attentat auf Unbekannte. Sinnlosigkeit, weil Hormone sich austoben und Herz und Verstand nicht erzogen wurden.

„Worüber denken Sie nach?" Sprangmann kommt herein, ein Anklopfen habe ich nicht wahrgenommen. Er hat in den Unterlagen nachgesehen. Tommy Krug hieß der Verbindungsmann, der uns Sakina Bano andiente. Die klebrige Rosemarie Hauenstein ist mit anmarschiert und weicht keinen Schritt.

„Seine Anschrift in Deutschland ist …“

„Grunbach, Rosalieweg“, rutscht es mir heraus.

„Woher wissen Sie das?“ Die Frau nervt.

Noch ehe ich antworte, merke ich, dass ich mich zunehmend verstricke, ohne genau zu wissen worin.

Nach ein paar Tagen raffe ich mich auf und rufe im Institut in Karlsruhe an. Dreimal hänge ich in Warteschleifen. Endlich habe ich eine einigermaßen zuständige Stelle erreicht. Die Forschungsarbeiten Professor Martens? Die habe der durchweg dem Institut und der angeschlossenen Hochschule zugeeignet, testamentarisch. Selbstverständlich, wenn ich als Witwe vorbeikommen möchte, um den Nachlass einzusehen, die großartige Sammlung, die er in jahrzehntelanger Arbeit und Forschungszähigkeit … Ich möge mich einfach melden. Man mache einen Termin aus und ich bekäme unter fachkundiger Begleitung gern eine entsprechende Führung. Die Mannfrau, die zwischen Dienstbeflissen und Persönlich schwankt, diktiert mir die Durchwahlnummer. Ich notiere und lege auf. Ohne einen nachgeschobenen Höflichkeitssatz. Dass *ich* auflegte, muss ich zu Alfonsos Entlastung anführen.

Dienstlich-geschäftliche Transaktionen hatte er selten erwähnt, geschweige mich in sie eingeweiht. Wir hatten miteinander in der Gegenwärtigkeit unseres Beisammenseins gelebt. Die Zukunft besprachen wir nicht. Ein Ende hatten wir nicht ins Kalkül gezogen. Ein Ende, was immer es sein mochte. Es war schnell über uns gekommen.

Selbst der eifrige Sammler von Fakten und energetischen Beziehungsgrößen hatte keine Schlussfolgerungen für uns als Doppelpack gezogen. Er hatte gerade ein paar Vorsorgeuntersuchungen hinter sich gebracht. Prostata-Check, Schilddrüsenszintigrafie, Darmspiegelung, EKG und PET waren in Ordnung gewesen.

„Nur aus Verantwortung lasse ich das machen", beruhigte er mich und fuhr mit gespreizten Fingern durch mein Lockengefranse. Da ereilte ihn das tückische, heimtückische Ende.

Sein Tod: Alfonso stürzte abends bei einem Freund die Kellertreppe hinunter. Zwei soziale Notdienstler schreckten mich kurz nach Mitternacht an der Haustür auf, um mit mir ins Krankenhaus zu fahren.

Erklären konnte mir das niemand. Erklären kann ich es mir bis heute nicht. Alfonso fällt auf der fremden Treppe und zieht den Tod hinter sich her.

„Der unbedachte Tritt war ein Stück Freudentaumel", sagte der Freund. Welche Energieströme sich da vereinigt hatten, welche gegenläufig gewesen waren, wäre ein makabres Forschungsfeld. *Die Zielgerichtetheit von Unfällen* – hat man sie ausreichend wissenschaftlich-energetisch in Augenschein genommen?

Zum x-ten Mal hatten sich die Männer verzweifelt angestrengt Ordnung in das Gewirre der *Pussis* zu bringen. So bezeichne ich das Kleinzeug gern in meiner Vulgärsprache, weil ich die Teilchen nicht unterscheiden kann. Wenn es sie überhaupt gibt und sie zweitens, falls es sie gibt, überhaupt nachweisbar sind. Und drittens, welche Eigenschaften sie haben. Gut, die Männer hatten in der Wohnung des Freundes eine umwälzende Skalierungsmöglichkeit entdeckt. Außer sich, nehme ich an, rannten sie in den Keller, um ihre Lieblingswesen dort am riesigen PC tabellarisch in Reih und Glied zu bannen.

Nein, dachte ich, nein, eine Kette voller nein würgte mir den Hals, als man mir den Unfall mitteilte. Die meisten Menschen wehren derlei ungeheuerliche Mitteilungen spontan und ungläubig ab. Ein schwarzes Loch in meinem Gedächtnis lässt mich nicht beschwören, wie lange ich am Bett meines reglos gewordenen, mit Schläuchen und Drähten besänftigten Ehemanns im Krankenhaus saß. Stunde um Stunde löste sich die Zeit auf, die in der Quantenphysik keinen Platz findet. Und ich wusste, es war schon zu spät.

Alfonso, dass du deine wissenschaftlichen Besitzverhältnisse vor deinem sprunghaften Abtreten geregelt hattest, ohne mir ein Sterbenswörtchen davon mitzuteilen, das erschlägt mich jetzt. War das Ganze nur ein Gewinn für dich und niemals für mich, in Gegenwart und Zukunft nicht? Ich will dich nicht anklagen, das habe ich schon gesagt. Unsere Gemeinsamkeit war erfüllend. Doch an die für mich verlorenen Früchte deiner Wirtschaft mag ich nicht glauben.

Wohin? fragte ich.
Weiter, sagtest du.
Du bist angekommen bei mir.
Jederzeit.
Sagte wer?
Peter Grathwol

31. Mitgebrachtes

Termingerecht kam er heute nach Hause. Ein Kumpel hatte ihn am Flughafen abgeholt und bei uns abgesetzt. Als ich am späten Nachmittag entspanne, schellt es. Sonnendurchleuchtet und für die hiesigen Verhältnisse viel zu leicht bekleidet steht Ahlers da, und bei uns kämpft das bisschen Januarsonne gegen Schneewolken, Bodenfrost und Reifglätte.

„Hallo, Vera Marten, melde mich zurück", begrüßt er mich. „Da kann ich mich gleich mit Splittstreuen anfreunden", verfällt er ins positive Denken und lacht, „schöner Empfang."

In seinen Händen hält er Verpacktes, das ich als Essbares einordne, und unter seinem Arm klemmt ein Album.

„Welche Überraschung! Ist alles gut gegangen? Komm rein und erzähle!", in der Richtung plappere ich drauflos und wundere mich sofort darüber, besonders über das Duzen. Er hat Gerüche an sich, als sei er soeben aus einem Gewürzsack gekrochen. Wir einigen uns auf die Couch und setzen uns nebeneinander. Die Bücherwand täuscht stabile Verhältnisse trotz hinterlistiger Lücken und Verschiefungen in den Reihen vor. Die Bücher geben mir Halt und machen mich zugleich unruhig.

„Einen Tee?", frage ich und springe vor der Antwort auf in Richtung Küche. Schon steht Friedrich neben mir, verlangt nach einem großen Teller und packt gefüllte frittierte Thai-Täschchen aus.

„Auf dem Flughafen in Bangkok habe ich sie für uns gekauft", sagt er ziemlich scheu für seine Verhältnisse. Für uns, sagt er, ich überhöre es nicht. Natürlich erhebe ich die Mitbringsel ins Großartige und überspiele meine Abneigung gegen derlei undurchsichtige exotische Leckerbissen.

„Wir wärmen sie auf, du hast doch eine Mikrowelle."

Ich zeige hin, er hat sie längst entdeckt und macht sich daran zu schaffen.

„Zwei Minuten?", frage ich und gieße das kochende Wasser über die Teebeutel.

„Bitte!" sagt er. Ebenso hätte er sagen können: „Wenn du willst!" Es hätte gleich geklungen.

Wir sitzen wieder auf dem Sofa. Die Chintzdecke auf dem Couchtisch glänzt edel. Ihre Musterlinien Ton in Ton um zartes blaustichiges Türkis herum machen sie berührbar. Meine Gäste haben falsche Scheu, sie könnten Flecken auf dem vermeintlich empfindlichen Stück verursachen. Ob ich die angeblichen Leckerbissen, die den weiten Weg hinter sich haben, überhaupt mag, wird sich herausstellen. Ich fürchte die asiatische Schärfe, die sich erbarmungslos in Mund und Gedärm ausbreitet und deren Geruch sich an Haut, Haare und Klamotten hängt. Schlimmstenfalls liefert sie mir tagelanges Hautjucken nach. Zwischen Teller, Tassen, Zuckerdose und Servietten schiebt Friedrich sein Reise-Fotoalbum.

„So schnell?" frage ich.

Gleich an Ort und Stelle habe er alles sortiert und beschriftet. Daheim dränge sich eine Menge anderes auf, man habe Mühe zur Nachbesinnung zu kommen. Außerdem lässt es sich vor Ort leicht nachfragen, nachfotografieren und aussortieren.

So sind die Praktiker. Ich beneide sie um ihre Unermüdlichkeit nichts aufzuschieben.

Wie leichtfüßig geht ein Friedrich Ahlers mit Rückkehr und Reiseschilderungen um, verglichen mit einer Sakina Bano Masrur, die in alle Winkel der Welt Gebettete. Ausgelöscht, überfällt es mich, Sakina ist ausgelöscht.

Ich ziehe die Teebeutel viel zu spät heraus, lege sie auf eine Untertasse, gieße uns ein und reiche meinem Gast braunen Kandis. Den lehnt Friedrich ab.

„Nur bei größter Hitze packe ich viel Zucker in den Tee und schütte was Milchiges dazu, falls es vorhanden ist", sagt er. „Du glaubst nicht, wie das dem Kreislauf hilft, über die Runden zu kommen."

Ich glaube es. Höflichkeit und Staunen vermischen sich.

Hoffentlich muss ich nicht stundenlang die Bilder angucken. Ätzend.

Gut sichtbar hat er sie nummeriert und mit Untertexten und Erklärungen garniert. Eilig blättere ich durch, um mir Übersicht zu verschaffen. Bei der Nummer 45 mache ich einen Zwischenstopp. Schöne thailändische Mädchen und Frauen ahne ich und blättere hastiger. Nacktes Fleisch, Sextourismus, Anmache in der Sonne und im halbseidenen Dunkel. Ich blättere und blättere – und finde nichts von alledem.

„Jedes zweite Foto werde ich dir erklären. Über die anderen schauen wir einfach hinweg."

Es ist ein merkwürdiges Verfahren. Natürlich lasse ich mich darauf ein. Irgendwie hat Friedrich mehr Pfiff, als ich ihm zugetraut hätte.

Bild 1: Flughafen Bangkok. Der Flug war angenehm.

Ich lese es laut vor und er ergänzt: „Man wurde gut versorgt. In Bangkok hatte ich einen dreistündigen Aufenthalt. Das kann einem elend lang vorkommen. Die Kontrollen sind zäh. Drei Stunden im Halbstrudel der Touristen. Das nutzte ich aus, um rumzuschauen, mir ein Büchlein über den Buddhismus zu kaufen, das dritte oder vierte, und mein bescheidenes Thai zu aktivieren. Der Weg über Rolltreppen und durch die Flut von Hallen vom internationalen Flughafen rüber in den lokalen stresst ganz schön. Da bist du froh, wenn das Anschlussflugzeug endlich startet. Zum Glück hatte ich das Gepäck gleich durchgecheckt nach Chiang Mai."

Solche Orte finden nur Leute bedeutsam, die dort waren.

„Liegt im Nordwesten, eine gute Flugstunde von Bangkok aus, der Grenze nach Burma zu."

Er tippt auf Nr. 3. Wir betrachten die abfotografierte Landkarte mit der Küste im Westen und dem Eingebettetsein Thailands in die Nachbarländer Burma, Laos und Kambodscha.

Bild 5: Der Flughafen von Chiang Mai.

„Da fliege ich öfter hin."

Die Sehnsucht nach dem Immergleichen passt zu ihm. Ich brauche nur an seine ewige Frühschicht zu denken.

„Von dort hast du mir die Karte geschickt. Vielen Dank übrigens. Und was war das mit den Jugendlichen?"

Friedrich lässt sich nicht beirren. „Dort wurde ich von Erwin mit dem Auto abgeholt. Hier siehst du ihn, ein prima Kerl. Er ist der Leiter. Ein Münchner, der das mit seiner Frau Susanne macht."

„Leiter wovon?", hake ich nach.

„Ach so, habe ich das nicht gesagt?" Friedrich gießt sich nach.

„Nein danke", sage ich und weil sie mir ungewohnt sind, teilen wir uns das nächste Thai-Täschchen. Ich schneide in der Küche ein paar Tomaten auf und bringe sie dazu.

„Das macht die Spezialität besser bekömmlich", rede ich uns, besonders mir, ein.

Ich höre von der Einrichtung, die einer örtlichen Schule angeschlossen ist. Von den Jugendlichen in den verschiedenen Werkstätten und von den Forschungsarbeiten der Universität Stuttgart-Hohenheim. Die arbeitet eng mit der Universität Chiang Mai zusammen.

„Du sprichst also Thai?" Das Du klappt nicht automatisch, ich muss es mir immer erst bewusst machen.

„Was man halt so braucht." Er lacht und hebt die Tasse, als sei sie ein Weinglas, mit dem er mir zuprostet. „Die Grundlage ist mein Büchlein aus der *Kauderwelsch*-Reihe. Das hilft einem, sich fürs Reisen in eine Sprache einzuarbeiten. Den Rest habe ich mir an Ort und Stelle angeeignet."

Ich schaue ihn fragend an, sicher auch bewundernd, will ihn aber nicht unterbrechen.

„Da habe ich ein praktisches Vorgehen", weiht er mich ein und kaut. Wobei ich nicht gut informiert bin, ob es heutzutage noch als ungebildet gilt beim Kauen zu sprechen. Ich hole tief Luft und hoffe auf einen nützlichen Tipp zum Sprachenlernen. „Ich nehme mir jemanden Einheimisches, der auch Englisch versteht. Dem sage ich auf Englisch, was ich wissen will, und lasse es ihn übersetzen. Wörter, Sätze, Zusammenhänge. Das schreibe ich mir in meiner Schrift so auf, dass ich es richtig ablesen kann und mich bei der Aussprache nicht vertue. Dem Helfer gebe ich ein gutes Trinkgeld. Der strahlt und ich dringe über die Sprache tiefer ins dortige Leben ein."

Der Kerl ist praktisch. Das muss ich mir merken. Könnte sein, der Sprach-Lern-Trick hilft mir eines Tages. Vielleicht brauche ich ihn nie. Friedrich lässt sich nicht aus seinem Erzählstrom bringen und verweist aufs Foto Nr. 7:

Internat der Projektanlage mit den Aufenthaltsräumen und den Schlafräumen für Jungen, die von weiter her kommen.

„Das einstöckige Gebäude ist die Schule. Daneben siehst du die Werkstätten. Es gibt sie für Metall, Holz, Landwirtschaft und Gastronomie. Die schließt die Verpflegungsstation für die ganze Einrichtung ein."

„Und die Mädchen und Frauen?"

„Keine Angst, die kommen nicht zu kurz. Die machen überall mit." Auf Foto Nr. 8 werde ich es erfahren, schätze ich und betrachte es. Friedrich bleibt stur in seinem System.

Bild 9: Begrüßungsmahl.

„Da haben wir uns am Abend – von Deutschland aus war die Zeitgrenze überschritten – ein gutes einheimisches Essen gegönnt. Gleich am nächsten Morgen nach dem Frühstück ging es rüber an die Arbeit." Er tippt auf Erwin, Susanne und ein paar Mitarbeiterinnen und Mitarbeiter, über die ich hinweghusche.

Auf Nr. 11 sieht man sein Zimmerchen.

„Der Platz reicht, um das bisschen zu verstauen, was man mitgebracht hat. Ich kenne das. Da packt man nur das Notwendigste ein. Das andere kann man entweder dort preiswert beschaffen – oder man kommt ohne es aus. Das Insektenöl", Friedrich zeigt auf die Flasche auf dem Foto, „habe ich diesmal nicht gebraucht."

Bild 13: Chiang Mai, Wat Chedi Luang.

„Das ist ein Tempel aus der Zeit des Lanna Thai-Reiches. 11. – 14. Jahrhundert nach Christus. Lanna umfasste große Teile Nordthailands. Chiang Mai gehörte dazu. Lanna Thai wird das Land der Million Reisfelder genannt. Heute noch.

Nehmen wir gleich das übernächste Foto. Die Ban Haw Moschee ist die älteste Moschee in Chiang Mai und die größte Moschee im chinesischen Stil außerhalb Chinas."

Ich fahre die Säulen ab, die Figuren, die jenseitigen Diesseitsgestalten. Symbole, die uns fern sind mit ihrer Gegenständlichkeit. Trotzdem stellen sie hartnäckig Gegenwartsansprüche. Wie alle Ur-Religionen in ihrer sichtbaren oder sprachlichen Bildhaftigkeit.

Bild 17: Kun Toke. Dinner mit traditionellen Tanzvorführungen im Stil der Lanna Thai.

„Wir sind noch im Norden?", frage ich und Friedrich nickt. Die vielen fremden Namen geben mir keinen Halt.

„Hierhin hat Erwin uns einmal mitgenommen. Es ist der Doi Inthanon. Der höchste Berg Thailands, 2565 Meter hoch. Erwin hat sich in Hohenheim mit den verschiedenen Wuchszonen befasst. Er hat mir die Höhenstufen der Vegetation im tropischen Bergland sooft vorgebetet, bis ich sie einigermaßen gespeichert habe. Mal sehen, ob es noch klappt. Also: Vom Halbtrockenwald im heißen Tiefland über den ewig grünen Monsunwald bis zum Nebelwald in 2500 Metern Höhe. Wenn unser Boss einem das erklären und zeigen kann, lebt er auf. Sonst ist er ein stiller Mensch, der sich gern zurückzieht.

„Da habe ich von der Seidenraupenzucht gehört", werfe ich ein

„Seidenraupenzucht? Die wurde aufgegeben, sie lohnt sich nicht mehr."

„Und was hast du sonst gemacht?"

Als Antwort tippt er auf ein neues Foto: „Schau dir die Mönche an. Mit denen hatten wir guten Kontakt. Jeden Morgen erbetteln sie ihren Lebensunterhalt."

„Mönche", denke ich laut und missverständlich, verscheuche meine Zeit mit Georg und lehne mich zurück.

„In Laos, Sri Lanka, Thailand, Burma und Kambodscha findest du vorwiegend den Theravada-Buddhismus. Das ist eine bunte Religionskultur, die gern rüber in das schwappt, was wir Geisterglauben nennen würden."

Meine Hausärztin hat sich dem Buddhismus ergeben, ob sie Friedrichs Äußerungen hinnähme?

„Der eine Mönch, siehst du ihn? Der ganz hinten, ziemlich versteckt, der kam mir von seinem Aussehen her fremd vor unter den anderen. Er huschte davon, als wir uns das erste Mal sahen. Danach erschien er nicht mehr bei uns mit dem Betteltrupp. Damals ahnte ich nicht warum."

„Kennt das Betteln Regeln?" Mir fallen die Bettler in unseren Innenstädten ein, die sich zahllosen Vorschriften unterwerfen müssen.

„Klar. Wie jedes religiöse Ritual. Morgens klappern die Mönche mit ihren Töpfen durch die Straßen. Was schwer zu überhören ist. Die Leute geben ihnen gern von dem, was sie haben. Das zählt für ihr eigenes Wohlergehen nach dem Tod. Die Verrechnung als gute Tat ist Lohn genug. Deshalb siehst du nie, dass sich die in den orangen Kutten bedanken."

„Und der auffällige Mönch?"

„Irgendwie hat der mich interessiert. Einmal habe ich ihn auf dem Markt erkannt und beobachtet, wie er an den Ständen vorbeibummelte. Ich habe mich vorsichtig an ihn herangemacht und seine Gespräche belauscht. Natürlich habe ich wenig verstanden, immerhin habe ich rausgekriegt, dass er sich Pramaha Sutas nennt. Da muss ich dir was erzählen, das glaubst du nicht."

Wir nehmen uns die letzten Mitbringsel, ich habe Geschmack daran gefunden und richte mich aufs Zuhören ein. Geschichten sind mein Elixier. Ich setze mich bequem, Friedrich rückt nach hinten an die Sofalehne.

„In der Regenzeit war bei einem Gewitter ein Blitz ins Wohngebäude der Mönche eingeschlagen. Kurzschluss, der Strom fiel aus. Seitdem lebten die nach Sonnenuntergang im Dunkeln. Nur die Öllampen gaben Licht. Erwin erzählte es mir und wir kamen auf die Idee, ihnen die Leitung auszubessern. Im schlimmsten Fall eine neue zu legen.

„Na geh mal ran", hat er gesagt.

Also bin ich mit dem Material und zwei Jungen hingezogen. Hier siehst du uns!"

Bei dem Foto kommt mir natürlich auch hier der Gedanke, manchmal weiß ich nicht, warum mir Wichtiges nebenher einfällt, Friedrich sollte einen Beitrag für unser Magazin liefern. Ich nehme Anlauf, um die Anregung zwischen seine Sätze zu schieben. Der Redefluss lässt sich nicht unterbrechen.

„Als ich zur Reparatur mit den Jungen oben im Wat

war, habe ich einen Blick in die Papiere geworfen, seine Papiere. Heimlich. Ich dachte, es haut mich um: Tommy Krug, Grunbach bei Erkenstadt, Deutschland. Ein Gauner im orangen Gewand, war ich überzeugt. Jemand, der untertauchen will und sich auf zwielichtige Art und Weise den Ausweis besorgt hat. Nach seiner Gebetszeit habe ich ihn begrüßt. Ihm die Hand hingestreckt. So kamen wir in Kontakt."

„Und?" In mir zuckt es. Jetzt kommt etwas an sein Ende. Irgendetwas.

„Ich ging von da an öfter mal rauf, mich interessierte der Tempelkomplex. Moment", Friedrich beugt sich vor und schlägt die letzte Seite des Albums auf, „der Name ist kompliziert. Ich muss ihn ablesen. Hier. Wat Phrathat Doi Suthep Rajvoravihara. Volkstümlich abgekürzt heißt die Anlage Wat Doi Suthep. Ein unglaublich eindrucksvolles Gelände. Nachdem wir miteinander, sage ich mal, warm geworden waren, hat der Pramaha Sutas mir einen verschlossenen Briefumschlag gezeigt. Warte. Inzwischen nennen wir uns beim Vornamen, er und ich."

Friedrich holt sein Notiz-Kalenderchen aus der hinteren Hosentasche und liest vor, was gleich auf der vorderen Innenseite steht: Yvonne Hilemann, 73 777 Erkenstadt, Hausenweg 23.

„Er bat mich darum, ihr den Brief mitzunehmen und ihn einfach in den Briefkasten zu stecken. Mensch, ob die was mit meinem Kumpel Albert Hilemann in Wossingen zu tun hat?"

Er fragt das, als könne ich es ihm beantworten. Ich schweige fassungslos. Reiße alle Fasern, die ausflippen wollen, zusammen. Was bricht da über uns, über meine schwangere Freundin herein? Muss ich sie warnen?

Soll ich auf der Stelle, hier bei unserem Gasttreffen auf meinem Sofa sagen, dass ich die Adressatin kenne? Weiß Friedrich Ahlers, was in dem Brief steht?

„Du bist nervös!", sagt er. Mir fällt zum zweiten Mal ein Bissen von der Gabel, ich merke, dass ich beim Trinken zittere, und nehme die andere Hand zu Hilfe, um es zu verbergen. Friedrich fährt fort und das hilft mir.

„Ich dachte, das darf nicht wahr sein, als sich mir der Tommy Krug enthüllte. Das Versteck, seinen Aufenthaltsort, ich musste es schwören, darf ich niemandem mitteilen. In der Fremde kann der Verrat durchaus bedrohlich werden. Für ihn. Für mich. Er will sich von der Welt zurückziehen. Den Weg seiner Erlösung gehen. Die verstörten Augen vergesse ich nie. Der Schock, den er erlebt habe, sei zu groß gewesen. Er senkte den kahl geschorenen Schädel und schaute mich nicht mehr an."

„Kahl geschoren?", frage ich, um überhaupt etwas zu sagen. „Hast du ein gutes Foto von ihm gemacht?"

„Wo denkst du hin? Das hätte er mir nicht erlaubt und ich hätte es mich kaum getraut darum zu bitten nach seiner Beichte."

„Lass mich das Bild noch mal sehen", sage ich und Friedrich blättert zur Gruppenaufnahme der Mönche zurück. Lauter Kahlgeschorene in Gewändern, die die Arme frei lassen und nicht ganz zum Boden reichen.

„Das da hinten ist er, sagtest du?"

„Ja und nein. Ich erkenne ihn nicht mit Sicherheit, obwohl ich persönlich mit ihm zu tun hatte."

Über die letzten Bilder huschen wir hinweg. Friedrich schiebt Begriffe, die mir unbekannt sind, ins Dickicht des Regenwaldes und nagelt sie an die Stämme von Johannesbrot- oder Affenbrotbäumen. Nachdenken.

„Ich glaube, das reicht", wehre ich ab, „es ist interessant, aber ich behalte es nicht."

Friedrich zeigt Verständnis.

Hat er mir das Wichtigste gesagt und gezeigt, was mit seinem dreiwöchigen Aufenthalt in Thailand zu tun hatte? Er nimmt sich nach vom Tee und von den Tomaten und ist nicht aus der Ruhe zu bringen.

„Der Mönch, will heißen, der Pseudo-Mönch erzählte mir von einer jungen Pakistanin. Er stammelte mit Englischbrocken dazwischen, mit denen ich oft nicht klar kam. Manchmal geriet ihm sogar einiges auf Deutsch durcheinander. Ich denke trotzdem, dass stimmen könnte, was er herausbrachte. Warum sollte er mir Irrlichter vorspiegeln? Ein gebrochener, verwirrter Mann saß da. Ein uralter Tommy Krug, der sich vor den Schrecken der Welt verzieht, weil es ihm die Sprache verschlagen hat. Mit Erwin und Susanne besprach ich die Chose."

Ich fühle mich aus jeglichem Gleichgewicht gebracht.

„Hat er dir das mit dem Rückzug erzählt?"

„Ja. Von dem Tag an besuchte ich ihn gelegentlich am Spätnachmittag. Da haben sie Erholungszeiten für die persönliche Reifung. Wir hockten zusammen auf dem gefegten Lehmboden vor dem Kloster unterhalb des berühmten Wats. Die Aussicht hinüber nach Laos ist großartig. Vor uns hatten wir den Nationalpark mit Palmengrün und Bananenwildwuchs, hinter uns das Lateritgebirge. Schweigend schauten wir. Ich genoss die Ruhe, die einen vom Gezappel enthebt. An einem dieser Nachmittage geschah es. Tommy, wie nur ich ihn nennen durfte und nur, wenn niemand bei uns war, begann auszuschütten, was er verzweifelt in der Tiefe zu versenken sucht. Er sah mich an, als sei auch ich nicht ganz von dieser Welt. Von einem furchtbaren Bombenattentat murmelte er. In einer christlichen Kirche in Rawalpindi. Manchmal musste ich mich zu ihm hinüberbeugen, um ihn zu verstehen. Und manchmal nickte ich, um ihn nicht zu unterbrechen. Den Namen der Frau weiß ich nicht. *Meine Freundin,* sagte er, *meine Freundin.* In Rawalpindi seien sie zusammen gewesen.

„Rawalpindi", betont Friedrich, um zu prüfen, ob ich wisse, wo das liegt. Ich nicke. „Er hat sie begleitet. Sie wollte der Ärztin und den Schwestern, die zu den deutschen Christusträgerinnen gehören, und den Pflegern, die ihren Bruder gut versorgt hatten, die Referenz erweisen. Wenn ich es richtig verstanden habe, wollte sie ihnen auch einen Betrag für die Pflege, die Reha, überbringen. Den anderen Teil der Summe, mit der sie aus Deutschland gekommen sei, hatte sie bei ihrer Herkunftsfamilie zur Unterstützung gelassen. Irgendwo im Norden Pakistans. Er murmelte was von Indus und Balti ..." Friedrich sucht mit den Händen, weil er die Bezeichnung nicht parat hat.

„Baltistan", werfe ich ein und will mich nicht lange damit aufhalten. „Und?"

Ich wundere mich über seine gedehnte Sprechweise, als begebe er sich selbst in das Habit eines nach innen schauenden Mönchs.

„Zitternd und unter Tränen erzählte er, wie seine Freundin Opfer zwischen zerfetzten Menschen wurde. Sie schoben die geschwächte blutende Frau in den Krankenwagen und ließen ihn allein zurück. Nach einer Stunde fand er das Hospital. Zu spät. Für ewig zu spät. Sie hätten eine Fülle gemeinsamer Pläne gehabt. Nun fühle er sich schuldig. An vielen Enden schuldig. Auch deshalb, weil sie sich nicht mehr hatten einigen können in einem Konflikt: Einen neuen Stausee anlegen und Dörfer unter Wasser setzen in der ungewissen Hoffnung, dass das zur Blüte des Landes beitrage. Oder lieber uralte Kulturgüter zu retten, um Historisches zu belegen. Unsichere Zukunft, versunkene Vergangenheit – das war ihr Konflikt miteinander. Den konnte er mit der getöteten Pakistanin, an der er sehr hing, nicht mehr in Einklang bringen. Auf dem Weiterflug nach Thailand, einem Weiterflug, dessen Ziel ihm beim Antritt nicht klar war, entschloss er sich in einem Wat zur Ruhe zu kommen.“

Wir grübeln vor uns hin. Friedrich fasst sich zuerst.

„Er erzählte mir so viel, dass ich mich hinterher anstrengen musste es zusammenzubringen. Nie dürfte ich den Namen des Ortes nennen, wo wir uns getroffen haben, beschwor er mich.“

Nachsinnen. Einatmen. Versinken lassen, was forttreiben will.

Gleite ich ins buddhistische Nicht-Sein hinüber?

„Dir darf ich es erzählen. Du bist weit weg von allem.“ Friedrich atmet durch, er hat sich von einer Last befreit. Ich tue es ihm nach.

Dann krallen mich neue Zitteranfälle.

„Ist dir kalt?“ fragt er.

Ich ziehe die Knie an und er legt mir die Decke mit den Indianermotiven über, die auf einem der Sessel liegt und von der Alfonso in Utah hingerissen war. Mein Untermieter, den ich von nun an duzen muss, bleibt nicht mehr lange. Ich nehme an, es ist ihm ungemütlich. Oder er fühlt sich von meiner Nähe bedroht und empfindet es als ein falsches Signal für unsere gewandelte Freundschaft, länger zu bleiben. Ich selbst bin viel zu erschlagen, um weiter zuzuhören. Mit den Botschaften, die in meine Wohnung geschwemmt wurden, muss ich fertig werden. Es kostet mich unendlich viel Kraft, jede Äußerung zu unterdrücken, die meine Bekanntschaft mit Yvonne verraten hätte. Bei aller Betroffenheit muss ich verschweigen, was mir von ihr und über sie bekannt ist. Dass sie ein Kind erwartet, dessen Vater sich offenbar im Mönchsgewand tarnt. Die Zusammenhänge beginnen, mich verrückt zu machen.

„Ist dir nicht gut?", fragt Friedrich. Ich höre seine Besorgnis heraus und möchte nicht, dass er das Verzehrte verdächtigt. Seine Anteilnahme erfreut mich nicht.

„Warum?", frage ich und denke es mir. Ich bin bleich geworden bei Friedrichs Mitteilungen oder rot angelaufen im Gesicht oder ich habe mir hektische Flecken zugelegt.

„Ich dachte", zuckt er mit den Schultern und steht auf. Endlich. Das Album lässt er liegen. „Schau die die Bilder noch einmal in Ruhe durch."

„Die Telefonnummer von Yvonne Hilemann habe ich", will ich sagen, verkneife es mir und schließe die Tür leise hinter ihm.

Warnung

Mein Gemüt
hat sich lange
vor euch geduckt.
Es duckt sich
noch immer
aber nur noch zum Sprung.
                    Monika Peters

32. Yvonne kommt vorbei

Ohne Ankündigung steht Yvonne vor meiner Tür. Ihr Gesicht ist fahl. Ihre Augen sind aufgeschreckt und ich fürchte, sie laufen gleich über.

„Komm rein!"

Ehe sie ganz drinnen ist, fällt sie mir in die Arme und überschwemmt mich mit Schluchzen.

„Was ist passiert?"

Hoffentlich bemerkt sie meine Beklemmung nicht, zu verraten, dass ich von dem Brief weiß. Ich dränge sie, richtig in die Wohnung einzutreten und nicht auf der Schwelle zu verharren. Halb ziehe ich sie herein. Dort, wo ich jüngst mit Friedrich Ahlers Fotos anschaute, setzen wir uns. Fotos, die mich fesselten und schließlich verstörten. Thailand 2004 – ich schiebe das Album ins Regal.

Sie zeigt mir den Umschlag. Schwarzrötliches Siegelwachs verklebt die Rückseite: Versiegelungen. Teergeruch. Nichts Neues für uns. Mit einer Entschiedenheit, die für mich kaum mit ihrer äußeren Niedergeschlagenheit zusammenzubringen ist, zupft Yvonne den Brief aus dem Kuvert und legt ihn mir hin.

„Lies!", ein in Tränen gewässerter Befehl.

Ich nehme das Blatt, als sei es zerbrechlich oder als drohe es, bei der leisesten Berührung zu zerstäuben wie Schmetterlingsflügel. Oder als sei es infiziert von einem Virus, mit dem ich mich nicht anstecken will.

Nun werde ich hineingezogen.

„Von wem ist der Brief?", will ich Zeit gewinnen für sie, für mich.

„Er ist vom Vater meines Kindes", wirft sie, rotzt sie vor uns hin und der Satz reißt den Vorhang auf.

„Lies!" befiehlt sie noch einmal, und diesmal klingt es wie ein Tritt gegen mich.

Unschlüssig schaue ich hin.

„Der Brief ist an dich", schiebe ich ihn von mir.

Ihre Gesichtszüge nehme ich auf, ohne mich ihnen zu entziehen. Da greife ich doch nach dem Blatt und lese.

„Hier steht nichts von dem Kind. Demnach weiß er es nicht", schüttele ich einen Teil der Ungeheuerlichkeiten ab, die handschriftlich auf grobes, nicht uninteressantes, grün getöntes huckeliges Papier gepresst sind. Papier aus Elefantendung. Bei solchen das Leben umkrempelnde Neuigkeiten dürfte die Papiersorte, auf der sie einen ereilen, unbedeutend sein.

„Scheißbrief auf Scheißpapier", flucht Yvonne.

Ich lege den Schrieb auf den Tisch und meine Hand auf Yvonnes Oberschenkel. Ich schaue sie an und überlasse es ihr meinen Gesichtsausdruck zu deuten.

Sie: „Ich wollte ihn an mich binden. Er war unruhig und doch nachsichtig. Liebevoll. Zart. Ich dachte, wenn wir ein gemeinsames Kind hätten, wäre es einfacher für ihn. Es sollte eine Überraschung werden. Er reist verzweifelt gern, am liebsten allein, gestand er mir.

Nur noch diese eine wissenschaftliche Reise. Dann komme ich zu dir, arbeite brav an der Uni und lasse meine Trips hinter mir. Wenn es mich doch hinaustreibt, gemeinsam mit dir.

Blablabla von vorgestern. Entschuldige, ich benehme mich kitschig", schnieft sie und nimmt das Taschentuch nicht an, das ich ihr hinlege.

Sie wirft sich in meine Arme, selbst ein schutzloses Kind. Das geht mir zu weit und ich bin kurz davor, sie abzuwehren.

„Er werde sich auf den Weg machen, um zur Läuterung zu kommen, diesen Weg kann er nur allein gehen. Was soll das heißen?"

Ahnungen dürfen nicht zählen und ich muss heucheln nichts zu wissen.

„Der Lump hat keinen Ort, keine Adresse angegeben, wo ich ihn erreichen kann. Der Umschlag steckte ohne Absender in meinem Kasten. Da fühlst du dich doch an der Nase herumgeführt." Sie hält ihn mir vor die Nase.

„Kann man nachforschen … "

Yvonne unterbricht mich, für den Satz hätte ich sowieso keine Fortsetzung gewusst.

„Bitte, wenn du es tun willst. Ich habe keinen Nerv dazu." Da ist sie, die spitze Abwehr, die ich erst neuerdings an ihr bemerke.

Ich will die Überraschung nicht zeigen,
warte auf ein Wort
eingebettet in einen Satz
regloser Blick
an mir vorbei
reicht über mich hinaus
lässt mich allein zurück.

Erika Krämer

33. Abschiede

Am Donnerstag darauf besuche ich die Taizé-Andacht um 18 Uhr in der Franziskanerkirche. Es ist einer der Orte, die Georg und mich eng verbunden haben. In mir schreit es. Das will ich meinem Gott vorwerfen, vorsingen, hinlegen. Nicht in Verzückung geraten, sondern zur Ruhe kommen. Nichts mehr hören, mich von den Wirrnissen nicht mehr treiben lassen. Glaube, Liebe, Hoffnung sind zu drei Schmerzpunkten geworden, zu denen ich an meinem Horizont endende Geschichten erfinden möchte. Eine religiös untermauerte Akupunktur ersehne ich, die den Schmerz unfühlbar macht und heilt. Versöhnung aus den schwingenden Klängen der Gesänge in den Leerlauf hinein bis zum Verstummen. So möchte ich mich von Georg verabschieden.

Er ist nicht da. Ein mir fremder Priester im weißen Gewand steht vorne. Pater Peter Neumann, verkündet das Programmzettelchen. Ich singe mit im Chor der Andächtigen, *Laudate omnes gentes* und *Cantate Domini* und das Loslassen berauscht mich. In den schwebenden Wiederholungen entferne ich mich von den beiden Männern, mit denen ich die Liebe ausgetauscht habe, und falle ihnen im Rausch aufs Neue zu.

Etwa zwanzig Menschen haben sich versammelt. Ich bleibe bei mir. Die Zeit hat sich aufgelöst, der eine, die andere erhebt sich und jede Bewegung ist eine Lupe in der Zeit. Ich warte darauf, dass sich der Raum leert. Endlich gehe ich nach vorne. Der Pater empfängt mich mit einem Lächeln zwischen Güte und wahrem Wissen und das stärkt mich nicht.

„Kommt Pater Georg Kurier nicht mehr?", frage ich den Stellvertreter. Das halte ich für die geschickteste Frage, die ich ihm stellen kann. Seine Züge bewegen sich für die Dauer eines Amens zwischen Enttäuschung und Gleichmut. Wir stehen da, als hätte ich nichts gefragt. Langsam erhebt der andere die Hände. Ich sehe mich von ihm gesegnet und zweifle, ob ich das möchte. Mitten in der Bewegung hält er inne.

„Pater Georg ist nicht mehr im Stift."

Soviel ist in Bewegung, warum nicht er? Ich verberge meine Betroffenheit und warte auf eine bündige Erklärung. Der Pater steht reglos und schaut an mir vorbei, als sei ich unsichtbar. Er ertrinkt in einer Ferne, die über Irdisches hinausreicht.

„Er hat unsere Mutter Kirche verlassen." Das ist die verdoppelte Stimme eines ungläubigen Gläubigen: die meines geliebten Georgs und die des mir fremden Paters.

Da hole ich mir Boden unter die Füße: „Wissen Sie, was er macht? Wo man ihn findet?"

„Er bemüht sich um Aufnahme in die protestantische Kirche."

Ich bedanke mich für das spirituelle Leerwerden, das

die Andacht mir schenkte, und schleiche aus dem historisch gewordenen Bauwerk davon.

Manchmal geschehen Dinge rasch und sie vermengen sich, dass man kaum mithält und denkt, was da abläuft, muss auf höherer Planung beruhen. Auf Planung aus höherer Sicht. Unversehens entsteht der Glaube an Gott von einer Alltäglichkeit zur anderen Alltäglichkeit neu.

Am Tag darauf passiert es. Es ist März 2004, genau der 12., es wäre Tante Annis 77. Geburtstag gewesen, deshalb erinnere ich mich genau. Sprangmann lässt mich mal wieder rufen und diesmal überreicht er mir ein offizielles Firmenschreiben.

„Gegen Unterschrift", klärt er mich auf und es klingt hartnäckig, Regentropfen an Fensterscheiben.

Ich lese: *Habe das Kündigungsschreiben ... erhalten.* Kündigungsfrist ein Vierteljahr, Gerichtsstand Stuttgart, unterschrieben von der Geschäftsleitung am ...

Ich unterschreibe und verziehe mich mit der Kopie.

Von dem Tag an werde ich ruhiger. Die Anfälle von Lustlosigkeit der vergangenen Monate sind ausgestanden. Meine Lähmung hat sich gelöst. Ich bin durch ein Feuer gegangen, das nun ausgeglüht hat. Dass der Verlag mir kündigt, nimmt mir die Entscheidung ab ihn von mir aus zu verlassen.

„Unser Verlag gibt auf. Die Kündigung habe ich in der Tasche", sage ich zu Friedrich nach Feierabend im Hausflur.

„Schlimm?", fragt er. Weil es sich distanziert anhört

und nicht bedauernd, zucke ich mit den Achseln. „Und jetzt?"

Wieder ist Achselzucken meine Antwort. Mir fällt auf, dass er kein Bier im Arm hat. Stattdessen hält er eine Flasche Trollinger in der Hand.

„Besuch?", frage ich.

„Eine Bekannte. Also toi, toi, toi", ruft er und hüpft davon.

Nach ein paar Tagen schellt er bei mir. Er habe darüber nachgedacht. In absehbarer Zeit hätte ich genug Ungebundenheit, um selber zu reisen. Wie wäre es mit einem Einsatz in Chiang Mai als ein Einstieg in meine Ungebundenheit? Ich käme erst mal auf andere Gedanken, völlig andere, meint er. Anfang August fliegt er hin. Ich soll es mir überlegen. Für Reisedichtung, er sagt Reisedichtung, hätte ich doch Sinn und Begabung und außerdem ausreichend Beziehungen, um zu veröffentlichen. Der Verlag werde wahrscheinlich an einen anderen verkauft oder sonstwie übernommen, ich sollte mich auf eigene Socken machen. Friedrich hört nicht mehr auf zu planen und zu schwärmen, klopft mir sogar auf die Schulter. Am Schluss meint er, die Einzelheiten würden wir demnächst besprechen, genauer Termin, Ticket, Visum, Kosten und was dranhängt. Ich müsste einfach die Tätigkeit wechseln, draußen arbeiten und mich umsehen und die Berichte auf dem internationalen Markt verkaufen. Sein Gesicht bringt er mit Lachen und Nachdenken, Planen und Mutmachen abwechselnd senkrecht und waagrecht aus der Form.

„Von Thailands Berglandschaft im Norden wirst du hingerissen sein!", lockt er mich. „Die ruhige Kraft des

Buddhismus wird dir zu neuem Gleichmaß verhelfen. Ein großer Atem, der über den Menschen liegt. Die mögen keine Hektik, kein Minutengesause. Die Bergvölker wirst du erleben und nicht weit weg ist das berühmt-berüchtigte goldene Dreieck. In der Schule hilfst du mit. Die Jugendlichen sprechen, wenn überhaupt, ein kärgliches Englisch. Selbst in guten Hotels erlebst du, dass kaum jemand vom Personal Englisch gut versteht oder verständlich spricht. Bei den meisten ausgebildeten Reiseführern kapierst du oft nicht, was sie meinen. Glaube mir, Vera, es wird genug für dich zu tun geben. Wir könnten in unserer Einrichtung einen Ausbildungsgang zum Fremdenführer, zur Fremdenführerin anbieten. Vera, das wäre super. Gerade denen kannst du helfen." Friedrich ist begeistert und wild entschlossen mit der deutschen Leitung der Hilfsorganisation Kontakt aufzunehmen und wartet meine Reaktion nicht ab.

Zappelnd stellt er sich von einem Fuß auf den anderen, als er mir nach ein paar Tagen mitteilt: „Es klappt!". Was auch immer, ich bin sicher, Friedrich meint Erfreuliches. Dezent aufdringlich ist der Kerl und ich löse nicht einmal das Rätsel, ob seine neue Bekanntschaft etwas Tieferes, Engeres oder nur etwas Gelegentliches ist.

Es stimmt. Endlich darf ich mich selbst aufmachen. Angenommen ich käme nach Nordthailand. Alles würde ich daransetzen, Tommy Krug im Kloster aufzustöbern. Ich würde ihm von Yvonne und dem Kleinen erzählen. Friedrich würde mir beistehen. Anfang August würden wir fliegen. Da wäre Yvonnes Baby da.

Die folgenden Wochen in Massingen sind hektisch. Die Auflösung des Verlages, für den sich kein Nachfolger fand, das Zusammenpacken, Weitergeben, Ausmisten, das kennt man und braucht es nicht zu beschreiben. Tim Jongers Artikel über das tibetanische Chedar-Epos war abgelehnt worden. Immerhin hatte ich nicht locker gelassen, um ihn hineinzuschleusen in die letzte Ausgabe des Magazins. Ein Beitrag über die Völker in Thailand von Friedrich hätte keine Chance mehr gehabt und Yvonne hatte ich nicht zu Niederschriften gedrängt. Nun ist es zum endgültigen Rückzug Frau Obermüllers gekommen, von der niemand mitkriegt, welche Pläne sie für sich anpeilt.

Zum zehnten Juli endet mein Arbeitsverhältnis, es folgen die jährlich üblichen bezahlten drei Wochen Betriebsferien. Das hat uns die Chefin zugestanden. Ab der vierten Woche im Juli Arbeitslosenhilfe, Überbrückungsgeld. Man wird sehen.

Ich erzähle Yvonne von der geplanten Reise mit Friedrich Ahlers und sie gibt mir auf den Weg, Augen und Ohren offen zu halten und einem Tommy Krug die Leviten zu lesen, falls er mir irgendwo über den Pfad laufe. Sie sagt es mit scherzhafter Bitternis. Auch sie arrangiert sich. Sie wird Sonderpädagogik studieren und ihr Kind nebenher wachsen lassen. Ich selbst befinde mich in einem Zustand des Abschüttelns.

Am letzten Arbeitstag der Belegschaft sitzen wir vom *Windwechsel* zur Mittagszeit im *Blauen Licht* zusammen. Die Wehmut macht ratlos. Ich schweige mit. Emil und Orlander sind mit verschiedenen Begründungen ferngeblieben. Unsere Räume werden nach den Wünschen des

Nachmieters, einer Designerfirma, umgebaut und renoviert. Man kann allerlei Druck- und Kopiermaterial übergeben. Überflüssiges wird entsorgt oder zur Mitnahme frei gegeben. Emil und Orlander und natürlich Michel, der bewährte Hausmeister, steigen übergangslos bei den Neuen ein. Alles in allem ist es nicht so tragisch für jeden von uns, wie man hätte denken können. Die Putzfrau hat genügend Angebote, Rosemarie Hauenstein übersiedelt zu ihrer Tochter nach Berlin. Sprangmann freut sich auf seine längst fällige Zurruhesetzung.

„Was werden Sie tun?", fragt er mich.

„Reisen machen und sie beschreiben", sage ich kühn und schaffe es, indem ich zum Kellner gehe und eine neue Bestellung aufgebe, mir weitere Fragen vom Leib zu halten. Das hatte Sprangmann nicht verdient, denke ich heute.

Frau Obermüllers Abschiedsgruß blitzt auf, die jedem ein verschnürtes Paket überreicht und Hände schüttelt. Ihr Gesicht ist wie eine Neutralmaske aus dem Theater, die nicht verraten soll, was hinter ihr steckt, und deshalb viel verrät: in Herablassung getarnte Einsamkeit. Ich sage, ich hätte einen dringenden Besuch zu erledigen und mache mich davon, ohne mich umzudrehen.

Zu Hause packe ich das Abschiedsgeschenk aus. Es sind Ausgaben unserer Veröffentlichungen. Einige sind historisch, sie wurden unter der Ägide des alten Obermüller erstellt. Die Artikel über Thailand fische ich heraus und lege sie auf einen Stapel für sich.

Guten Morgen, Kind,
schlag die Augen auf.
Hörst du den Wind?
Er gibt nicht auf.

Guten Tag, mein Kind,
der Tag nimmt seinen Lauf.
Sei wie der Wind
und gib nicht auf.
                    Fast (k)ein Volkslied

34. Neuland

In der letzten Juliwoche wird Yvonne ohne Komplikationen von einem kleinen Jungen entbunden. Kräftig und strampelnd, runzlig und mit roter, behaarter Babyhaut sehe ich ihn in seinem Bettchen liegen, als ich ihn am zweiten Tag seines Lebens gegen Abend in der Klinik begutachten darf. Es ist das erste Neugeborene, das ich zu Gesicht bekomme.

Ein viel zu großer Kopf auf dem zarten Körper.

Natürlich muss ich meine Scheu überwinden das Kleine zu berühren. Seine Mutter ermutigt mich. Behutsam streichle ich seine Händchen, sein Gesicht. Ich bin vernarrt in das Bündelchen Jonathan Carlos, das schmatzt und vor sich hinlächelt. In den folgenden Tagen erfülle ich Yvonne diesen oder jenen Wunsch. Ich beschaffe ihr eine besondere Creme für sich oder den Kleinen oder Briefpapier und Stifte, weil wir die Geburtsanzeige entwerfen wollen. Ich mache Fotos mit Yvonnes Digitalkamera, mit meiner. Daheim setze ich mich hin und bastele nach unseren Ideen an den Karten zum Verschicken. Das

Kleine im mütterlichen Arm, das Kleine an der Mutterbrust, das Kleine in seinem Bettchen. Ich nage am Text. Eine Geburtsanzeige ohne den Namen des Vaters ist eine Herausforderung. Ist es angebracht, ein vaterloses Neugeborenes großflächig bekannt zu machen? Beim Ausfüllen der Formulare fürs Standesamt hatte Yvonne den Namen des Kindvaters verschwiegen. Am Ende lege ich verschiedene Kartenentwürfe vor. Sie will sie mit ihren Eltern besprechen.

„Ein Tommy Krug hat sich nicht mehr bei mir gemeldet", sagt sie bitter und streichelt über das kahle Köpfchen. „Nichts als Lügen. Vonwegen Hochzeit in goldenen Dreiecken. Unter Goldbuddhas. Lug und Trug mit Tommy Krug", reimt sie. Ich finde es nicht zum Lachen, dass sie sich nun die Dinge zusammenreimen muss. Die Familie Krug in Grunbach mit dem polterigen Alten werde sie nicht informieren, habe sie sich geschworen. Die nicht.

„Alleinerziehend, das klingt affig modern. Du pochst auf die Auszeichnung, keinen Mann im Schlepptau zu haben. So hört sich das an." Und leise, den Kopf in die Hand gelegt: „Ich hätte ihn gern hier. Ist das schlimm? Der will sich selber finden und das hilflose Wesen, für das er verantwortlich wäre, ist für ihn schon gestrichen."

Ich schüttele den Kopf, es soll versöhnlich aussehen. Der Kleine trinkt zaghaft an der Brust und Yvonne benötigt beide Hände, um mir ein paar Kniffe zu zeigen, die ihr die Hebamme beigebracht hat. Die Neuankömmlinge sollen nicht nur schnuppern, sondern möglichst unkompliziert lernen sich ausreichend und nicht allzu zögerlich zu holen, was Leib und Seele brauchen. „Ihnen auf keinen Fall den Schnuller zu früh reinschieben!"

Einmal treffe ich Yvonnes Eltern im Zimmer an, die ich wider Erwarten ganz nett finde. Wir lassen uns miteinander über das Glück aus, ein gesundes Kind zu haben, und darüber, dass es schwieriger sei als Erstgeborenes einen Jungen durchzubringen als ein Mädchen. Laut Volksmund seien Mädchen pflegeleichter. Wie auf Verabredung nicken und lächeln wir zum Nachbarbett hinüber, wo eine Mutter ihr Drittes bekommen hat. Das dritte Mädchen, eine Marie Sophie, die kinderlebenslang die Kleider ihrer älteren Schwestern auftragen wird. Angesichts dieser Häufung stellt Yvonnes Vater seinen zusammenfassenden Satz laut und deutlich in den Raum: „Also, Yvonne, eins reicht erst mal."

Die Tür wird behutsam von außen geöffnet und gleich wieder geschlossen. In Kürze wird auch das Nachbarbett von einer Besucherlawine umringt sein, deshalb gehe ich. Vor der schalldämpfenden Doppeltür wartet ein jüngerer Mann mit einem Blumenstrauß auf eine Besuchslücke.

„Sind noch Leute bei Yvonne?"

Wir kommen ins Gespräch. Sein Sternenhaldenkollegium habe ihn geschickt, um den Blumenstrauß und die Glückwunschkarte abzugeben. Weil Ferien seien, habe man das vorher geregelt. Der Rektor und die anderen hätten eine Blankokarte unterschrieben, in der er nur den Namen des Babys ergänzt habe. Der junge Mann ist vertrauensselig und will mir gleich die Karte aufklappen. Ich winke ab, doch er legt den riesigen verpackten Blumenstrauß auf dem grüngrauen Flurboden ab und ich bekomme den Glückwunsch mit den mindestens zwanzig Unterschriften vorgeführt. Von Hand beklebt mit Wiege und Blümchen und Teddybär und … Er sei in der Sternenhalde als Betreuer und Yvonne sei eine coole junge

Frau, eine echt tolle Figur für den Laden. Klick macht es bei mir und ich schaue den aufgeschossenen Schlaks an und überlege, ob er vom Styling her zu Yvonne passen würde. Kosmetisch geordnetes angebräuntes Jungmännergesicht, aber da …

„Jetzt muss ich Sie etwas fragen", pirsche ich mich an und es soll mindestens ebenso vertraulich wirken wie das, was er mir so rüberwachsen lässt. Nehme ich mal den Jargon. „Einige Male war ich in der Sternenhalde", übertreibe ich und lasse ihn sein Gesicht einrichten. „Da habe ich diese Leni getroffen, wissen Sie, die Leni …"

„Scherholz?", fragt er und hat ein Blitzen in den Augen und zeigt ironische Abwärtsmundwinkel. Er bückt sich, um das Blumenbündel aufzunehmen. „Das mit der Leni ist eine Story für sich", schickt er nach, als sei es kein Geheimnisverrat, wenn er es in mir abgewandter Haltung mitteilt.

„Scherholz ist ihr erkaufter Name." Nun steht er neben mir. „Naja, die Mutter stammt aus halböffentlichen höheren Kreisen, der Bruder ist Fachjurist für Namensfragen." Er schnalzt und hält die Blumen samt Karte in der Hand. Da wird die Tür geöffnet und Yvonnes Eltern kommen heraus. Ich eile zum Fahrstuhl, um vor ihnen dort zu sein.

Beim nächsten Besuch verabschiede ich mich Richtung Thailand von Yvonne. Genaueres zu erwähnen vermeide ich. Sie hat Ruhe verdient und außerdem kennt sie das Land aus eigenem Erleben besser als ich aus *HIN UND WEG*. Ich will die junge Mutter nicht aufwühlen und ihr nicht wehtun.

Sie lächelt und der Kleine produziert sein verhauchtes

Quäken, weil ihm die Mutterbrust entglitten ist und er die Milchquelle vergeblich mit seinem aufgerissenen Babygrunzmäulchen sucht, bis sie ihm Mami in den Mund schiebt. Ich habe das Gefühl, die glückliche junge Mutter zu stören. Ist sie glücklich?

„Ich bin glücklich, dass es gut gegangen ist und ich keine Cerclage brauchte", sagt sie, als hätte ich sie laut gefragt, „das andere wird sich zeigen."

Von hormonell bedingten Gemütsschwankungen nach der Entbindung habe ich gehört. Die gestehe ich Yvonne zu. Ich trete an die Seite ihres Bettes, die beste Art Adieu zu sagen, wenn ich Yvonne schon nicht in den Arm nehmen kann, weil der Winzling sein Erstgeburtsrecht einjammert und sich heftig dabei verschluckt. Das Nachbarbett ist leer, die dreifache Mutter wurde mit ihrem neuen Lebensbündel entlassen. Leise gehe ich hinaus, während meine Freundin ihrem Baby gut zuspricht und ihm den Rücken mit den Fingerspitzen beklopft. Sagte ich: meine Freundin? Hier ist kein Raum für mich.

Im Oktober wird Yvonne ihr Studium beginnen. Ihre Mutter und die Nachbarin werden sich die Aufsicht über den Kleinen teilen, wenn Yvonne abwesend ist. Bis dahin werde ich zurück in Erkenstadt sein.

Zerbröckelndes Mauerquadrat
sein Grund in die Weite gerissen
ins Orange, ins Grün, in den Staub.
Der Himmel springt in die Breschen,
erschlägt uns mit der Verheißung
von ewigem Licht.
Das Lächeln der Wissenden versucht,
das Flirren zu zähmen.

Meine Thai-Lyrik

35. Brief aus Chiang Mai

Chiang Mai, Nordthailand, am 11. August 2004
Liebe Jenny,
es ist ein Traum. Wir haben es geschafft, Friedrich hat
es geschafft mich mitzuziehen. Nun bin ich eine Woche
hier und habe viel erlebt. Oft denke ich an Dich und hoffe natürlich, dass Du Deinen Veröffentlichungen näher
gekommen bist. In Deutschland beschaffe ich mir gleich
dein neues Gedichtbändchen. Du solltest hier sein, aus
Dir würden die bildhaften Zeilen herausquellen, wo Du
gehst und stehst. Obwohl Lyrik bei den Thais selbst keine große Bedeutung hat.
Die Stadt, in der ich gelandet bin, ist die größte und wichtigste Stadt Nordthailands, die drittgrößte des Landes. Es
heißt, sie sei ein wirtschaftliches und kulturelles Zentrum.
Rose des Nordens wird sie wegen der wunderschönen
Landschaft genannt. Ich bin total gefesselt. Offiziell ist
es Regenzeit, es ist warm, gelegentlich schwül. Täglich
prasseln zwar Regenschauer nieder, dazwischen haben
wir zum Glück viele trockene Stunden.
Chiang Mai breitet sich im windgeschützten Tal des Men-

am Pings aus. Unsere Einrichtung *White Light* liegt auf halber Strecke zwischen der Stadt und dem Tempelberg, dem Doi Suthep.

So beschaulich, wie ich es mir vorgestellt habe, ist es nicht drunten in der Stadt. Nicht mehr, sagen die, die es anders erlebten. Das liegt hauptsächlich am wachsenden Verkehr. Doch selbst die Betriebsamkeit ist für uns eine ungewohnte. Irgendwie atmet die Ruhe tief drinnen mit. Schöne alte Teakholzhäuser ersetzt man zunehmend durch Betonbauten. Das schmerzt. Weiter draußen zu den Grenzgebieten hin haben sich die Bergvölker ihre traditionellen Siedlungen erhalten. Dort wird der Gegensatz deutlich.

Es heißt, mehr als 200 Wats, das sind die buddhistischen Tempelanlagen, seien in der Stadt zu finden. Vorwiegend in der Altstadt drängen sie sich. Die Kanäle heißen Khlongs und einer davon umschließt die Altstadt. Auf diese Weise bildet sie ein Viereck, nahezu ein Quadrat. Das spiegelt sich in dem Namen *Chiang*, mit dem solche Stadtanlagen gern bezeichnet werden. Du kannst dir nicht vorstellen, welche malerischen Eindrücke man von den vielen Brücken hat, die sich über das Wasser schwingen. Das Zentrum der modernen Stadt liegt außerhalb der Stadtmauern in Richtung auf den Fluss zu.

Sicher möchtest du etwas über die Jugendlichen wissen, die in den Werkstätten ausgebildet werden. Mein Begleiter Friedrich Ahlers hatte es mir vorher geschildert und mir Fotos gezeigt. Trotzdem stellte ich es mir nicht in diesem Ausmaß vor. Es gibt viel Kunsthandwerk in Holz und in Metall. Die Textilherstellung mit den Webereien und Schneidereien ist ebenfalls einträglich. Was für uns nicht gängig ist, ist die Bearbeitung von Jadesteinen für Schmuck und Figuren. Und natürlich ist da die Gastronomie. Nicht zu vergessen die Landwirtschaft, die, von der königlichen Familie unterstützt, zahlreiche Versuchsgelände für Ökolandwirtschaft einschließt. Sie weiten sich ständig aus und geben weiteren Landwirten Anregungen. Das sind unsere wichtigsten Ausbildungsbereiche.

Ich wurde gebeten Englischunterricht für junge Leute anzubieten, die vorhaben, als Hotelpersonal oder als Fremdenführer Geld zu verdienen. Der Fremdenverkehr ist die hoffnungsvollste Einnahmequelle für viele Thais. Das kannst Du Dir denken. Ich wälze englische Texte und stelle sie vereinfacht zusammen: Historisches, Geographie, Natur und Religion, Abläufe und Regeln für das alltägliche Leben. Was man Touristen eben vermittelt. Mir wurde klar, dass meine Kenntnisse über das Land und seine Kultur recht spärlich sind. Es treibt mich in die Tiefe zu gehen. Meine beruflichen Erfahrungen helfen mir dennoch. Ich kann den jungen Leuten Tipps geben und ihnen beibringen angemessen mit Touristen umzugehen.
Natürlich muss ich den künftigen Begleitern erst ein akzeptables Grund-Englisch beibringen: kurze Sätze finden, sie oft abfragen, die ganz andere lateinische Schrift sichern und die Lerntechniken vermitteln. Das Letzte ist sicher das Wichtigste. Keine Überforderung für mich aus dieser Sicht. Es geht langsam voran. Die Studenten, ein Begriff, den man großzügig benutzt, die Jungen und Mädchen, die Jugendlichen und jungen Erwachsene stammen vorwiegend aus Siedlungen der verstreuten Bergstämme, die zum Teil Flüchtlinge aus den Nachbarländern sind.

Drei Kurse zu je 5 bis 7 Teilnehmern habe ich und da ich ihre Sprache, ich müsste sagen: Sprachen, nicht spreche, bin ich froh, wenn jemand dolmetschen kann. An vorderster Front kämpfe ich darum, dass das Schreibmaterial mitgebracht wird und das Unterrichts- und Anschauungsmaterial, das ich ihnen ausgebe, nicht verschlampt wird. Und dass man einigermaßen pünktlich ist.

Geduld muss ich haben, viel Geduld, mich im Lächeln üben und ruhig bleiben. Ruhig kann ich äußerlich sein, gelassen bin ich innerlich (noch?) nicht. Dazu möchte ich zu viel erledigen, lehren, schaffen. Ist das typisch deutsch und nicht sehr positiv zu sehen? Muss ich alles Drängen ablegen, um hier erträglich zu sein? Das frage ich mich täglich. Entweder etwas ist ein wirkliches Problem, dann löse ich es nicht und es muss mich nicht quälen. Oder ich löse es, dann ist es kein Problem mehr. Das sei buddhistisches Verhalten zur Welt, wurde ich neulich belehrt.

Für unseren Unterricht haben wir einen kleinen Holzanbau. Die Eckpfeiler stehen auf niedrigen Säulen. Oben auf dem Hügel siehst du den Doi Suthep. Morgen werde ich mit Friedrich hinauffahren und mich nach einem Mönch erkundigen, der aus unserer schwäbischen Heimat stammen soll. Die Geschichte ist verworren. Ich bin gespannt, was sich ergibt. In der vergangenen Nacht schlief ich deshalb nicht gut. Die Hypothesenketten ließen mein Hirn nicht zur Ruhe kommen. Da hilft mir noch kein buddhistisches Gesetz. Merkst Du, wie oft ich das Wort *noch* gebrauche? Nach meiner Rückkehr nach Deutschland werde ich dir von unserem Ausflug auf den Berg – und von vielem anderen – erzählen.

Sei umarmt von Deiner Vera

P.S.: Das Wunder der Technik: Du bekommst diesen Brief in Computerschrift.

* * *

Dass ich Sehnsucht nach Jenny habe, erkläre ich mir mit unserer gemeinsamen Leidenschaft, uns in Sprache zu hüllen und zu bergen. Eine Kopie des Briefes lege ich als Ergänzung meiner Eintragungen in meinen Tagebuchordner.

Man darf nicht immer gleich das Ziel denken,
sondern man muss sich frei machen,
den Weg geduldig zu gehen.

Pramaha Saeng

36. Doi Suthep

Heute, es ist der 12. August 2004, wollen wir Tommy Krug treffen. Der Tagesablauf der Mönche ist strikt geregelt. Um 5 Uhr stehen sie auf zur ersten Meditation, bevor um halb sieben ihre Almosenrunde beginnt. Die erste Mahlzeit nehmen sie um acht Uhr ein und um halb zwölf ihre letzte des Tages. Rückzug auf sich selbst bis um halb zwei Uhr nachmittags, anschließend beginnt die Unterweisung. Nach den vorgeschriebenen Reinigungsritualen ist ab fünf Uhr die Zeit zum Empfang von Besuchern. Wir haben gute Chancen, jenen rätselhaften Pramaha Sutas am Nachmittag anzutreffen.

Unser Fahrer Thana fährt uns mit dem Tuktuk, dem kleinen bedachten Motorrad-Transporter, die Huai Kaen Road hinauf. Von unserer Siedlung aus sind es wenige Kilometer zum Unterkunftshaus der Mönche. Der Bau der kurvigen Bergstraße im Jahr 1935 war ein Abenteuer für sich, erzählt uns Thana unterwegs, als hätte er es selbst erlebt. Mönche wissen in Vielem, auch in praktischen Tätigkeiten Bescheid. Hilfe bei der ländlichen Entwicklung ist eine ihrer vier weltlichen Pflichten. So sollte der Mönch Sivitschai den Bau der Straße in die Hand nehmen und überwachen. Einige Jahre, schätzte man, würde die Fertigstellung dauern. Hunderte oder Tausende von Menschen zogen auf, um zu helfen. Zur Überraschung der Auftraggeber war das Unternehmen nach 5 Monaten und 22 Tagen abgeschlossen.

Die Straße verlangt Vorsicht und Geschick von unserem Fahrer. Nebenher unterhalten sich die Männer auf einem Thai-Englisch-Gemisch. Um viele der dicken Bäume am Straßenrand sind orangefarbene Bänder geknüpft. Sie seien Hinweis auf den Protest von Mönchen, die sich dem Fällen der Bäume widersetzten. Die Bevölkerung verneigte sich ehrfürchtig, schloss sich dem Protest an, spendete die Bänder und half, sie um die Stämme zu knoten.

Man nimmt 1371 als Gründungsjahr der heiligen Anlage etwa 20 km westlich der Hauptstadt des Nordens an. Ihr heutiges Aussehen hat sie seit 1805. Ein paar Kurven vorher, unterhalb des eigentlichen Tempelgeländes, haben die Mönche ihre Unterkunft. In der Tempelanlage selbst zu wohnen oder gar zu schlafen ist ihnen nicht erlaubt. Thana bremst an einem Fußweg, der sich in den ungezügelten Wald schlängelt. Wir verstehen und steigen aus. Ein paar Sätze, von Gesten unterstützt folgen.

„Er wartet an der Treppe auf uns", fasst Friedrich zusammen und läuft mit mir in den Pfad hinein. Der ist schmal, lehmig und von Sandalen ausgetreten. Wir müssen Acht geben, dass uns keine Äste und Triebe des Buschgrüns ins Gesicht schlagen. Friedrich geht voran.

„Mit Insektenöl eingerieben?", fragt er.

„Immer", prahle ich und nicke. Um diese Jahreszeit sind Mittel gegen Insekten ein Muss.

Bunte Vögel picken auf einer Verbreiterung des Bodengrüns und flattern zwitschernd auf.

„Die mit dem gelben Band in den Kammfedern sind die *Balbalbs,* die rotbändigen die *Bulbulbs",* behauptet

Friedrich. Oder es sei umgekehrt. Außerdem gäbe es mehrere hundert Vogelarten hier. Kenne sich da mal einer aus.

Man muss in diesem Land nicht alles streng genau nehmen, leite ich für mich ab.

Wir sind angekommen. Von Bäumen geschützt, die ihr Laub abwerfen und trotzdem das ganze Jahr hindurch grün bleiben, duckt sich das zweigeschossige Holzgebäude mit dem Balkonumgang. Gelbe und rote geschwungene Flammensymbole aus Holz umzüngeln die Längsseiten des Schrägdaches. Das Haus mit der dunklen Teakholzverkleidung steht auf Stelzen.

„Gegen Hochwasser?", frage ich.

„Und gegen die Ratten, die pünktlich mit dem Wasser aufmarschieren."

Ein Holztreppchen führt zum Umgang und zur Eingangstür.

„Da müssen wir hinein und nach ihm fragen."

Wir schlüpfen aus den Schuhen und Friedrich zieht an der Schnur. Ein Glöckchen kündigt uns an.

„Unten in der Siedlung oder sonst wo habe ich ihn nicht gesichtet, seitdem wir beide hier sind. Ich bin gespannt."

Seit Tagen fiebere ich auf die Begegnung hin und male mir Yvonnes Miene aus, wenn ich zu ihr sage: „Ich habe deinen Liebhaber aufgespürt."

Ein Mönch tritt lächelnd heraus. Sein Gewand strahlt Wärme, Zuversicht und Tatkraft aus. Es beruhigt und gibt Impulse. Ich nehme mir vor in Deutschland zukünftig Pullis und Blusen in Orange zu tragen. Er begrüßt uns mit zusammengelegten Handflächen und einer Verbeugung. Ich neige den Kopf und lächle zurück.

Offenbar erkennt er Friedrich, ich verstehe nicht, welche Gedanken er in sein Thai mischt. Wir seien etwas zu früh, gibt mir Friedrich zu verstehen. Der Mönch fordert uns auf ihm zu folgen und geht voran. Wir betreten den kargen dunklen Raum. An der Wand steht ein Buddha mit ausgestrecktem rechten Arm, die Handfläche zeigt waagrecht nach vorn, die Finger strecken sich in einer geraden Linie nach unten.

„Es ist die Haltung der Wunschgewährung. Das trifft sich gut", hofft Friedrich.

Zu Füßen der Figur drängen sich Blumen in Vasen und ein Strang elektrischer Kerzen tupft Lichter dazwischen.

„Die haben sie dir zu verdanken", weise ich auf die Lichterkette.

„So isses", strahlt Friedrich.

Unser Mönch hat uns allein gelassen, ehe wir es bemerkten. Der Raum scheint sich vor uns zurückzuziehen in seiner Verlassenheit. Wir sprechen leise, obwohl wir alleine sind. Ich bin dankbar für die Düsternis. Dann brauche ich gleich Tommy Krug nicht unverschämt direkt ins Gesicht zu schauen. Das Warten dauert lange. Allmählich beruhige ich mich und nehme den Geruch nach Gewürzen und Pflanzen wahr. Der verstärkt das Fremde und nähert es mir gleichzeitig an, weil ich gefasst darauf bin. Friedrich weiht mich in das *Wai* ein. So nennt sich die Bedeutung der verschiedenen Höhen der zusammengelegten Hände bei Begrüßung und Verabschiedung, sagt er. Es sei ein Zeichen des Respekts, weshalb man es nie denen gegenüber zeigt, vor denen man keinen Respekt haben muss, vor Kindern, Hausangestellten und Bettlern. Ist man mit den Regeln nicht vertraut, genügen

Nicken und freundliches Lächeln. Unser Händeschütteln ist manchen Thais inzwischen bekannt.

„Ich mach es dir mal vor", sagt Friedrich. „Ich fange bei den etwas niedriger Gestellten an. Du probierst das am besten gleich mit aus. Die Handflächen aneinander, hältst du die Hände in Brusthöhe. Deine Daumen zeigen auf dein Gesicht."

Aha. Ich mache es nach, Friedrich schiebt mir die Hände zurecht.

„Bei Menschen wie du und ich?", frage ich.

Er schiebt mir die Daumen unters Kinn.

„Natürlich gehört die tiefe Verbeugung dazu. Gegenüber höher Gestellten und Älteren werden die Daumen unterhalb der Unterlippe gehalten." Friedrich hat schon Übung.

Der Mönch kommt zurück und bringt einen Bruder mit. Das ist nicht unser Gesuchter Pramaha, durchfährt es mich. Friedrich begrüßt ihn und hält die Daumen zwischen die Augenbrauen, die Mönche verbeugen sich tief, ihre Gesten versinken. Dann unterhalten sich die drei, englische Einsprengsel lassen mich ahnen, worum es geht. Offenbar hat unser Mönch einen jungen Mitbruder gefunden, der leidlich Englisch beherrscht. Friedrich ist im Englischen nicht sicher, sagt auf Deutsch zu mir, was er wissen will, ich übersetze es in das, was ich für einfaches Englisch halte, der junge Mönch schiebt es ins Thai. Friedrich radebrecht sein Thai dazwischen, sein Englisch dazwischen. Der ältere Mönch schiebt seine Sätze nach. Es geht mit Lücken und Tücken. Die Zeit nistet sich in die Sätze ein. Wenn das Gespräch nicht so tragisch endete, könnte man darüber schmunzeln. Auch darüber, dass sich Friedrichs kurze Sätze und meine simpel formulierten englischen Versionen im Thai oder einem Dialekt, das kann ich nicht unterscheiden, dehnen wie Zuggummi.

Der Mönch, der bei unserem Erscheinen das Haus hütete, lässt uns schließlich lächelnd wissen, Pramaha Sutas sei verschwunden. Friedrich fragt nach, ich frage nach, wir hoffen auf einen Übersetzungsfehler.

Schwankend wie Bambusgras, das standhaft gegen den Wind bleibt und sich nicht entwurzeln lässt, lächelt uns der Mönch zu, sie wüssten nicht, wohin der Mitbruder aufgebrochen sei. Pramaha Sutas habe sich nicht abgemeldet. Es habe keine Andeutung gegeben, dass er vorhabe aufzubrechen. Im Gegenteil, er habe sich angestrengt, in ihre Gelehrtensprache, das *Pali*, einzutauchen. Der kurzen Zeit wegen nur mit den Fingerspitzen, den Fußspitzen. Und er habe Unterricht in Thai bei einem der Ihren genommen. Die fünf Tonhöhen der Sprache habe er beherrscht in kurzer Zeit. Den mittleren Ton, den tiefen Ton, den fallenden Ton, den hohen Ton und den steigenden Ton. Stundenlang habe er es im Hocksitz ausgehalten. Seine Kutte, seinen kleinen Mönchsbesitz habe er zurückgelassen. Lediglich das Reisegepäck, das er mitgebracht hatte, nahm er mit.

Der Mönch berichtet es uns gelassen. Im ewigen Weltenfluss ist es eine winzige Episode, über die zu klagen nicht der Mühe wert wäre. Lächelnd schreitet er auf den gewährenden Buddha zu und steckt neue Räucherkerzen an. Sein Mitbruder folgt und assistiert ihm. Sie beten für den Verschwundenen, vermute ich. Ich durchschaue ihre Bräuche nicht. Wir sind für die beiden nicht mehr anwesend.

Als wir wortlos wieder draußen stehen und in unsere Schuhe schlüpfen, verheißt uns der Himmel zwischen dem Astwerk der Bäume hindurch einen heftigen Regen. Noch halten die Wolken den Sturzguss und ich labe mich an der würzigen Luft der Nadelbäume, die ich nicht benennen kann.

„Pinien", hilft mir Friedrich. Auf dem Lehmpfad laufen wir schweigsam hintereinander zum Wat Phrathat Doi Suthep. An der Treppe mit den grünen steinernen Schlangen rechts und links, den Nagas, schließt sich uns Thana an. Wir steigen die ausgetretenen Stufen hinauf. Sein Tuktuk hat er oben im Schutz der Bäume abgestellt. Es scheint sich die Geschichte in den Windungen mehrköpfiger Drachenschlangen zu verheddern. Die Geschichte der Menschheit. Und die Geschichte, derentwegen ich mich hier herauf bemühte.

Den Rückweg zum *White Light* nimmt Thana in großer Ruhe, diese Ruhe ist eine Reliquie für ihn, die er vom heiligen Ort mit sich führt. Als drohten keine Wolkenberge.

„Erinnerst du dich, dass wir beim Landeanflug die goldenen Dächer des Wats auf einem Berg in der Sonne funkeln sahen?", bricht Friedrich in die Stille ein.

„Der hohe grüne Berg war es auf der linken Seite der Landebahn. Das helle Fleckchen, das an seinen Hängen glitzerte, sei der Tempel, sagtest du mir. Nun sind wir hier und schauen hinunter auf Chiang Mai."

Zwischen den Kurven der Straße abwärts, auch sie zu einer Schicksalsschlange geformt, springt der Anblick des Tempels von einer Seite zur anderen und hüpft mit wie zum Scherz. Wir schweigen wieder. Ich wundere mich, dass ich nicht erschrocken bin über die Mitteilung, die wir vorhin erhalten haben. Deutschland ist weit weg. Der Regen beginnt zu prasseln, Thana und die Scheibenwischer kämpfen gegen ihn an.

„Du solltest hier bleiben, bitte bleibe bei uns!", sagte gestern eine Frau zu mir und Friedrich liegt mir in den Ohren: „Vera, die brauchen dich hier. Denke darüber nach, ob du nicht hierher zurückkommst oder ganz übersiedelst. Das mit Deutschland lässt sich regeln. Ich fliege in Abständen herüber zu dir. Ich meine nur. Hier hast du Essen und Unterkunft. Deine für deutsche Verhältnisse bescheidene Rente lässt dich gut leben. Du passt hierher, die Leute mögen dich. Schreibe einfach über das Fremde und veröffentliche es."

„Und mein Haus?", frage ich jedes Mal bei diesen Plänen, die noch nicht ganz meine sind.

„Warte ab. Du kannst Urlaub machen in Krabi unten im Süden oder bei Phuket. Krabi ist interessanter und nicht mit Halbnackttouristen überspült. Und den Leuten kannst du trauen. Man wird nicht einmal angebettelt auf der Straße. Höflichkeit und Zurückhaltung sind wichtige Eigenschaften der Thais. Du schreibst, Vera, fährst in die Nachbarländer und gräbst dort nach Geschichten. Du baust dir ein neues Leben auf. Ich werde Erwin und Susanne bitten dir Kontakte zur Universität zu knüpfen. Dort gibst du ebenfalls Englischkurse. Über das Gemeinschaftsprojekt mit der Universität Stuttgart-Hohenheim begegnest du deutschen und einheimischen Wissenschaftlerinnen und Wissenschaftlern. Zusammenfassung: Vor Einsamkeit wirst du nicht zugrunde gehen."

Ich habe die Augen geschlossen, während wir die Kurven abwärts nehmen und höre innerlich Friedrichs Sätze, ein Sirenengesang, der mich locken und verführen will. Das klingt schön. Beim Nachdenken merke ich, dass eine tiefe Sehnsucht in mir nagt, die sich nicht benennen lässt und nein sagt. Es ist verlockend zu bleiben und sich neu zu verankern. Friedrich arbeitet in der Metallwerkstatt, zeigt den Leuten das Löten, das Schweißen, das Dübeln und Hämmern.

„Was würdest du machen, falls ich hier bliebe?", öffne ich die Augen und frage ihn.

„Ich käme ganz hierher, sobald ich in Rente gehe. In sechs Jahren", fügt er hinzu. Sechs Jahre, ein Pappenstiel. „Drei Jahre für mich, drei für dich", teilt er sie auf. Er reicht mir die Hand und wir lachen. Thana lacht mit, ohne zu wissen worüber.

Die Wörter schwingen
in ihren verschiedenen Höhen.
Ich lausche ihnen nach,
um selbst nicht verloren zu gehen.

37. Eingetaucht

Wir träumen unten im Restaurantschiff auf dem Boot. Die Nacht senkt sich und die Lampions, die Lichter brechen auf, nicht langsam, sondern miteinander wie auf Verabredung. Das Spiegeln auf den Wellen und die vergehenden Farben an Himmel und Horizont machen mich leicht. Die Musik mit ihrem Schwirren zwischen Fröhlichkeit und Weinen legt ihren Teppich über uns. Ihr Schluchzen, ihre Aufschreie, ihr Lachen und das leise Schaukeln des Schiffes wiegen mich, ein großes Kind. Und Friedrich, der neben mir sitzt und seinen Arm um meine Taille legt. Ich möchte singen. *Ubi caritas et amor, ubi caritas, Deus ibi est.* Wo die Güte wohnt und die Liebe, da ist Gott. In die Ewigkeit hinein hätte ich singen mögen, bis sich alles in mir und um mich herum geleert hätte.

Ich lasse es zu, dass Friedrich seinen Arm enger um mich legt, Friedrich, von dem ich wenig weiß. Ich lehne mich nach hinten und komme mir ungeübt bei meinem Versuch vor, mich an seine Schulter zu schmiegen. Er streichelt mich im Dämmerlicht und da ahne ich, dass ich nachher mit ihm aufs Zimmer gehen und mit ihm schlafen werde. Es ist eine neue Begierde, die in mir aufflammt und sich über andere legt. Über meine Lust, Yvonne zu sehen, um ihren Kleinen stundenlang im Arm zu halten. Ein Kind stundenlang im Arm zu tragen und zu fühlen, dass es wächst.

Es folgen drei kunterbunte Wochen. Aufgewühlt gehe ich durch Chiang Mai. Einmal laufe ich mit Friedrich über den berühmten Nachtmarkt mit seinem tausendfältigen Krimskrams.

„Die Fremden sind verrückt auf das Einkaufsparadies. Uhren, Kunsthandwerk, Kleidung, Mitbringsel für die ganze Sippe werden angeschwemmt. In der Nähe findest du sogar ein „German Hofbräuhaus" mit Franziskaner Weißbier, Schwoansbroan und Woasswürschtln. Eine stämmige Thai mit Dirndl und Tirolerhut hat den Laden im Griff." Erwin habe das entdeckt und amüsiert eine Maß getrunken.

Bisher hatte ich keine aggressive Situation mitbekommen bis dann hier auf dem Nachtmarkt. Wir suchten nach einer Tramperhose für Friedrich. Nicht nur in gängiger Farbe und mit dem modischen Halbdutzend eingearbeiteter Taschen. Sie sollte, darauf pochte ich kompromisslos, knitterfrei sein. Nach weitschweifigen Verhandlungen und unbequemen Anproben hinter Kartons und Kleiderstapeln war Friedrich bereit das Stück zu nehmen und dem Ganzen ein Ende zu machen.

„Schau", sagte ich und drückte den Stoff kräftig mit der Hand zusammen, „eine einzige Knitterpartie. Das nimmst du nicht!" Es sollte nach Befehl klingen und nicht nach freundschaftlichem Ratschlag. Friedrich bedankte sich beim Verkäufer und wir wandten uns ab. Unversehens brach der Mann in eine Schimpfkanonade aus, die Seltenheitswert hatte. Friedrich ertrug es stoisch. Er scheint auf dem buddhistischen Lernpfad zu sein. Hinterher erklärte er mir, die Ausfälligkeit sei sprachlich-melodisch eine unvergessliche Vorführung dessen gewesen, dass die Thai-Sprache hier im Norden teilweise in sechs Tonhöhen schwingt statt der gängigen fünf im übrigen Land.

„Das war eine doppelte Lektion für uns", fassten wir zusammen und nahmen uns an der Hand.

Von dem Haus, in dem ich mein Zimmer habe, gehe ich hinüber in den Unterrichtsraum. Das meiste, was früher mein tagtägliches Leben ausmachte, ist weit weg. Mein ganzes früheres Leben ist in die Ferne geglitten. Die Flatterfrau ist meinen Schreibfingern entronnen. Nur Jonathan Carlos streckt seine Händchen nach mir aus und ich streichle seine Fingerchen. Manchmal gehe ich auf Kinder zu, spreche ein paar Sätze mit ihnen, lächle sie an. Ältere Kinder frage ich: „Wie heißt du? Wo wohnst du? Hast du Geschwister?" Auswendig gelernte Sätze. Ich schenke ihnen ein Bild, einen Ball oder Buntstifte, Dinge, die ich für solche Gelegenheiten bei mir trage.

Die Energie, die ich habe, versuche ich auf junge Leute zu übertragen, die ihr Land beschreiben und ihre Kultur vermitteln sollen an wissbegierige, zuweilen überhebliche Fremde. Das sind die Herausforderungen in den letzten Tagen vor meiner Abreise.

Der Unterrichtsraum platzt aus den Nähten. Sind sämtliche Sitzgelegenheiten besetzt, deren sie habhaft werden können, drängen sich die Teilnehmerinnen und Teilnehmer auf dem Boden. Ich bereite mich ausgiebig vor und stelle Texte auf Deutsch und Englisch zusammen. Wir haben auch drei Frauen, die Deutsch im Goetheinstitut gelernt haben und es anwenden möchten. In die Texte kopiere ich Zeichnungen und Bilder, um den künftigen Fremdenführern brauchbares Material an die

Hand zu geben. Jemand übersetzt auf Thai zum Mit-
schreiben:

Guten Tag, meine Damen und Herren,
ich möchte Sie herzlich begrüßen.
Mein Name ist …
Ich werde Sie in den nächsten Tagen begleiten.

* * *

In Nordthailand finden wir sechs große Stammesgruppen.
Ihre Gesamtbevölkerung beträgt etwa eine halbe Million Menschen.
Das sind die Meo, auch Hmong genannt, die Karen, die Mien oder
Yao, die Lahu, die Akha und die Lisu.
Jeder dieser Stämme hat Untergruppen.
Und jede Gruppe spricht ihre eigene Sprache.
Jede Gruppe hat ihre eigene Tracht.
Jede Gruppe hat ihre eigene Religion und besondere Rituale.

* * *

Each has its own sub-groups.
Each group speaks its own language.
Each group wears its own costumes.
Each group has its own beliefs and religious practises.

* * *

The tribes create land for farming by implementing slash and
burn.
Traditionally they are also growing the narcotic poppies.
These poppies provide the basic material for heroin and opium.
Nowadays, each village community is only allowed to cultivate the
narcotic plants to a very limited extend.
The substance is needed for the production of traditional medici-
nes.

* * *

Die Stämme betreiben Brandrodung, um Land für den
Ackerbau zu gewinnen.

Traditionell bauten sie Schlafmohn an, das ist der Grundstoff für
Opium und Heroin.
Heute ist ihnen das nur noch in kleinen Mengen erlaubt.
Zur Herstellung traditioneller Heilmittel.

Dies waren die Texte der ganzen letzten Woche. Jedes Wort, jeder Satz ist mühsam zu vermitteln. Natürlich werde ich Thai lernen müssen, ein Thai, das hier verstanden wird und über bitte und danke hinausgeht.

    aháan areei   das Essen ist schmackhaft
    chòok dil   viel Glück, alles Gute

Das hiesige Leben ist temperamentvoll. Heftige Regenschauer nehmen es zurzeit sprunghaft in die Hand, selbst die Nächte sind nicht totenstill. Gewitter setzen Grenzen und verbannen die Menschen für Stunden unter schützende Dächer. Sie werfen mich auf mich selbst zurück.

Es ist nicht gesagt, dass Friedrichs Rechnungen aufgehen. Wovon werde ich leben? Auf jeden Fall sollte ich wie vorgesehen, Anfang September mit ihm nach Hause fliegen, um alles Notwendige zu regeln. Die Tantiemen aus Alfonsos Werk darf ich nicht aus den Augen verlieren. Ich werde meine finanziellen Angelegenheiten organisieren und hierher aufbrechen, sooft es geht, solange es geht. Der Tourismus im Norden nimmt zu und gute Fremdenführer werden händeringend benötigt. Ich bin dabei, mich in die Sehenswürdigkeiten einzuarbeiten und Material zu erstellen. Auf einmal begreife ich meine Tätigkeit beim *Windwechsel* als Schatz, Wurzeln, aus denen Neues austreibt.

Mein Bruder könnte sich um das Haus in Erkenstadt kümmern, auch wenn er mit seiner Familie in Paderborn lebt. Das lässt sich arrangieren. Wir werden genug Einfälle haben, es so zu vereinbaren, dass beide Seiten Gewinn daraus ziehen.

Friedrich und ich kuscheln allabendlich nach dem Essen in einer der grünen Ecken. Als Abwechslung zum kunterbunten Thai-Essen mit allem durcheinander, dessen die Kochenden habhaft werden, und einer scharfen Gewürzdecke drüber, koche ich an manchen Tagen selber. Schlicht und erholsam für unsere Mägen, die hoffentlich das Schlimmste hinter sich haben.

Sobald Friedrich in Rente geht, wird er zu mir übersiedeln. Hierher, wohin er mich gelockt hat. Welch lange Spanne, welch unerträgliche Wartezeit, bis wir ganz miteinander leben.

„So geht sie hin und her, die Weltenschaukel", singt er seinen Schlager, „die einen kommen in unser Land und wir gehen hinaus."

Idyllisch finde ich es nicht. Dazu ist die Not hierzulande zu groß, die äußere, die innere, die politische, die soziale. Und die Klimaverhältnisse sind zu ungewohnt. In diesen Wochen steigen die Flüsse rasch bis an ihre meterhohen Markierungslinien. Die Felder und Straßen sind überschwemmt. An besonders wilden Tagen treiben die Leute mit kleinen Booten, Plastikwannen oder Schwimmreifen über den Markt.

Am Abend vor unserem Abschied vom *White Light* überrumpelt uns die nächste Überraschung. Wird es die letzte sein? Die Handwerker, unsere Anleiter für die jungen Leute, haben zusammen mit Erwin und Susanne heimlich organisiert. Der Platz vor dem Eingang zu Wohnhaus und Büro wurde zur Bühne. Wir und die anderen Zuschauer sitzen auf den Holzbalken, die im Hof ausgelegt wurden. Plastikplanen, äußerlich Stoffbahnen angeähnelt, sollen ein schützendes Dach bilden. In Gruppen treten unsere jungen Leute aus den Bergregionen auf. Sie haben ihre Trachten angezogen, singen für Friedrich und mich und tanzen für uns. Ich bin überwältigt. Einer führt eine Kobra zu archaischen Trommelklängen vor. Er lässt die Schlange sich aufbäumen, sich in der Luft schlängeln und schließlich legt er sich das Gift speiende Tier um den Hals. Die Trommeln schweigen. Wir halten den Atem an und haben kein Ohr dafür, dass die Vögel verstummen, weil Regen einsetzt.

„Er muss sich sorgfältig mit einer Spezialcreme bearbeiten, damit ihm ein Biss nichts anhaben kann", flüstert mir Friedrich zu. „Bei solchen Vorführungen gab es schon Todesfälle."

Wir werden mit duftenden Blüten überschüttet und mit kunstvoll geschnittenen Papiergirlanden behängt. Auch deren halbmechanische Herstellung ist eine typische Kunstfertigkeit.

Regenprasseln setzt ein, man flüchtet in die Halle für Holzbearbeitung. Da wird zusammengeschoben und zusammengerückt, wir dürfen auf frisch hergestellten, nach Politur riechenden Stühlen Platz nehmen und sie einweihen. Die Vorstellung geht weiter. Volkstänze der Meo binden uns ein und die der Lisu entführen uns von uns selbst. Ich verliere mich in den Kostümen. Es ist lebendig und fremd. Die Trommeln, die Flötenmusik, die Bewegungen, die Abläufe verschmelzen zu einem Ganzen. Ich zücke mein Aufnahmegerät für die Musik, Friedrich fotografiert pausenlos.

In Erkenstadt wird uns Wehmut packen.
Einige der jungen Leute, die ich unterrichtete, gestalten stumme Abschiedsszenen. Sie gehen aufeinander zu, trennen sich, schauen zurück. *Samaati. Samaaka.* Auf Wiedersehen. Kommen und Gehen. Die Trachtenkostüme haben sie durch Jeans und schwarze T-Shirts ersetzt. Ich weine.

Das Geschenk für mich ist ein selbstgefertigtes Gedicht auf Englisch, das sie mit Federkiel und Tinte auf Bambusblätter geschrieben und diese mit Bastfäden zusammengeknüpft haben.

Allein in meinem engen Zimmer, sitze ich auf dem Bett und lese im Schummerlicht der bescheidenen Lampe den Text. Ich trage ihn in mich hinein und übertrage ihn in mein Deutsch:
Wenn du das Leben querst,
nimm die Fäden mit,
aus denen es sich webte.
Lass sie tanzen in der Luft
hinter dir
für uns,
dass sie in unseren Augen leuchten,
wenn du längst gegangen bist.
Mao, Thana, Kit

Gerührt, weil ich weiß, dass warmherzige Innigkeit nicht unbedingt zum Wesen der Thais gehört, lösche ich die Lampe und hoffe auf Schlaf, tiefen, von den Nachtgeräuschen ringsum ungestörten Schlaf.

Die Morgendämmerung ist kurz, der Tag stürmt unversehens in sein Licht. Den Trubel möchte ich abschütteln, langsame Schritte tun, eingebettet sein zwischen dem, was vor mir liegt und dem, was nach mir sein wird.

Beim Einpacken meiner Habseligkeiten füllen sich die alten Wörter, die alten Sätze mit neuen Bildern. Der Rückflug steht bevor. Flüge finde ich aufregend. Man hat keine Garantie, dass die Ankünfte klappen.

Nur weil der Wind sich drehte,
bahnte er mir den Weg
hinter die Dinge.

38. Grenzgänge

November 2007. Seit drei Jahren bin ich mit kurzen Unterbrechungen hier. Nun bilde ich Fremdenführer und Fremdenführerinnen an der Universität in Chiang Mai aus, die dafür eine eigene Abteilung eingerichtet hat. Auf ihren ersten Touren begleite ich die Neulinge. Haben sie sich gefestigt und eingewöhnt, werden sie von ihren Vertragspartnern alleine eingesetzt. Das Gebiet, in das ich sie einweise, ist Nordthailand bis hinüber nach Laos. Erst als ich den Mekong das erste Mal befuhr, begriff ich, dass es Träume gibt, die in uns schlummern, ohne dass wir es ahnen, bevor sie sich erfüllen. Am einen Ufer zieht sich Thailand entlang, am anderen Laos und der Bootsverkehr geht hinüber und herüber. Der Mekong zerschneidet und bindet, das Schicksal aller Flüsse. Zwei bis vier Tage lang sind die Reisegruppen auf ihm unterwegs. In Laos teilt der Staat Begleiter zu, die der strengen sozialistischen Spur verpflichtet sind. Von der verordneten Linie abweichende Äußerungen und Ansichten sind ihnen untersagt. Sie könnten ihnen gefährlich werden.

Meine ersten Touristen kamen aus Deutschland. Ich nahm sie als eine Sendung aus der Vergangenheit an und bestaunte ihre freundliche Aufgeschlossenheit. Womöglich bestaunten sie mich.

Wir beginnen unsere Touren in Chiang Mai, erobern Lampun, San Kamphaeng und Roong Arun Hot Springs, Bo Sang, das Handwerkerdorf östlich von Chiang Mai, dann Chiang Dao, Si Satchanalai und Sukothai, Phayao, Chiang Rai und Chiang Saeng. Wir bestaunen das Goldene Dreieck und schlendern durch Mae Sai mit der langen Grenzbrücke hinüber nach Burma. Weiter geht es nach Phayao und Mae Salon. Von Chian Khong aus setzen wir endlich mit der Fähre über den Mekong zur laotischen Grenzstadt Houaykay. Dort steigen wir aufs Schiff, übernachten in Pakbeng, trudeln abwechselnd durchs Seichte und schaukeln durch Angst erregende Stromschnellen bis hinunter nach Luang Prabang. Der Bus bringt uns quer durchs Land nach Vientiane, der laotischen Hauptstadt. Jeder Tag schenkt packendes Neues und erfüllende Ruhephasen, bis wir wieder auf dem Flughafen von Chiang Mai landen. Zweieinhalb Wochen Entdeckungsreise. Die Reisfelder, die Höhlen, die Menschen mit ihrer dienenden Freundlichkeit in turbulenten Städten oder abgeschnittenen Siedlungen, das Wasser, die Gebirge und die landwirtschaftlichen Verhältnisse, die Märkte und Plätze, die Wats und die Tempel entführen auch mich in neue Welten. Die unterschiedlichen Gesichter, in die ich schaue, das Gewusel aus Kommenden und Gehenden säumen meine neuen Pfade.

Yvonne und ich hatten ein paar Mal in großen Abständen E-Mail-Kontakt, als ich noch im Projektgelände wohnte. Bis er von Yvonnes Seite aus abbrach, ohne dass es mir anfangs auffiel. Yvonne antwortet mir nicht mehr. Ich wüsste gern, wie ihr Kind aufwächst und ob sie aufhört zu hoffen, dass sie eines Tages ein Lebenszeichen von Tommy Krug erhält. Manchmal mache ich mir Gedanken darüber. Und dann auch wieder nicht.
Was helfen einem Sorgen um Dinge, die man nicht ändern kann?

330

Als ich das letzte Mal vor zwei Jahren im Herbst in Erkenstadt war und Yvonne aufsuchen wollte, traf ich sie nicht mehr an. Die Eltern seien im Urlaub, sagte ihre Nachbarin, die ich aus Yvonnes Erzählungen kannte. Sie seien Wandern im Schwarzwald oder Richtung Bodensee. Die Tochter sei mit dem Kind ausgezogen, weil sie studiert. Irgendwo im Rheinland, was die Eltern nicht verstünden. Ziemlich viel Abbruch, seufzte die Frau und zupfte an ihrem zu engen Pulli. Es habe allerhand Meinungsverschiedenheiten gegeben und ganz im Frieden sei Yvonne nicht geschieden. Die Frau hob die Hände und brachte damit zum Ausdruck, sie habe wirklich nichts mit dem ganzen Verlauf zu tun. Ich trat einen Schritt zurück und sie nahm das zum Anlass mir die Tür vor der Nase zuzumachen.

Eines Tages gab es Querelen in unserem Projekt, in die ich mich nicht hineinziehen lassen wollte. Finanzielle Unregelmäßigkeiten, wurde gemunkelt. Die sind eine ewig lauernde Krankheit bei solchen Entwicklungsprojekten.

Für mich habe ich ein Appartement gemietet, landesüblich bescheiden ausgestattet. Ausländer dürfen keine Grundstücke, Häuser oder Wohnungen kaufen. Sonst wäre das Land längst ausverkauft, heißt es zur Begründung. Erwin erzählte von deutsch-thailändischen Ehepaaren mit deutschem Trauschein, die sich hier als unverheiratet ausgeben, damit eine Wohnung oder ein Häuschen auf den Namen des einheimischen Partners gekauft werden darf.

Die Telefon- und E-Mail-Verbindungen bleiben unzuverlässig. Das mag an den störanfälligen Überlandleitungen für den Strom liegen. Würde man die Kabel in die Erde verlegen, sähe das zwar besser aus. Doch die jährlichen Überschwemmungen und die gelegentlichen Erderschütterungen würden ihnen gewaltig zusetzen.

Einsamer wurde ich hier nicht. Nur ruhiger. In mir ruhender.

Auf Friedrich habe ich sehnsüchtig gewartet. Als wir 2004 nach den ersten gemeinsamen Wochen in Chiang Mai nach Deutschland zurückgekehrt waren, voller Erlebnisse und Eindrücke, die ich in meinen Notizen gebannt hatte, er in seinen Alben und auf seinen DVDs, haben wir die Liebe ausgekostet, oben in meiner Wohnung mit dem Doppelbett. Er half mir die Angelegenheiten mit meinem Bruder zu regeln, mit den Versicherungen einig zu werden und eine Abfindung für Alfonsos wissenschaftliche Arbeiten aus den Karlsruhern herauszuschlagen. Er fand eine Lösung für die kostengünstige Überweisung meiner Rente. Wir kündigten Daueraufträge, ich behielt die Birkenstraße als offizielle Adresse. Chiang Mai ist seitdem mein zweiter Wohnsitz. Zu meiner Überraschung regelte es Friedrich im Handumdrehen.

An der Lesung des Industrieverbandes in Erkenstadt hatte ich nicht teilgenommen. Das Ausschreibungsthema *Kinder und Technik* lag mir zu fern. Eine schwarz umrandete Karte im schwarz umrandeten Umschlag hatte mir mitgeteilt, dass es Jenny nicht mehr gibt. *Plötzlich und unerwartet verschied …* Die *Wortbrandung* im Schwarzwald war für mich verebbt. Auf meinen Brief hatte Jenny nicht mehr geantwortet.

Die Leerstellen in meinem Leben, Alfonso, sind nicht mit Energie beladen. Nun zweifle ich auch an deinen Lehrsätzen.

Ich flüchtete nach dem Ordnen meiner Verhältnisse zurück ins *White Light*. Am Stuttgarter Flughafen hatte ich mich aus Friedrichs Armen reißen müssen. An diese Glut habe ich geglaubt. Bis mich ein Brief auf Bambuspapier erreichte:

„Sei mir nicht böse, mir geht es gesundheitlich nicht so gut wie ich dachte, als wir miteinander planten. Ich werde nicht mehr nach Chiang Mai fliegen. Es gibt Zeiten und Dinge, die einmal vorbei sind. Und Judith möchte nicht, dass es zu Komplikationen zwischen uns dreien kommt. Auf die Dauer will sie zurück nach Norddeutschland ziehen, nach Bremen. Dort betreibt ihr Vater eine Ersatzteilfabrik für Haushaltsgeräte. Judith meint, das Klima täte mir gut. Ich verschaffe Dir einen zuverlässigen Nachmieter.

Dir alles Gute. Friedrich.

P.S. Wir werden hier ausziehen. Das regle ich mit Deinem Bruder."

Wir werden ausziehen, ich hatte nicht mitbekommen, dass besagte Judith mit in der Birkenstraße eingezogen war. Ich kannte sie nicht einmal.

Meinem Bruder Jannis und seiner Frau habe ich mein Haus übertragen. Jannis haben die vielen Bäume und Sträucher auf meinem Anwesen missfallen und er hat tüchtig abholzen lassen:

Hiermit übersende ich dir ein paar Fotos als Beleg dafür, wie schön jetzt alles aussieht.

Wie schön alles hinter mir aussieht, wenn ich verschwunden bin. Ein Axthieb als letzter Gruß.

Meine Nichte ist dort eingezogen, auch eine junge Frau, die nie wusste, was es heißt, sich zu binden. Ich glaube, sie arbeitet als Sozialarbeiterin in der Industrie. Ein Widerspruch in sich. Industrie und sozial. Gegen eine kleine monatlich zu verrechnende Zuwendung, die mir zweimal im Jahr auf mein hiesiges Konto überwiesen wird, wohnt sie in meinem Haus. Platz für Lebensgefährten hätte sie. Über solche Details bin ich nicht informiert. Sie beschäftigen mich nicht. Letztlich gehen sie mich nichts an. Finanziell habe ich keine Sorgen. Da hatte Friedrich Ahlers Recht.

Die Brücken nach Erkenstadt, bis auf die Mietrente von meiner Verwandtschaft, habe ich hinter mir abgebrochen, nachdem Friedrich sich zurückzog. Trotzdem habe ich ihm mein ganzes neues Leben zu verdanken. Nun gehöre ich hierher.

Ich stehe in der offenen Tür des kleinen Wohnhauses, das ich mit zwei Familien teile. Die Zeit wird uns Chancen geben, uns über ein freundliches Lächeln hinaus anzunähern. Hinter mir höre ich das Rumpeln von Saubermachen und Geschirrklappern. Im Chedi gegenüber haben Mönche ein Feuer angezündet. Eine Fahne aus Rauch schwebt über dem toten Kind, das vorhin schweigend hinübergetragen wurde. Die Flammen spielen mit den Kleidern des verbrennenden Leichnams. Langsam schwingt sich der Grauschleier auf und weht in die Schneise zum Doi Suthep. Ich trete zur Seite und warte, was in mir geschieht.

Ich wüsste nicht einmal, wohin meine Seele fliegen könnte, wenn mein Ende hier käme. An anderen Orten zu sein würde die Enttäuschungen, die das Leben uns zuwirft, anders machen, aber nicht weniger schmerzhaft.

Nachdenklich sehne ich mich nach Fäden ins Gewesene, das ich hartnäckig wegschob. Mit ihnen möchte ich mich umhüllen als Bestätigung für mein Dasein. Weil ich war, bin ich. Ich eile zum Internetcafé. Zu einem eigenen PC mit verlässlichem Internet-Anschluss habe ich es hier noch nicht gebracht. Gehetzt überquere ich die Straße mitten durchs Verkehrsgetümmel und renne ein paar Handbreit vor dem Tuktuk hinüber, das anbremst. Der Gleichmut im Gesicht des Fahrers rührt mich an.

Der Raum birst vor jungen Leuten. Ich habe es eilig, will es nicht aufschieben. Mon, der Betreiber, lächelt mir zu, weist auf den unbesetzten PC ganz hinten und gibt mir den Chip. Er weiß, dass ich gerne am Fenster sitze, um zwischendurch hinauszuträumen. Ich wechsle keinen der sonst üblichen Sätze mit ihm, an denen ich meine Thai-Fortschritte erproben will. Ich gebe mein Passwort ein, *tschamàs*, öffne das Internet, die Suchmaschine, tippe den ersten Namen ein und warte ungeduldig, was mir mitgeteilt wird. Warum kam ich nicht früher auf die Idee?

„Ideen brechen in uns auf, wenn die Zeit reif für sie ist." Zitat aus Tante Annis Spruchbude. Da tuckert die Antwort der Suchmaschine auf den Bildschirm:

Alfonso Marten: Bedeutender international anerkannter Teilchenphysiker, zuletzt in Karlsruhe, gestorben 2000. Wichtige Schriften:
Energieströme jenseits der Materie
Über die metaphysische Dimension der Intuition
Ich fahre fort:
Georg Kurier: Ehemaliger katholischer Theologe. Nach dem Übertritt zum Protestantismus Leiter des Instituts für Systemische Familientherapie in Flensburg. Verheiratet. Zwei erwachsene Kinder.
Ich öffne den Link zu seiner Veranstaltungsreihe und sehe sein Bild. Ein schmaler scheu lächelnder Mund im gebräunten Gesicht. Die Augen, die mich so fesselten, blicken leicht verkniffen zur Seite, obwohl es ein Fron-

talbild ist. Georg trägt jetzt einen Zopf wie viele Männer, die sich über sich selber nicht ganz im Klaren sind. Marianne Obermüller steht neben ihm und Leni, jetzt deutlich eine junge Frau, und dahinter ein junger Mann, der Georg wie aus dem Gesicht geschnitten ist, dem molligen, gleichmütigen Gesicht von damals. Den Sohn würde ich für etwas älter halten als Leni. Fast zwanzig müsste die sein. Es ist eine vertraulich wirkende Familienaufnahme. Marianne Obermüller strahlt in ihrem dem Schicksal abgerungenen Glück. Und ich?

Ich erfahre etwas Seltsames: Von einer fixen Idee verfolgt hetzte ich hierher. Nun werden meine Fragen beantwortet und die Mitteilungen tyrannisieren mich nicht. Sie rücken mir nicht mehr nahe, was ich gleichzeitig gehofft und gefürchtet hatte. Sie bleiben vor meinen Augen stehen, ohne noch etwas in mir anzurichten. Unaufgeregt klicke ich sie weg. Entspannt suche ich weiter.

Tommy Krug: Geologe. Nach abenteuerlichen Forschungsreisen Dozent an der Universität Köln im Fachbereich Geologie des asiatischen Festlandes. Verheiratet, zwei Kinder.

Wissenschaftliche Veröffentlichungen:

Wie sich geologische Beschaffenheiten der Ursprungsgebiete in den Gründungsmythen der Religionen niederschlagen.

Das Foto zeigt einen Tommy Krug mit unmodern gewordenem Hippiegesicht und Wuschelkopf.

Yvonne Hilemann. Die Suche brachte kein Ergebnis, werde ich geohrfeigt.

Ich rufe das Kollegium der Sternenhalde auf. Auch dort keine Yvonne. Von einem höheren Energiestrom geleitet gebe ich Yvonne Krug ein:

Lehrerin für geistig Behinderte in Köln, verheiratet, zwei Kinder, Jonathan Carlos und Mario.

Veröffentlichung: Die Dimensionen der Zeit bei geistig Behinderten.

Ich wechsle zu *Jenny Hard*, lese die Titel ihrer Lyrikbändchen, das zuletzt geplante wurde nicht mehr gedruckt. *Wörterwechsel* hatte es heißen sollen. *Plötzlich und unerwartet . . .*

Vor meinem eigenen Namen mache ich nicht Halt. Die Antwort breitet sich zögernd aus.

Vera Marten: Die bekannteste Autorin für Kurzgeschichten in Erkenstadt, Deutschland, lebt zurückgezogen seit 2005, wahrscheinlich in Thailand.

Jetzt werde ich die Zusammenstellung meiner Aufzeichnungen beenden, die ich in den vergangenen Wochen immer wieder durchgelesen und bearbeitet habe. Ich glaube, wie ich es festgehalten habe, so war es. Oder so könnte es gewesen sein. Aus dem Schrei habe ich mich geflüchtet in die Stille, die auch keine ist, sondern sich mit neuen Lauten füllt, die das Leben in fünf oder sechs Tonhöhen erklingen lassen.

Ich werde meine Ausarbeitungen kopieren und die Kopien hinauf in den Wat Doi Suthep bringen. Dorthin, wo Friedrich und ich den Pramaha Sutas nicht mehr antrafen. Ich werde am Haus die Glöckchen mit der Schnur zum Schwingen bringen und warten, bis der Mönch herauskommt. Mit einer leichten Verbeugung und zusammengelegten Handflächen werde ich ihn begrüßen. Selbst wenn es derselbe Mönch wie damals ist, wird er sich nicht an mich erinnern. Hunderte von Pilgern mit ihren ausgesprochenen und unausgesprochenen Anliegen strömen tagtäglich herbei. Ich werde ihn bitten, mit mir hinüber zur Gebetshalle zu gehen. Dort werde ich Räucherkerzen anzünden zum Vertreiben böser Geister und ein paar Scheine in den vergoldeten Kasten stecken. Dann werde ich meinen Begleiter bitten meine Seiten auf dem Scheiterhaufen zu verbrennen. Wie die Leiche des kleinen Kindes vorhin verbrannt wurde, das nie wirklich hatte leben dürfen. Die Asche werde ich zurücklassen und die Originale meiner Blätter bei mir verwahren. *Weil ich war, bin ich.*

Ein Blick auf die Uhr mahnt mich. Ich winke ein Tuktuk herbei. Es wird Zeit, dass es mich zur Universität bringt. Dort erwarten mich stets lächelnde junge Leute in der Hoffnung auf eine Zukunft, die ihnen Reis und Fisch und einiges mehr sichern soll. Ich hatte von Reisebeschreibungen anderer gelebt. Nun bin ich selbst in der Fremde mit ihrem Gemisch aus Buntheit und Lässigkeit angekommen.

Meine Zeit ist verronnen. Zu schnell, zu ungenutzt? Neuer Elan durchpulst mich. Ich habe mich auch gewandelt. Ich will mich nicht mehr treiben lassen, sondern selbst meinen Kurs bestimmen. Ich werde Yvonne ausfindig machen und sie nach Jonathan Carlos und seinem Brüderchen fragen. Nach Tommy. Nach Yvonnes Erkenntnissen über die Dimensionen der Zeit.

Ich werde an Albert und Lore Hilemann in Wossingen schreiben und um Yvonnes Adresse bitten. Und eines Tages werde ich Jonathan Carlos und Mario meine neue Heimat zeigen bis hinüber zum Mekong. Ihre Eltern werden die Nagas-Treppe hinauf zum Doi Suthep nehmen, sie werden hinabschauen auf das Wohngebäude der Mönche mit den züngelnden Flammensymbolen am

Dach und dann werden mir die beiden die Fortsetzung ihrer Geschichte erzählen.

Mein Versuch, einen Roman zu schreiben, ist gescheitert. Der Wind drehte sich zu oft und zerblies mir meine Pläne. So bahnte er mir den Weg hinter die Dinge. Jetzt sehnen sich meine Texte danach, ins Offene zu flattern. Ihre Wörter vereinsamen im Schweben. Nennt man das Lyrik? Jenny kann ich nicht mehr um eine Antwort auf diese Frage bitten.

Dank:

Meinem Mann Detlef Wortmann für die Ermutigung und verständnisvolle Hilfe beim Schreiben und für das Geschenk gemeinsamer Reisen, Hanspeter Dürr, dessen Vorträge und Ideen über physikalische Grenzbereiche und die revolutionären Auswirkungen der modernen Physik mir den Anstoß zu diesem Roman gaben, Inge Borchardt, die mir so lebendig von ihrer Arbeit im DESY erzählte, Johanna Anderka, Monika Peters, Christine Brückner, Viola Kühn und Peter Grathwol für ihre Lyrik, dem Theaterkritiker Gerhard Stadelmaier für seine Sprachbilder, die mich bereicherten und anregten, Robert Gernhardt für das Zitat über Lyrik, die gern ins Offene flattert, Brigitte Bausinger, die mich ins Reich der Gegenwartsliteratur eintauchen ließ, Harald Borger und Harald Kirsch, die auf Geopuls-Reisen nach Thailand und Laos unermüdlich meine Neugier stillten, den vielen Menschen in Pakistan, die meine Fragen geduldig beantworteten und mir ihre Kultur öffneten. Nicht zuletzt gilt mein Dank Wilfried Kriese vom Mauer-Verlag für seine Aufgeschlossenheit, Ermutigung und Zuverlässigkeit.

Weitere Quellen:

Alexander Steele: creative writing, Autorenhaus
Verlag Berlin
see you, Sprache, Kulturen, Länder und Leute, Klettverlag
Die Federwelt, Zeitschrift für Autorinnen und Autoren,
Uschtrin Verlag
Programmheft der deutsch-israelischen Philharmonie
zum Oratorium Elias
Spiegel-online: Der Staudamm bei Basha
Wikipedia: Baltoro Muztagh
trottwar, Straßenzeitung im Südwesten
Saeng Chandra-ngarm: Buddhism and Thai People
Kauderwelsch-Sprachbüchlein: Thai

Wenn ich etwas oder jemanden zu erwähnen vergessen
habe, dann war es keine böse Absicht, sondern es ging
unter in der Begeisterung über die Fülle, die beim Schreiben über mich hereinbrach. L.W.

Inhalt

1. Abgefahren   9
2. Störfall   22
3. Schwarzwald-Datei   27
4. Neue Schreibperspektiven   38
5. Büropatchwork   45
6. Balanceakt   55
7. Aufbruch   71
8. Marktstrategien   74
9. Blickrichtungen   84
10. Nacharbeit   93
11. Im Netz gefangen   97
12. Krimi und Stilles Wasser   110
13. Spurensuche   122
14. Nach dem Konzert   133
15. Apfelkuchen   138
16. Strecke   145
17. Überraschung   157
18. Alfonso und das Elementare   161
19. Tagebücher   171
20. Schreibsonntag   176
21. Verhängnisse   182
22. Verluste   193
23. Wendezeit   201
24. Gang durch die Stadt   212
25. Babysachen   218
26. Verwischte Spuren   223
27. Die Bahnhofsstraßenhelden   232
28. Jenny   244
29. Sakinas Beitrag   252
30. Sprung – Sprünge   266

342

31. Mitgebrachtes   276
32. Yvonne kommt vorbei   291
33. Abschiede   294
34. Neuland   301
35. Brief aus Chiang Mai   306
36. Doi Suthep   311
37. Eingetaucht   320
38. Grenzgänge   329

Zur Autorin   344

Zur Autorin

 Linda Wortmann, geboren in Thüringen, wuchs in Oberfranken und Bremen auf. Ab 1969 in Esslingen am Neckar tätig als Sonderschullehrerin, Theaterpädagogin, Kabarettistin und Autorin. In sieben medizinisch-pädagogischen Hilfs-Einsätzen zusammen mit ihrem Mann auf den Philippinen, in Bangladesch und Pakistan lernte sie fremde Welten hautnah kennen. Auch ihre mittlerweile vier Enkel und deren Eltern lassen sie stets auf dem Boden der Tatsachen bleiben und ziehen sie in den Strudel des Alltags hinein.

Veröffentlichungen: Kabarett-Texte, Satiren, Kurzgeschichten, zwei Lyrikbände: Geboren irgendwo (mit Viola Kühn) und Iranische Splitter. Ihren Romanen Verfahren Bernd Greeger und Ella Büngerts Traumakte folgt nun Nur weil der Wind sich drehte.

Linda Wortmann erhielt Auszeichnungen für Die Deutsche Weinkarte (Konkrete Poesie), Gewendete Blätter (Lyrik), Im Kleefeld (Satire), Annäherung (Visueller Text), Bengalischer Bilderbogen (Visueller Text) sowie für Auszüge aus ihren beiden bisher erschienenen Romanen.